Alexa Hennig von Lange

Die Welt ist kein Ozean

Alexa Hennig von Lange

Die Welt ist kein Ozean

cbt

Kinder- und Jugendbuchverlag
in der Verlagsgruppe Random House

MIX
Papier aus verantwortungsvollen Quellen
FSC® C014496

Verlagsgruppe Random House FSC® N001967
Das für dieses Buch verwendete FSC®-zertifizierte
Papier *Super Snowbright* liefert
Hellefoss AS, Hokksund, Norwegen.

1. Auflage 2015

Umschlaggestaltung: Geviert Grafik & Typografie, Andrea Janas,
unter Verwendung von Motiven von
© Getty Images/Roberta Tocco und © Shutterstock/Willyam Bradberry
SK · Herstellung: kw
Satz: KompetenzCenter, Mönchengladbach
Druck: GGP Media GmbH, Pößneck
ISBN: 978-3-570-16296-5
Printed in Germany

www.cbt-buecher.de

»Unsere Gefühle und unsere Körper sind wie Wasser, das in Wasser fließt. In den Energien der Sinne lernen wir schwimmen.«

– Tarthang Tulku

Eins

Der erste Tag meines neuen Lebens

Seit ich auf der Welt bin, versucht meine Mutter, mich von allem fernzuhalten, was mich auch nur im Ansatz traumatisieren könnte. Aber genau darum fühle ich mich traumatisiert. Wie ein Versuchskaninchen, das in einer künstlichen Welt ohne Risiko aufwächst. Damit ist jetzt Schluss. Nächste Woche werde mich in den zerklüfteten Grand Canyon des Lebens begeben. Und zwar mittenrein. Um mich herum werden nichts als schwindelerregende Abgründe klaffen, in die ich hinabsehen muss, um das Menschsein in all seiner Unerbittlichkeit zu erleben.

»Du ziehst die Sache also wirklich durch?« Meine Freundin Nelli schielt auf den Fragebogen, den ich für meine angehende Praktikumsstelle in einer psychiatrischen Klinik ausfüllen muss. Es geht um die Selbsteinschätzung meines Seelenzustandes.

Ich mache ein schwungvolles Häkchen hinter die Frage, ob ich starke Nerven habe, und sage: »Klar!«

Sie nimmt den Kopfhörer aus ihrem Ohr. Der andere steckt noch in meinem Ohr. Es ist Freitagmittag. Wir haben Schule aus und hören unsere Für-immer-beste-Freundinnen-Playliste auf Nellis Handy, während wir in der U-Bahn durch den Tunnel schießen. Sie sagt: »Ich verstehe es einfach nicht.«

Ich sage: »Was ist daran so schwer?« Eigentlich will ich in Ruhe den Fragebogen ausfüllen, bevor gleich meine Klavierstunde anfängt. Aber daraus wird nichts.

Nelli dreht den Ton ab, als wir in die überfüllte U-Bahn-Station einfahren, und sieht mich zweifelnd an. »Warum ausgerechnet in einer Klinik für psychisch angeschlagene Jugendliche und nicht in einem der Fernsehstudios in Babelsberg?«

Das sind die begehrtesten Praktikumsplätze, weil da angeblich Serienstars herumlaufen oder man selbst für eine Statistenrolle entdeckt werden könnte.

Ich ziehe den Kopfhörer aus meinem Ohr, der sich mit seinem Kabel in meinem rot gelockten Haar verfängt, um es ihr noch einmal zu erklären. Aber bevor ich überhaupt ein Wort gesagt habe, unterbricht sie mich schon wieder.

»Mach mal Platz!« Sie rutscht näher an mich heran, weil sich neben sie ein abgerissener Typ mit fleckigen Jogginghosen fallen lässt. Sie murmelt, wobei sich kaum ihre Lippen bewegen: »Genau das meine ich: Was bitte ist aufregend an kaputten Typen, die ihr Leben nicht auf die Reihe kriegen? Guck dich mal um! Nur Verlierer.«

Immer mehr Leute drängen herein. Die Luft ist stickig. Und nachdem sich die Türen geschlossen haben, schießen wir wieder in den schwarzen Tunnel hinein. Hinter den Fenstern fliegen ein paar grelle Lichtsignale vorbei. Einige der Mitfahrenden sind tatsächlich ein bisschen still und starren müde vor sich hin, sodass man denken könnte, sie hätten wirklich irgendwie Pech gehabt. Zumindest, wenn man die Welt mit Nellis Augen sieht.

»Vielleicht haben die alle nur einen schlechten Tag«, sage ich, um bei Nelli für etwas Mitgefühl zu werben.

»Wer hat das nicht?« Meine beste Freundin gehört allerdings zu den Leuten, die Mitgefühl für überflüssig halten, seitdem ihr Vater vorletzte Weihnachten ohne Vorwarnung zu seiner neuen, jungen Freundin gezogen ist. Um nicht an diesem Verrat zu zerbrechen, meint Nelli, die Lösung sei, gefühllos zu sein. Sie lehnt sich zurück und seufzt: »Wie du weißt, bin auch ich schon durchs schwarze Tal des Lebens geschritten. Das gibt mir aber noch lange nicht das Recht, miese Stimmung zu verbreiten und alle anderen mit runterzuziehen. Meine Aufgabe ist es, trotzdem gute Laune zu haben. Wenn ich das nicht schaffe, kann ich mich gleich umbringen. Ich meine, würdest du bei irgendjemandem hier sagen, er hat Spaß am Leben? Was soll dann das Ganze?«

Ich sehe mich um und muss sagen: Nelli-Eiserne-Lady übertreibt total. Die Mama mit dem süßen umgebundenen Baby, die in Lichtgeschwindigkeit Nachrichten in ihr Smartphone tippt, kichert zum Beispiel die ganze Zeit vor sich hin, und weiter vorne haut sich eine Gruppe Grundschüler fröhlich mit ihren Sportbeuteln in die Kniekehlen. Nur der Typ neben uns startet plötzlich ein abgedrehtes Selbstgespräch, in dem es darum geht, dass er von einer imaginären Person für dumm gehalten wird. Er brüllt, voll in der Rolle dieser anderen Person: »Hast du wieder deine Mathehausaufgaben nicht auf die Reihe gebracht? Guck dir das an! Alles rot! Fehler! Fehler! Fehler!« Dabei gestikuliert er wild mit seinen Händen herum, als würde er sich selbst ohrfeigen wollen. Da kann man echt Angst kriegen.

»Ich sage dir …« Nelli senkt ihre Stimme ab, damit der Mann neben ihr sie nicht hören kann. »Mit genau solchen Freaks wirst du es in der Klapse zu tun bekommen. Mit psychotischen Existenzen, die richtig einen an der Waffel haben. Warum willst du dir das antun?«

»Weil ich so behütet aufwachse«, sage ich. Wobei das fast wie eine Beschwerde klingt. So ist es aber gar nicht gemeint. Ich will nur nicht blauäugig durchs Leben rennen, weil in meinem eigenen bisher noch nie wirklich etwas schiefgelaufen ist. Also zumindest nicht so, dass ich deswegen seelische Probleme hätte. Zwar waren letzten Sommer ein paar kriminelle Jungs ziemlich sauer auf meinen Vater, der Oberstaatsanwalt ist. Wegen seiner Ermittlungen wollten sie ihm und meiner Familie einen echt heftigen Denkzettel verpassen. Aber wir sind noch mal mit dem Schrecken davongekommen. Wofür ich natürlich einerseits dankbar bin. Auf der anderen Seite …

»Und was gibt's an einem behüteten Leben bitte auszusetzen?« Nelli lächelt irritiert und bindet sich ihr langes, nussbraunes Haar zu einem Pferdeschwanz. »Du hast das große Los gezogen! Du wohnst mit deiner Familie in einem schönen Haus, dein Vater hat einen

Super-Job, du kannst toll Klavier spielen, dein Haar sitzt meistens einigermaßen gut, und deine feste Zahnspange bist du auch los. Und dank deiner Mutter und ihrem Diätplan hast du fast dein Wunschgewicht erreicht.«

»*Ihr* Wunschgewicht.«

»Wie auch immer. Das Einzige, was dir noch fehlt, ist ein Typ, mit dem du endlich mal Sex haben kannst.« Sie schlägt ihre sonnengebräunten Beine übereinander, die in knappen Jeans-Hotpants stecken.

Nur, weil Nelli schon mit Jungs schläft, muss das noch lange nicht heißen, dass ich das auch brauche. Ich sage: »Ich liebe meine Unschuld.« Zumindest rede ich mir das seit einiger Zeit mehr oder weniger erfolgreich ein. Ist fast so was wie ein Mantra von mir geworden, um nicht nervös zu werden.

Sie sieht mich mitleidig an. »Ich bitte dich, Miss Franziska! Du weißt nicht, was dir Lebenswichtiges entgeht! Jedes siebzehnjährige Mädchen denkt an nichts anderes, als daran, endlich ihre Jungfräulichkeit zu verlieren, sollte sie die nicht schon vor hundert Jahren verloren haben. Willst du ewig keusch bleiben? Oder stehst du auf Psychopaten und hoffst, dass du dir einen in der Klinik anlachen kannst? Wäre typisch für dich. Nur ja nichts Durchschnittliches! Immer schön gegen den Strom schwimmen.«

»Nichts von beidem.« Ich versuche, nicht genervt zu klingen, obwohl mich Nellis Verdrängungspotenzial echt bestürzt. Als würde das Leben nur aus Sex, gut sitzenden Haaren und gerichteten Zähnen bestehen. Außerdem werde ich erst im September siebzehn. Ich seufze und sage: »Ich will einfach nur diesen Jugendlichen helfen.«

»Denen ist nicht zu helfen. Die haben sich dazu entschlossen, sich von ihrem Unglück in den Abgrund ziehen zu lassen und nichts aus ihrem Leben zu machen. Die verzichten auf deine Hilfe. Glaub mir.«

»Wenn sie keine Hilfe haben wollen würden, hätten sie sich wohl kaum in eine Klinik einweisen lassen.« Mit zweideutigem Blick gebe ich Nelli ihren Kopfhörer zurück, hänge mir meine Tasche mit den Schulheftern über die Schulter und stehe auf.

An der nächsten Station muss ich aussteigen. Nelli fährt noch ein paar Stationen weiter, bis zum Wasserbettengeschäft ihrer Mutter, wo sie dreimal die Woche nach der Schule aushilft. Ich kann nicht verstehen, wie man so hart drauf sein kann. Früher war Nelli viel verständnisvoller. In der Grundschule hat sie sogar mal ein Vogelbaby mit nach Hause genommen, das aus dem Nest gefallen war, und es mit der Pipette großgezogen. Ihr Schmerz muss wirklich schlimm sein.

»Falsch!« Nelli starrt mich mit ihren durchdringend blauen Augen an. »Die wollen sich besonders fühlen, weil es ihnen angeblich so mies geht. Aber ich kann Wichtigtuer und Drückeberger nicht ausstehen, die sich auf ihrer schlechten Laune ausruhen und sie zum Kult erheben. Mir wird auch nichts geschenkt. Alles klar? Seit mein Vater vorletzte Weihnachten beschlossen hat, dass er ohne meine Ma und mich glücklicher ist, müssen wir sehen, dass wir zurechtkommen. Soll ich mich darum gleich in eine Klinik einweisen lassen?«

»Es sind eben nicht alle solche Meister im Verdrängen wie du!« Vor mir muss Nelli nicht die Unzerstörbare spielen. Warum gibt sie nicht einfach zu, dass es wehtut? Es würde ihr guttun, sich mal auszuweinen. Also ich wäre für sie da, um die Sache aufzuarbeiten! Stattdessen macht sie ihr zweiwöchiges Schulpraktikum bei meinem Vater in der Abteilung für jugendliche Straftaten und Bandenkriminalität. Um schon mal Kontakte für ihren späteren Werdegang als Juristin zu knüpfen. Es ist jetzt schon sicher: Sie wird eine der Unerbittlichsten werden.

Sie meint: »Ich werde auf diesem Planeten für Gerechtigkeit sorgen.« Viel Spaß! Hauptsache, sie verliert dabei die Menschen nicht aus dem Blick.

»Bis dann!« Ich lasse die Haltestange los und schlängele mich zwischen den Fahrgästen in Richtung Tür.

Hinter mir höre ich Nelli rufen: »Bis dann? Ich dachte, wir legen uns morgen Abend wieder auf die Brücke? Flugzeuge beobachten und Gummibärchen mampfen?«

Ohne dass ich darüber nachdenke, drehe ich mich zu ihr um und höre mich zu meinem Erstaunen sagen: »Diesen Samstag kann ich nicht.« Keine Ahnung, warum ich diese plötzliche Entscheidung treffe. Anscheinend brauche ich gerade etwas Abstand.

»Aber ich habe schon Gummibärchen gekauft …« Nelli zwinkert überrascht. Sie ist es nicht gewohnt, dass ich sie hängen lasse. Am Samstagabend legen wir uns immer auf die Brücke. Ist seit *König der Löwen* unser heiliges Freundschaftsritual, das bis jetzt – mal abgesehen von den Ferien – noch nie ausgesetzt wurde.

»Ich muss mich aufs Klaviervorspiel vorbereiten«,

murmele ich und drücke ein paar Male auf den Türöffner, als die Bahn in die Station einfährt. Über die Schulter sage ich: »Tut mir leid. Ich rufe dich an. Vielleicht können wir ja am Nachmittag kurz auf den Flohmarkt.«

»Mal sehen!« Nelli steckt sich ihre Ohrstöpsel in die Ohren und guckt grimmig an mir vorbei. Sie kann ganz schlecht mit Planänderungen umgehen. Liegt vermutlich an ihrem Vater und seiner plötzlichen Planänderung in Sachen Familie. Über Nacht ist er abgehauen. Doch im Gegensatz zu ihm werde ich mir keinen Ersatz für Nelli suchen. Sie ist und bleibt der wichtigste Mensch in meinem Leben. Niemand, mal abgesehen von meiner großen Schwester, kennt mich so gut wie sie. Und ich weiß: Irgendwann wird die alte Nelli wiederkommen.

»Bis dann!« Ich winke kurz, auch wenn sie mich nicht mehr ansieht. Die Türen klappen auf, und ich dränge mit den anderen Fahrgästen auf die stickige Station, in der es nach verschmortem Gummi riecht. Als sich die Station geleert hat, suche ich in meiner Hosentasche nach Kleingeld und werfe es dem Mann mit den Cowboystiefeln in den Hut, der hier immer im zugigen Durchgang E-Gitarre spielt und dazu singt.

Wie jedes Mal lächelt er mich an. »Danke, Sweety!«

Er ist bestimmt über fünfzig. Er hat ein zerfurchtes Gesicht und trägt einen rötlichen Bart. Seine Arme, die unter den hochgekrempelten Ärmeln seines karierten Holzfällerhemdes hervorgucken, sind mit einem Adler, der amerikanischen Flagge und einem brennenden Herzen volltätowiert, und ich schätze, Nelli würde ihn ebenfalls für einen »Verlierer« halten. Ich weiß nichts über ihn, aber ich stelle mir vor, dass er als junger Mann kurz davor stand, ein weltberühmter Countrystar zu werden. Doch dann hat das Schicksal unbarmherzig zugeschlagen und aus seinem Traum ist nichts geworden. Seine Stimme ist unglaublich. Sanft und rau zugleich. Und seine Augen blinzeln freundlich, als sei für ihn alles in Ordnung. Dabei steht er in einer muffigen U-Bahn-Station und singt für Menschen in Eile, von denen kaum einer auf die Idee kommt, ihm etwas in seinen alten Cowboyhut zu werfen.

Aber es ist okay für ihn.

Das bewundere ich. Anscheinend ist er mit der Planänderung, die das Schicksal bei ihm vorgenommen hat, klargekommen. Ohne gefühllos zu werden.

Ich lächele zurück und im Klang seiner Musik steige ich die Treppe hinauf in die drückende Hitze des Nachmittags. Ich gehe quer über die Straße und in das Gebäude der Musikschule, in deren kleinstem, muffigsten Raum unter dem Dach ich den restlichen Tag verbringen und unter der strengen Aufsicht meines Klavierlehrers Roman die *Revolutionsetüde* von Chopin üben werde. Das Stück muss so rasant und übermenschlich virtuos gespielt werden, dass ich mir jedes Mal die Finger verknote. Ich habe keine Ahnung, wie mein Klavierlehrer je glauben konnte, dass ich das Stück bis Ende nächster Woche halbwegs werde spielen können. Da habe ich dieses Vorspiel, mit dem ich mich um ein Auslandsjahr an einem australischen Musikcollege bewerbe.

Seit ich sieben Jahre alt bin, spiele ich Klavier. Mein Opa hat es mir beigebracht. Dabei hat er immer Karamellbonbons gelutscht und eins vor mich hingelegt. Das durfte ich erst lutschen, wenn ich das Stück fehlerfrei spielen konnte. So hat er es mit jedem Stück gemacht. Bis zu seinem Tod vor zwei Jahren haben wir Unmengen von Bonbons aufgelutscht. Nur eines ist noch übrig. Das letzte Karamellbonbon liegt noch immer auf unserem Flügel, als Symbol für alle Stücke, die ich noch nicht spielen kann. Ganz vorne mit dabei: die Revolutionsetüde. Beim Vorspiel werde ich also gnadenlos versagen. Und das wird nicht in Ordnung für mich sein. Denn ich wünsche mir nichts sehnlicher, als in ein paar Wochen, mit Beginn der großen Sommerferien, für ein Jahr nach Australien zu gehen, um zu erfahren, wie es ist, auf eigenen Beinen zu stehen.

Zwei

Der vierte Tag meines neuen Lebens

»Bist du sicher, dass du so gehen willst?«

Am nächsten Morgen taucht meine Mutter wie ein Geist hinter mir im Badezimmer auf und guckt sich mit mir unser Spiegelbild an. Ich in Kapuzenjacke mit offenen Haaren. Sie mit kinnlangen, blonden Haaren, in sportlichem Polokleid und ihren Perlenohrringen, ohne die sie nie vor die Tür gehen würde. Ihr Blick ist voller Zweifel. Meiner war bis eben noch irgendwie zuversichtlich. Voller Neugier und Vorfreude auf meinen ersten Praktikumstag.

Ich atme tief ein. »Ja, warum nicht?«

»Die … die … Insassen könnten …« Meine Mutter stockt und sucht nach dem passenden Wort, während sie von meiner Schulter eine imaginäre Fussel entfernt. »Sie könnten …«

»Ja?« Ich ziehe die Augenbrauen hoch und verschränke die Arme vor der Brust. »Was könnten *die Insassen*?«

»Sie könnten dich für eine … na ja … eine von *ihnen* halten. In diesen Leggings und dem großen Kapuzenpullover.« Meine Mutter lächelt entschuldigend, weil sie ahnt, dass ihre Sorgen irgendwie übertrieben sind.

»Na und? Umso besser. Dann werden sie mir gleich vertrauen.« Ich reiße mich vom Spiegel los und gehe an ihr vorbei, in mein angrenzendes Zimmer, wo Klamottenberge verstreut auf dem Boden liegen und sich meine Schulbücher und Notenhefte auf dem Schreibtisch neben einem leblosen Gummibaum stapeln. Es ist ja nicht so, dass ich mir keine Gedanken über mein Äußeres mache. Ich stehe eben nur auf einen etwas lässigeren Stil als meine Mutter.

Ich greife nach meiner Tasche, die auf dem Bett liegt, und verschwinde raus in den Flur. Meine Mutter folgt mir die Treppe in die lichtdurchflutete Diele hinunter, wo auf dem runden Tisch ein üppiger Blumenstrauß aus unserem Garten prangt. Das Hobby meiner Mutter, die den grünen Daumen hat: üppige Blumensträuße selbst binden, die aussehen wie explodierte Silvesterknaller. Stehen hier überall herum. In der Küche. Im Bücherzimmer. Im Wohnzimmer und im Wintergarten, den sie zu einer Art Gewächshaus umfunktioniert hat.

Ich bleibe neben dem duftenden Blumenwahnsinn stehen, um in der Tasche nach meinem Handy zu suchen. Aus dem Augenwinkel beobachte ich, wie meine Mutter ein heruntergefallenes Blütenblatt von der Tischplatte nimmt und nervös zwischen ihren Fingerspitzen rollt. Dabei sieht sie mich abwartend an, als würde sie hoffen, dass ich doch noch mal nach oben gehe und mich umziehe. Was ich natürlich nicht tun werde. Ich sehe die Welt einfach weniger bedrohlich als meine Mutter.

Als ich mein Handy herausgefischt habe, gucke ich aufs Display. Es ist kurz vor halb acht. Ich gebe ihr einen Kuss auf die Wange und erkläre: »Ich muss los.«

»Und was ist mit deinen Haaren? Willst du dir nicht lieber einen Pferdeschwanz machen? Du siehst so wild aus.«

»Ist doch gut«, sage ich.

Meine Mutter lächelt kläglich, als befürchte sie, dass die Leute mich gleich in der Einrichtung behalten und mit Elektroschocks behandeln würden, bis ich nur noch Pudding im Kopf habe. »Na ja. Du musst es ja wissen.« Sie schielt hinüber zur angelehnten Arbeitszimmertür.

Um diese Uhrzeit sitzt mein Vater meistens schon seit zwei Stunden hinter seinem Schreibtisch und checkt Mails, bevor er in sein Büro aufbricht. Im Gegensatz zu meiner Mutter würde er nicht mal merken, wenn ich im Schlafanzug und in Puschen losziehe. Trotzdem scheint sie zu hoffen, dass er jetzt da rauskommt und ein Machtwort spricht, weil ich *so* nicht am ersten Tag bei meiner Praktikumsstelle auftauchen kann. Und als hätte sie telepathische Fähigkeiten, geht die Arbeitszimmertür auf, und er kommt heraus. Frisch rasiert, im Anzug und mit Augenringen bis zu den Knien.

»Guten Morgen, meine Hübschen!«

Mein Vater ist der Prototyp eines Staatsanwalts. Total überarbeitet und nonstop mit seinen Fällen beschäftigt. Und meine Mutter ist der Prototyp einer Staatsanwaltsfrau, die nach der Hochzeit Hausfrau geworden ist, um ihm zauberhafte Kinder zu gebären und ein anheimelndes Zuhause zu bescheren.

Sie legt die Handflächen aneinander und fleht: »Bernhard, bitte sag Franziska, dass sie *so* nicht das Haus verlassen kann.«

»Du siehst hinreißend aus.« Er gibt mir einen Kuss auf die Stirn und geht weiter in die Küche. So, als hätte er meine Mutter nicht gehört. Über die Schulter ruft er: »Heute fängt Nelli bei uns in der Abteilung ihr Praktikum an, was?«

»Ja, sie ist schon ziemlich aufgeregt. Sie hofft, dass sie gleich einen heftigen Fall bearbeiten kann, um möglichst …«, lege ich los.

Weiter komme ich allerdings nicht, weil meine Mutter schon wieder dazwischenredet. »Franziska fängt heute auch ihr Praktikum an!« Sie läuft hinter meinem Vater her in die Küche. »Zwei Wochen wird sie in einer psychiatrischen Klinik für Kinder und Jugendliche verbringen. Sie sollte sich etwas von ihnen abheben, damit klar ist, dass sie die Praktikantin ist.«

Ich kann nicht verstehen, was mein Vater sagt, weil in diesem Moment die Espressomaschine losbrummt. Seitdem meine Schwester Sina, die gerade ihr Abitur gemacht hat, mehr oder weniger bei ihrem Freund Noah eingezogen ist, richtet sich die geballte Aufmerksamkeit meiner Mutter auf mich. Manchmal kommt es mir so vor, als würde sie sich regelrecht an mich klammern, damit ihr der Lebenssinn nicht verloren geht. Das ist ziemlich belastend, weil ich sie ständig wegstoßen muss, obwohl ich sie liebe.

Mein Ausweg heißt: Australien!

Bevor die Espressomaschine wieder verstummt,

schleiche ich zur Haustür, ziehe sie auf und lasse sie hinter mir leise ins Schloss klicken. Mein Klassiker. Um zu entkommen, bleibt mir oft nichts anderes übrig, als mich wegzuschleichen.

Vor mir erstreckt sich unser Vorgarten mit dem gemähten Rasen, den kugeligen Buchsbäumen und gepflegten Rabatten. Obwohl das alles hübsch aussieht, bin ich von dieser Gleichförmigkeit genervt. Nichts darf hier wachsen, wie es will. Alles muss in Form gebracht werden. Das gilt auch für die Nachbargärten in unserem Viertel, in dem sich ein Wohnhaus neben das andere reiht.

Ich atme tief durch und krieche unter den beiden Küchenfenstern entlang bis zur Garage. Ich stemme das Tor hoch und schiebe schnell den einzigen zerdellten Gegenstand in unserem Besitz raus auf die Straße: die an mich vererbte Vespa meiner Schwester. Bevor meine Mutter merkt, dass ich ihr entkommen bin, setze ich meinen Helm auf und brause die menschenleere Straße hinunter.

Das Klinikgebäude liegt einmal quer durch die Stadt, mitten in einem Park, in dem riesige Rhododendronbüsche wachsen, die mit pinken Blüten verziert sind. Eine lange Lindenallee führt von der Straße auf das Herrenhaus mit den Säulen zu, von dem an einigen Stellen der Putz abblättert. Nebelschwaden ziehen dicht über die Wiesen dahin und bleiben wie glitzernde Zuckerwatte zwischen den Stämmen der Linden hängen. Alles sieht verwunschen und verwildert aus. Alles darf wachsen, wie es will. Hier bin ich richtig! Ehrlich! Ich komme mir vor wie *Alice im Wunderland.*

Dieser Ort ist ziemlich romantisch. Ideal für verträumte Spaziergänge mit einem Jungen, der Sinn fürs Schöne hat. Ich kenne nur keinen. Ehrlich. Die Jungs aus meinem Jahrgang zocken lieber an der Xbox, als mit einem Mädchen was allein zu machen. Kaum jemand ist weiter von der Romantik entfernt als die Jugendlichen dort in dieser Klinik und ich. Vielleicht hat meine Mutter recht: Ich gehöre mehr zu denen, als mir klar ist.

Langsam rolle ich unter den Linden hindurch, die sich mit ihren Zweigen über mir umarmen. Ihre Schatten streifen über mich, unterbrochen von hellen Lichtreflexen. Die Sonne brennt vom Himmel herunter und mir ist viel zu warm in meiner übergroßen schwarzen Kapuzenjacke. Warum habe ich nicht doch einen Sommerrock mit Top angezogen? Aus Bockigkeit? Um mir und meiner Mutter zu beweisen, dass ich selbst am besten weiß, was gut für mich ist?

Auf dem Vorplatz steige ich ab, schiebe meine Vespa am Gebäude vorbei und stelle sie dahinter auf dem Parkplatz unter einer hohen Birke ab. Dann gehe ich wieder ums Haus herum, über dessen alter Fassade sich der Efeu rankt und sich mit anderen blühenden Kletterpflanzen ineinander verschlingt. Die stille Schönheit hier ist vollkommen.

Ich ziehe vorne den Reißverschluss auf und steige die helle Steintreppe hinauf zum Eingang. Erst jetzt begreife ich wirklich, dass ich drauf und dran bin, mich in eine fremde Welt hineinzubegeben, die mit meiner nichts zu tun hat. Die Jugendlichen und Kinder, die hier untergebracht sind, sind *anders*. Leide ich unter Selbstüberschätzung, dass ich einfach so in ihr Leben eindringe? Ein Praktikum als Kabelträgerin beim Fernsehen wäre vermutlich normaler gewesen.

In meiner Umhängetasche piepst mein Handy. Ich ziehe es heraus und schalte den Ton ab. Eine Nachricht von Nelli. »Viel Spaß bei den Durchgeknallten, sweetcrazy Miss Franziska!«

Ich grinse und tippe zurück. »Dir auch viel Spaß. Bin gerade angekommen.«

Irgendwie tut es gut, dass meine beste Freundin in Gedanken bei mir ist, obwohl sie nicht versteht, warum ich ausgerechnet in dieser Klinik mein Praktikum machen will. Gerade kommt es mir selbst so vor, als hätte ich mich freiwillig zu einer Reise in eine fremde Galaxie gemeldet, ohne darüber nachzudenken, was das für mich in Wahrheit bedeuten wird. Ich werde Dinge sehen und erleben, die jenseits meines gut kontrollierten Lebens liegen. Fürchte ich. Hoffe ich.

Bevor ich die Glastür aufziehen kann, wird sie schon von innen aufgedrückt. Durch die Scheibe sehe ich eine rundliche Krankenschwester in strahlend weißem Kittel. Ich trete zur Seite, damit sie die Tür richtig aufmachen kann.

»Guten Morgen. Du bist sicher Franziska, unsere neue Praktikantin.« Sie reicht mir mit hochgezogenen Augenbrauen die Hand. »Komm rein. Ich bin Schwester Maggie.« Ihr Scan-Blick gleitet an mir herunter bis zu meinen Vans, dann wieder rauf. Ich meine, ein leichtes

Kopfschütteln zu bemerken. Hat sie etwas gegen mein saloppes Outfit? »Folge mir.«

»Danke.«

Wir gehen durch eine kühle Halle. Hinter dem Empfangstresen sitzen zwei Schwestern, die sich leise miteinander unterhalten und nur kurz den Blick heben, als wir vorbeilaufen. Dann gehen wir rechts einen Gang hinunter, von dem aus der riesige Park mit seinen Hecken und Rhododendren bis zur Lindenallee zu überblicken ist. Weiter hinten tuckert ein Gärtner auf einem roten Rasenmäher rund um eine gewaltige Eiche, an deren Ast eine einsame Schaukel baumelt. Und noch weiter hinten meine ich das Glitzern eines Sees zu erkennen, in dessen Wasseroberfläche die Sonne reflektiert. Meine Gummisohlen quietschen über den Linoleumboden, was mir einigermaßen peinlich ist. Ich gebe alles, um das Quietschen zu vermeiden, und trippele auf Zehenspitzen hinter Schwester Maggie her. Ziemlich anstrengendes Unterfangen. Der Gang scheint endlos zu sein. Eine Zimmertür reiht sich an die nächste.

Schwester Maggie redet, ohne sich zu mir umzudrehen. »In diesem Trakt sind ein Teil der Patientenzimmer und das Büro von unserem Chefarzt Doktor Weinberg untergebracht. Ihn wirst du später noch kennenlernen. Am Ende des Ganges ist der Aufenthaltsraum, wo die Patienten zwischen ihren Behandlungen fernsehen, Kicker spielen und sich austauschen können. Und hier ...« Sie zieht die vorletzte Tür auf. »Und hier ist das Schwesternzimmer.«

»Aha.« Ich trete hinter ihr in einen hellen Raum ein,

in dem sich drei Schreibtische befinden. Entlang der Wände stehen Metallschränke mit Etiketten auf den Türen. »Akten«, lese ich dort zum Beispiel, »Medikamente«, »Spritzen« und so weiter. Unter dem Fenster steht eine Liege.

»Hier ist dein Spind.« Sie zieht eine Schranktür auf und reicht mir einen Bügel. »Dir ist sicherlich warm. Wenn du also deine Jacke aufhängen möchtest?« Sie sagt es so, als würde sie keinen Widerspruch dulden. Ich kann froh sein, wenn sie mir keinen frisch gestärkten Kittel gibt, damit ich ordentlich gekleidet bin. »Du darfst allerdings nicht den Schlüssel verlieren. Wir haben nur den einen.«

»Okay.« Ich greife nach dem Bügel. »Danke.«

Jetzt stehe ich in T-Shirt und Leggings da und zupfe nervös an meinem zu kurzen Saum herum. Hier drinnen sieht alles so adrett aus, dass es definitiv eine bessere Idee gewesen wäre, mich etwas weniger leger anzuziehen. Können die Leute hier ja nicht wissen, dass ich verbissen gegen die gut gemeinten Ratschläge meiner Mutter ankämpfe, in dem Versuch, ein abgründiges Leben zu führen.

»Gut.« Schwester Maggie atmet ein und über ihr Gesicht huscht ein Lächeln. »Die Schwestern und Therapeuten sind gerade mit unserem Chefarzt auf Visite. Danach finden diverse Therapien statt. Einzelsitzungen. Beschäftigungstherapie, Musiktherapie, Physiotherapie und Gymnastik. Außerdem *Themenzentrierte Interaktion* und vor dem Mittagessen Autogenes Training. Danach hast du eine halbe Stunde Pause. Ich bin deine Ansprechpartnerin für alle Fragen, die aufkommen sollten.

Außerdem wirst du von der Klinikleitung dazu aufgefordert, dich nicht mit den Patienten anzufreunden. Zwischen euch soll keine zu enge Bindung entstehen. Du wirst in zwei Wochen wieder gehen. Von daher …«

Ich nicke. »Verstehe.« Kein Problem für mich. Ich kann mir sowieso nicht vorstellen, mich mit einem der Patienten anzufreunden. Was sollte uns verbinden, mal abgesehen von der fehlenden Romantik im Leben? Ich bin da, um zu helfen, denke ich. Aber gerade bin ich mir nicht mal sicher, ob ich das überhaupt kann. Als ich Schwester Maggie meinen ausgefüllten Fragebogen überreiche, ist aus dem Flur Geschrei zu hören.

»Entschuldige mich einen Augenblick.« Sie eilt an mir vorbei auf den Gang.

Ich folge ihr bis zum Türrahmen und blinzele um die Ecke. Ein spindeldürres Mädchen sitzt in Röhrenjeans und T-Shirt auf dem Boden und reißt sich aufgebracht an den langen Haaren, als hätte sich ein riesiger Kaugummiklumpen darin verfangen. Eine andere Schwester versucht bereits, sie zu beruhigen, während im Hintergrund ein paar verschreckte Mädchen dicht beieinanderstehen. »Es ist alles gut, Natascha.«

Doch Natascha wird immer wilder. Gemeinsam ziehen Schwester Maggie und die andere Schwester schließlich das um sich schlagende Mädchen hoch und bringen es zurück in eins der Zimmer. Alles klar. Schätze, ich muss mir ein dickes Fell zulegen, wenn ich hier nicht selbst die Nerven verlieren will.

Ich ziehe mich ins Schwesternzimmer zurück und warte mit vor der Brust verschränkten Armen auf

Schwester Maggie. Plötzlich ist mir kalt. Noch nie habe ich mich so fehl am Platz gefühlt wie in diesem Augenblick. Offenbar war es eine dumme Idee, hierherzukommen. Warum tue ich mir das an? Warum tue ich das den Leuten an? Ich tauche hier auf und bilde mir ein, dass ich heilende Kräfte habe. Nur, weil meine große Schwester irgendwann mal meinte, dass ich gut zuhören und Ratschläge geben kann. Dabei habe ich in Wahrheit gar keine Ahnung von den Problemen, die diese Welt so mit sich bringen kann.

»Hey, alles klar?« Schwester Maggie kommt wieder rein und streicht sich eine lose Haarsträhne hinters Ohr.

»Ja, klar.« Leider klingt es wie »überhaupt nicht«.

»Daran wirst du dich gewöhnen müssen. Die Mädchen und Jungen hier haben zum Teil schwer mit sich zu kämpfen. Sie verlieren schnell die Fassung. Sie haben oft schlimme Dinge erlebt. Entweder in Wirklichkeit oder in ihrer Fantasie.«

»In ihrer Fantasie?« Ich lasse die Arme hängen. Was soll das denn heißen?

Schwester Maggie verschwindet hinter einem der Schreibtische und sieht die Aktenstapel durch. Schließlich zieht sie eine rote Mappe hervor und macht ein paar Notizen. Dann klappt sie die Mappe wieder zu und sieht mich von ihrem Platz aus an. »Sie leiden an Depressionen oder Angstzuständen. Und manche von ihnen haben Schwierigkeiten, die Realität von ihrer Einbildung zu unterscheiden. Sie wissen nicht, was wahr und was unwahr ist. Sie deuten die Dinge falsch. Sie fühlen sich schnell eingeschüchtert oder bedroht.«

»Aha.« Um ehrlich zu sein, verstehe ich nicht mal die Hälfte von dem, was Schwester Maggie mir da gerade erklärt. Ich frage vorsichtig: »Und wie äußert sich das konkret?«

Sie steht von ihrem Stuhl auf und zuckt mit den Schultern. »Manche von ihnen greifen dich plötzlich an, weil du versehentlich eine ihrer unsichtbaren Grenzen überschritten hast. Andere geraten in Panik oder versuchen, sich selbst etwas anzutun, um den inneren Schmerz loszuwerden.«

»Aha.«

»Wir haben aber auch traumatisierte Jugendliche hier, die sich in einem permanent apathischen Zustand befinden und für niemanden zu erreichen sind. Sie sind vollkommen in sich versunken. Dieses Verhalten ist eine automatisch antrainierte Schutzreaktion, um erneute Traumatisierungen zu vermeiden.«

»Wodurch? Ich meine, hier kann ihnen doch nichts mehr passieren.« Mir schwirrt der Kopf. Das alles klingt nach einem heftigen Albtraum. Nicht zu vergleichen mit meinen Schwierigkeiten, mir meine überfürsorgliche Mutter vom Leib zu halten.

»Winzige Schlüsselreize wie Gerüche oder Geräusche, die an das Schockerlebnis erinnern, können bei ihnen für einen *Flashback* sorgen und ihr Trauma noch verstärken.«

»Okay.«

»Bei bestimmten Patienten solltest du also besser vorsichtig sein. Du wirst aber schnell herausfinden, welche das sind.«

»Prima …« Ich versuche ein Lächeln, obwohl mir gar nicht danach zumute ist. Ich hätte nie gedacht, dass es Jugendliche gibt, die so heftig von ihrer Psyche gequält werden. Ich weiß eigentlich gar nicht, was ich gedacht habe. Schätze, Nelli hat erschreckenderweise recht: Ich wollte nichts Durchschnittliches. Sondern etwas Abenteuerliches, was sich sonst keiner zutraut.

Schwester Maggie marschiert an mir vorbei, wieder hinaus in den Flur. »Na, dann komm. Du kriegst einen exklusiven Rundgang von mir spendiert. Solange die Visite läuft, ist es relativ ruhig, weil die Patienten eigentlich alle in ihren Zimmern bleiben sollen.«

»Eigentlich?«

Ich laufe hinter ihr her, den Gang hinunter, an der Medikamentenausgabe vorbei. Selten habe ich einen Menschen getroffen, der so selbstbewusst und konzentriert ist. Aber vermutlich muss man so sein, wenn man andere Menschen vor dem Durchdrehen bewahren will.

Von der Empfangshalle geht es eine breite Treppe hinauf. Schwester Maggie redet ununterbrochen, als würde sie mir den Klinikkomplex verkaufen wollen. »In der ersten Etage befinden sich unser frisch renovierter Raum für Autogenes Training und der Gymnastikraum für unsere Patientinnen mit Essstörungen wie Magersucht oder Bulimie, in dem ihnen ein gesundes Körpergefühl vermittelt werden soll. Und direkt gegenüber ist der helle Speisesaal mit seinem fantastischen Panoramablick …«

… über den in der Sonne glitzernden See, der sich bis in die Ewigkeit hinzuziehen scheint.

»Boah!«, entfährt es mir.

Schwester Maggie und ich bleiben zwischen zwei langen Tischen stehen und blicken durch das riesige Panoramafenster. Der See sieht aus, als wäre er aus Quecksilber, und rund um sein Ufer wehen schillernde Weiden, deren lange Äste wie feine Fangarme um sich greifen, als wollten sie das Sonnenlicht einsammeln und sich davon ernähren. Darüber steht der wolkenlos blaue Himmel, der die Unendlichkeit preisgibt, in der wir winzigen Kreaturen unser eigenartiges Dasein fristen.

»Nicht wahr? Das ist ein Ausblick! Unglaublich. So viel Raum. So viel Ruhe. So viel Heiligkeit. Am Abend komme ich manchmal hierher. Dann ist es hier oben ganz still. Der Speisesaal ist leer und dort hinten am Horizont geht langsam und leuchtend rot die Sonne unter und versinkt schließlich im See.«

Schwester Maggie seufzt, und ich denke, dass ich sie sehr mag. Sie ist zwar irgendwie streng, aber gleichzeitig hat sie definitiv einen Sinn fürs Schöne. Außerdem strahlt sie eine seltsame Ruhe aus, sodass man sich in ihrer Gegenwart einfach wohlfühlt. Wir stehen noch eine Weile still da. Was komisch ist. Für gewöhnlich stehe ich nie mit irgendwelchen Menschen still da. Schon gar nicht mit fremden. Aber für Schwester Maggie scheint das normal.

Schließlich kickt sie mich mit dem Ellenbogen an. »Na los. Wir gehen runter zu den Physiotherapieräumen und der Schwimmhalle, wo unser unnahbarster Fall gerade seine Bahnen schwimmt.«

Drei

Der vierte Tag meines neuen Lebens

»Siehst du ihn da unten?« Schwester Maggie zeigt auf einen hellrosa Schatten in Badehose, der unter Wasser dicht über den gekachelten Boden des Schwimmbeckens hinweggleitet. »Das ist Tucker. Er hat eine Ausnahmegenehmigung.«

»Er hat was?« Wir stehen am Beckenrand und gucken in das blaue Wasser hinunter. Inzwischen fühle ich mich nicht mehr ganz so fehl am Platz, was eindeutig an der offenen Art von Schwester Maggie liegt.

»Eine Ausnahmegenehmigung.« Sie sieht mich vielsagend an. »Unser Tucker ist der Einzige, der während der Visite nicht auf seinem Zimmer sein muss.«

»Muss er nicht?« Mit den Augen folge ich dem schwimmenden Jungen bis zum Ende des Beckens. Er taucht kurz auf, holt Luft und verschwindet wieder unter Wasser.

»Er schwimmt fast den ganzen Tag.« Schwester Maggie lächelt und ruft dann hinunter ins Becken: »Tucker! Hier ist jemand, der dich gerne kennenlernen möchte.«

Möchte ich diesen Tucker gerne kennenlernen? Ich weiß nichts von ihm, außer, dass er der unnahbarste Fall der Klinik ist und fast den ganzen Tag schwimmt. Von mir aus muss er sich nicht von uns ablenken lassen. Ich persönlich stehe nicht so auf Wasser. Um ehrlich zu sein: Ich kann gar nicht schwimmen. Als ich fünf Jahre alt war, wollte mein Vater es mir im Sommerurlaub beibringen. Aber ich habe wild um mich getreten und geschlagen und ihn aus Versehen mit voller Wucht zwischen den Beinen getroffen. Da hat er sofort aufgegeben und zu meiner Mutter gemeint: »Diesem widerspenstigen Mädchen das Schwimmen beizubringen, ist lebensgefährlich.«

Mein Schwimmlehrer in der Schule hat mich sogar freiwillig am Beckenrand sitzen lassen, weil er mein Angstgeschrei nicht mehr ertragen konnte. Seitdem hat es niemand mehr versucht.

Tucker scheint nichts zu hören. Mit gleichmäßigen Zügen durchquert er das Becken, taucht am Rand auf, holt Luft und taucht wieder ab. Wie soll ich ihn überhaupt kennenlernen, wenn er nonstop unter Wasser ist?

Schwester Maggie sieht mich an. »Jetzt fragst du dich, wie er Kontakt zu Menschen haben soll, wenn er sich beinahe den ganzen Tag in einem Element aufhält, in dem man nicht mal sprechen kann?«

Ich nicke und folge Tucker noch immer mit meinen Augen. Ich will nicht den Moment verpassen, in dem er wieder auftaucht. Vielleicht sehe ich wenigstens für einen kurzen Augenblick sein Gesicht. Mich interessiert, wie einer aussieht, der sich unter Wasser am wohlsten fühlt.

»Er leidet unter *totalem Mutismus*«, erklärt mir Schwester Maggie. »Das heißt, er hat eine Blockade, verbal zu kommunizieren. Dieser Zustand wird meist durch ein Schockerlebnis ausgelöst.«

»Durch ein Schockerlebnis?« Ich sehe sie überrascht an. »Was denn für ein Schockerlebnis?« Heißt das, er hat etwas sehr Schlimmes erlebt? Das tut mir leid.

Schwester Maggie zuckt betrübt mit den Schultern. »Als er vor einem Jahr zu uns kam, wussten wir nicht einmal, wer er ist oder woher er kommt. Stand eines Morgens plötzlich vor der Tür. Am heißesten Tag des ganzen Sommers. Es waren bestimmt 40 Grad. Voller Schmutz. In T-Shirt, Jeans und barfuß. Mit Kratzern im Gesicht und auf den Armen.«

»Barfuß? Mit Kratzern im Gesicht?« Wiederhole ich schon wieder wie hypnotisiert Schwester Maggies Worte.

»Er muss kilometerweit durch die Landschaft gestreift sein. Wir haben die Polizei verständigt, die hat versucht, Angehörige oder Verwandte zu finden. Aber nichts. Niemand in der Umgebung wusste, wer er ist. Als sei er vom Himmel gefallen. Stand damals sogar in der Zeitung.«

»Ja, ich erinnere mich dunkel.« Ich glaube, mein Vater hat uns mal irgend so eine eigenartige Geschichte beim Frühstück vorgelesen. »Aber dann haben sie doch irgendwann seine Familie gefunden. War es nicht so?«

»Ja, als wir die Hoffnung beinahe aufgegeben hatten.«

Schwester Maggie seufzt. »Es waren gerade große Ferien und seine Schulfreunde im Urlaub. Keiner hat ihn also vermisst. Und er und seine Familie leben recht zurückgezogen auf einem Öko-Hof, zwei Autostunden von hier entfernt. Ohne Fernsehen. Keine Zeitungen, nur ein paar Kühe, Schweine, Felder und Kartoffeläcker. Darum hat es so ewig gedauert, sie zu finden.«

»Haben seine Angehörigen nicht nach ihm gesucht?«

»Doch. Das haben sie. Auf ihre Art …«

»Auf ihre Art?«

»Na ja, sie sind mit ihren Autos rumgefahren, sogar bis hoch nach Dänemark, haben Flugblätter verteilt, Zettel an Bäume und Laternenpfähle geklebt. Sie wollten nur nicht zu großes Aufsehen erregen, um Tucker nach seinem Schockerlebnis nicht noch mehr einzuschüchtern. Jetzt bleibt er bei uns, bis wir ihn hoffentlich irgendwann so weit haben, dass er wieder Verbindung zur Außenwelt aufnimmt. In welcher Form auch immer. Es ist nicht leicht für seine Eltern, zu begreifen, dass er körperlich anwesend ist und trotzdem nicht von ihnen erreicht werden kann.«

»Was hat er denn Schlimmes erlebt? Ich meine …« Ich räuspere mich. Ich will nicht neugierig wirken. »Ich meine, was kann so schlimm sein, dass …«

»Dass er sich komplett in sich zurückgezogen hat?« Schwester Maggie flüstert, als Tucker wieder auftaucht: »Ich werde es dir später erzählen. Nur nicht hier unten. Es ist schwierig mit ihm. Alles, was ihn minimal an das Geschehen erinnert, kann zu einer noch tieferen Versunkenheit führen.«

Versunkenheit. Ist es das, was er da unter Wasser sucht? Ich frage: »Ist dieser *Mutismus* therapierbar?«

»Theoretisch ja. Mit Körperpsychotherapie, Gesprächs- und Familientherapie, um so viel wie möglich rund um das Geschehen zu erfahren. Auf diese Weise können wir uns Stück für Stück an das Schockerlebnis herantasten und das Trauma schließlich auflösen. Die Heilung kann rasch erfolgen. Oder aber nie. Das hängt stark von Tucker ab. Wie sehr sein Unterbewusstsein sich dagegen sträubt, das schwere Unglück noch einmal kontrolliert zu durchleben, um es loszulassen.«

Unter Wasser ist er schwerelos, denke ich. Ich frage: »Wie alt ist er?«

»Achtzehn. Und er isst für sein Leben gerne Waffeln.« Schwester Maggie zwinkert und wendet sich zum Gehen. »Zumindest das hat er uns über sich verraten.«

»Wie, wenn er nicht spricht?«

»Indem er sehr viele gegessen hat.«

Ich grinse und jetzt möchte ich Tucker irgendwie doch kennenlernen. Ich liebe Waffeln. Obwohl meine Mutter nicht will, dass ich sie esse. Wegen der *gefährlichen* Kohlenhydrate. Und weil ich angeblich eine Weizenallergie habe. Was ich gar nicht glaube!

Wir gehen am Beckenrand entlang und bleiben an der Stelle stehen, an der Tucker regelmäßig auftaucht, um kehrtzumachen. Mit gleichmäßigen Zügen kommt er auf uns zugeschwommen. Ich sehe die Muskeln auf seinem Rücken arbeiten. Als er den Arm ausstreckt und mit der Hand den Beckenrand berührt, um Luft zu holen, ruft Schwester Maggie noch mal: »Tucker?«

Er taucht sofort wieder ab und schwimmt einfach davon. Sie blickt mich mit hochgezogenen Augenbrauen an. »Tut mir leid. Ich dachte, ein hübsches Mädchen wie dich kann er nicht ignorieren. War den Versuch wert.«

Hübsches Mädchen? Meint sie etwa mich damit? Da wäre sie die Erste. Mal abgesehen von meinem Vater. Der blind vor Vaterliebe ist. Ich sage möglichst cool: »Tja. Das kann nur heißen, dass er mich nicht hübsch findet.«

»Machst du Witze?« Schwester Maggie sieht mich forschend an. »Deine roten, lockigen Haare, die Sommersprossen …«

»All das bekämpft meine Mutter seit Jahren.« Ich grinse verlegen. Keine Ahnung, warum ich das jetzt offenbare.

Schwester Maggie schüttelt irritiert den Kopf. »Das glaube ich nicht. Deinen Anblick vergisst man definitiv nicht so schnell. So wild und kraftvoll …«

»Ich werd's ihr ausrichten«, verspreche ich und frage mich, ob Schwester Maggie nur freundlich sein will, damit ich mich wohlfühle. Oder ob sie etwas in mir sieht, wofür meine Mutter bisher keinen Blick hatte. Könnte das sein?

Sie guckt auf ihre Armbanduhr. »Entschuldige. Die Visite müsste längst vorbei sein. Ich muss schnell los und sehen, ob mich oben jemand braucht. Willst du mitkommen oder hier unten auf mich warten?«

»Ich … Keine Ahnung.« Wie soll ich die Frage beantworten? Ich weiß ja überhaupt nichts über diesen Ort.

Ich weiß nicht, was ich hier für Aufgaben übernehmen könnte oder wo ich am wenigsten im Weg herumstehe.

»Weißt du was? Bleib hier und leiste unserem Tucker etwas Gesellschaft. Dann ist er ausnahmsweise mal nicht ganz allein. Es bricht einem ja das Herz, ihn da so verlassen schwimmen zu sehen, wie ein übrig gebliebenes Urzeittier.« Sie lächelt, damit klar ist, dass sie einen Scherz gemacht hat. »Ich komme in einer halben Stunde zurück, wenn ich den langweiligen Papierkram von der Visite erledigt und deinen Fragebogen durchgesehen habe. Dann kannst du mir helfen, die Matten im Raum für Autogenes Training zu verteilen.«

»Okay.«

Schwester Maggie hetzt davon. Ich setze mich auf den Stapel bunter Schwimmbretter. Es ist übertrieben gespenstisch, so alleine am Beckenrand zu sitzen und diesem schwimmenden Jungen zuzusehen. Ist er einer von jenen Patienten, die einen aus heiterem Himmel angreifen, weil man eine ihrer unsichtbaren Grenzen überschritten hat? Nicht, dass er mich am Ende ins Becken schubst und untertaucht. Warum schwimmt er so viel? Ist das überhaupt gesund? Seine Haut muss schon komplett riffelig sein. Wieso heißt er überhaupt Tucker?

Dummerweise habe ich mein Handy oben im Spind eingeschlossen. Sonst könnte ich Nelli ein Foto von dieser eigenartigen Schwimmbadsituation schicken. Ein bisschen Kontakt zur Außenwelt würde mir gerade guttun, nur um sicherzugehen, dass es die überhaupt noch gibt. Ob Nelli schon ihren ersten eigenen Fall in Sachen Drogenhandel vor Gericht durchgekämpft hat? Ich hoffe, mein Vater sorgt dafür, dass sich seine Abteilung gut um sie kümmert, so wie Schwester Maggie sich um mich kümmert.

Um mir die Zeit zu vertreiben, gucke ich mich ein wenig um. Außer drei verstreuten Plastikliegestühlen, einem Haufen bunter Schwimmnudeln und einer Rettungsstange gibt's nicht viel zu entdecken. Also verfolge ich wieder den schwimmenden Jungen unter Wasser. Total meditativ. Ich hatte noch nie so viel Ruhe in meinem Leben wie jetzt gerade. Das macht mich ganz kribbelig.

Ich stehe auf und laufe am Becken entlang zur Mädchenumkleide, in der nur eine lange Bank, eine Ablage und ein Mülleimer stehen. An der Wand hängen zwei Fönapparate, die ich nacheinander anschalte, ohne sie wieder ausschalten zu können. Also bleibe ich darunter stehen, bis das Gebläse endlich von selbst wieder ausgeht. Nachdem ich auch noch die Inhaltsstoffe auf der halbvollen Shampooflasche durchgelesen habe, die verlassen auf der Ablage steht, drehe ich mich um und pralle gegen einen nassen Jungenkörper.

Vor Schreck mache ich einen Schritt zurück und stoße gegen die Bank hinter mir. Ich sehe in das zweifellos schönste Gesicht, das ich jemals in meinem Leben gesehen habe. Flaschengrüne Augen, umrandet von Wimpern, in denen Wassertropfen hängen. Mein Herz bleibt stehen. Dann hämmert es unkontrolliert los. Ich gebe ein komisches Geräusch von mir. Eine Mischung aus Fiepsen und Röcheln. »Hi.«

Das ging mir noch nie so, dass ich eine Nase gesehen

habe und als Erstes dachte: »Perfekt! Einfach nur perfekt!« Aber sie ist »perfekt«. Sollte irgendjemand eine Definition von »perfekt« brauchen, hier ist sie: Tuckers Nase. Dass es sich um Tuckers Nase, Tuckers Gesicht und Tuckers Körper handelt, bezweifele ich nicht einen Augenblick. Denn dieser Junge ist nass und trägt Badeshorts. Ich schlucke und zwinge mich, meinen Blick auf seine Augen zu richten. Das alles ist so peinlich und so schön.

Er verzieht keine Miene, sondern sieht mich nur an.

Ich flüstere mutig: »Hallo … Ich bin Franzi. Ich mache hier ein Praktikum.«

Ich grinse dämlich, weil ich nicht weiß, was ich sonst machen soll. Was würde Nelli an meiner Stelle tun? Vermutlich drauflosplappern. Irgendwas. Dass sie immer gute Laune hat und Probleme total überflüssig findet. Das würde ihn bestimmt schlagartig aufmuntern. Was bitte könnte diesen Jungen interessieren, der sich am liebsten im Wasser aufhält und nicht spricht?

Ich räuspere mich und hauche: »Bist du fertig mit schwimmen?«

Wie schräg ist das denn bitte? Ich merke, dass ich rot anlaufe und feuchte Hände bekomme. Warum sieht er mich denn immer noch *so* an? Kann er nicht einfach hinüber in die Jungenumkleide verschwinden und sich anziehen? Muss er beinahe nackt vor mir stehen, sodass ich nicht anders kann, als meinen Blick über seinen Körper gleiten zu lassen? Obwohl ich das gar nicht will. Ich bin hier, um ein Betriebspraktikum zu machen!

Er schiebt sich seine feuchten Haare aus der Stirn,

und ich sehe, dass er auch noch perfekte Hände hat. Um ehrlich zu sein: In meinen Augen ist alles an ihm perfekt. Wie ist es möglich, dass der unnahbarste Fall der Klinik *so* aussieht? Vielleicht ist er wirklich vom Himmel gefallen. Also gar kein menschliches Wesen. Ich spare mir allerdings, ihn das auch noch zu fragen. Eine idiotische Frage reicht. Ich räuspere mich zum zehnten Mal und will an ihm vorbei zurück in die Schwimmhalle. Er steht in der Tür, was bedeutet, dass ich mich an ihm vorbeidrücken muss. Als Tucker versteht, was ich vorhabe, macht er mit der Schulter eine winzige Seitwärtsbewegung, und ich schlüpfe neben ihm durch, laufe am Beckenrand entlang zum Ausgang.

Mein Herz wummert noch immer, als ich die Treppe in die Empfangshalle hinauflaufe. Was war das denn bitte? Warum kann ich mich nicht wie ein normaler Mensch verhalten? Nelli würde sagen: »Ist doch wohl klar, Miss Franziska! Du solltest langsam mal über Sex nachdenken. Damit du nicht nervlich komplett ausflippst, nur weil ein stummer Junge in Badehosen vor dir steht!« Aber das ist es nicht. Ganz und gar nicht. Es ist irgendwas anderes. Ein eigenartiges Gefühl von … von … von etwas Unaussprechlichem.

Inzwischen hat sich die Empfangshalle gefüllt. Auf den Sesseln sitzen Leute in meinem Alter und spielen Gesellschaftsspiele, lesen oder unterhalten sich. Manche haben kleine Notizbücher auf den Knien, in die sie reinkritzeln, oder Kopfhörer auf den Ohren. Ein Mädchen mit bandagierten Armen lässt sich gerade ihr eingegipstes Bein von einem anderen Mädchen mit gelben Gummihandschuhen bemalen. Aus irgendeinem Raum dringt Kindergeschrei, dann fliegt die Tür auf, und ein kleiner Junge fegt an mir vorbei hinaus in den Garten, gefolgt von einer Ärztin, die ruft: »Vincent, wir wollen den Teddy retten.«

Ein hauchdünnes Mädchen mit Infusionsbeutel an einem Rollgestell kommt wie ein Engel im langen Nachthemd auf mich zu. Sie lächelt sanft, als würde sie gleich sterben. Ich lächele schockiert zurück und laufe dann weiter, den Gang hinunter. Ich befinde mich wirklich im zerklüfteten Grand Canyon des Lebens. Überall schwindelerregende Abgründe!

Atemlos bleibe ich im leeren Schwesternzimmer neben einem der Schreibtische stehen. Noch einen tragischen Fall kann ich gerade nicht verkraften. Als auch noch das Telefon an Schwester Maggies Platz klingelt, bekomme ich beinahe einen Herzinfarkt. In meinem ganzen Leben war ich noch nie so durch den Wind. Das ist der heftigste Ort, an dem ich je war!

Vorsichtig trete ich wieder in den Gang hinaus. Von draußen kommt die helle Vormittagssonne durch die Fenster und taucht alles in träumerisches Licht. Und daraus taucht endlich Schwester Maggie auf. Sie lacht mir entgegen. »Hallo, ich wollte dich gerade holen, aber du warst schon weg. Das Autogene Training fängt gleich an. Hilfst du mir, die Matten zu verteilen?«

»Klar.« Ich nicke erleichtert. Schwester Maggie scheint schon wieder ziemlich in Eile zu sein. Sie bemerkt nicht, dass ich gerade an krassen Herzrhythmusstörungen leide. Oder sie hat in meinem Fragebogen gesehen, dass ich *Nerven aus Stahl* angekreuzt habe und mich nichts umhauen kann. Von wegen! Bis zu meinem Dienstschluss werde ich ihr wie ein Schatten folgen, für heute habe ich genügend Eindrücke gesammelt.

Unterwegs halten wir noch einmal kurz am Büro vom Chefarzt Doktor Weinberg an, der mir zur Begrüßung die Hand schüttelt. Mit Blick auf mein bauchfreies T-Shirt bemerkt er mit leicht warnendem Unterton: »Dir wurde sicherlich schon gesagt, dass wir uns eine gewisse Distanz zwischen dir als Praktikantin und unseren Patienten wünschen. Du bist hier, um etwas über die herausragende Arbeit unserer Therapeuten und Schwestern zu erfahren. Nicht, um Unruhe zu stiften.«

Ich nicke, während mein Gesicht sich plötzlich ganz heiß anfühlt, und zupfe an meinem Saum. »Sicher.« Was glaubt er bitte, was ich vorhabe? Dass ich mich an seine Patienten heranmachen will? Unglaublich, dass sich Erwachsene durch modische Kleidung und lange rote Haare immer gleich zu Pauschalurteilen hinreißen lassen!

Er nickt, weil er merkt, dass er sich auf mich verlassen kann. »Na, dann wünsche ich dir ein erfolgreiches Berufspraktikum und wichtige Erfahrungen, die du draußen in der Welt so nie machen würdest. Du triffst hier auf Menschen in deinem Alter, die in großer Not sind. Natürlich unterliegt alles, was du hier erfährst, der Schweigepflicht.«

Ich sage nun beinahe eingeschüchtert: »Geht klar.«

Dann verschwindet der Chefarzt wieder hinter seinem

Schreibtisch, weil noch ein Berg Arbeit auf ihn wartet. Eins kann ich schon mal festhalten: Mein Berufspraktikum macht seinem Namen alle Ehre. Das, was hier läuft, ist völlig anders als alles, was ich bisher in der Schule erfahren habe.

»Na komm.« Schwester Maggie eilt den Gang hinunter, ich dicht hinterher. Wie kann man pummelig und dabei so flink sein? Wie ein Gummiball springt sie die Treppe hinauf zum Raum für Autogenes Training. Davor steht schon eine Traube von Mädchen in Leggings und Tanktops. Als hätte es meine Mutter gewusst: Ich sehe aus wie eine von ihnen! Macht nichts. Inzwischen bin ich ja auch ähnlich psychisch am Ende. Kleiner Scherz.

Die Mädchen aus der Autogenes Training-Gruppe unterhalten sich angeregt und wirken bei näherer Betrachtung überhaupt nicht krank. Jedenfalls nicht kränker als die Leute in meiner Schule. Ich grinse in mich hinein, amüsiert über die Erkenntnis, dass geistige Gesundheit womöglich Interpretationssache ist, und folge Schwester Maggie in den mit dunkelblauem Teppich ausgelegten Saal, dessen große Fenster zum See hinausgehen.

»Hier!« Sie zeigt auf den Mattenstapel an der Längsseite. »Verteil sie so, dass sie in drei Reihen hintereinander liegen. Wenn du magst, kannst du gerne beim Training mitmachen.«

»Okay.« Ich schnappe mir die Schaumstoffmatten und verteile sie möglichst akkurat im Saal, bis jede Patientin auf einer liegt. Dabei lächele ich die Mädchen an und sie lächeln freundlich zurück. Die eine mit dem kurzen Jungshaarschnitt fragt mich, ob ich auch wegen einer *Bipolaren Störung* hier bin.

Ich sage: »Leider nicht. Ich bin nur Franzi, die neue Praktikantin.«

Das Mädchen macht ein enttäuschtes Gesicht, so, als hätte es noch Mitglieder für ihre bipolare Gruppe gesucht. »Schade!«

Ich zucke entschuldigend mit den Schultern. Ich weiß nicht einmal, was eine *Bipolare Störung* ist. Ich werd's später googeln. Dann lege ich mich auf die letzte rote Matte gleich neben der Glastür. Die Arme dicht am Körper, schließe ich die Augen. Das Geplapper verstummt, bis es ganz still ist im Raum. Keine Ahnung, wie dieses Autogene Training funktioniert. Neben mir höre ich das Mädchen mit den kurzen dunkelblonden Haaren und den bunten Armbändern am Handgelenk atmen. Irgendwo räuspert sich ein anderes Mädchen. Vielleicht ist es auch ein leises Seufzen. In dieser konzentrierten Atmosphäre hört man irgendwie auf zu existieren. Jetzt scheint es egal zu sein, wer du bist, woher du kommst, welche Krankheit du hast, ob du hungerst oder wütend bist und was in der restlichen Welt vor sich geht. Wir liegen einfach mit geschlossenen Augen auf den Matten und sind alle gleich. In meinem Kopf rauscht es, und ich bin heilfroh, dass mal kurz Entspannung angezeigt ist.

Schwester Maggies beruhigende Stimme ertönt. »Lasst alle Gedanken verebben. Spürt in euren Händen und Füßen ein wohliges Kribbeln. Fühlt es in euren

Armen und Beinen. Lasst das Kribbeln durch euren Körper wandern und stellt euch einen wunderschönen Ort vor, an dem ihr euch sicher und geborgen fühlt.«

Ich weiß nicht warum. Aber ich stelle mir sofort vor, ich liege auf einer Luftmatratze, die auf dem offenen Meer treibt. Ich fühle das sanfte Schwappen der Wellen und die warmen Sonnenstrahlen. Ehrlich! Keine Ahnung, wie ich ausgerechnet auf diese Luftmatratze komme. Eigentlich müsste ich als Nichtschwimmerin in Panik ausbrechen. Ich treibe gerade auf dem offenen Meer! Ich könnte ertrinken! Ein Hai könnte die Luftmatratze zerbeißen und anschließend mich. Aber all das ist mir egal. Plötzlich ist da so eine seltsame Weite in mir, als würde ein stolzer Ozean in mir gemächlich wogen, gemächlich, endlos. Und darüber wäre nichts als der wolkenlos blaue Himmel. Ich muss ein paar Mal schlucken, um mich davon zu überzeugen, dass es mich noch gibt.

Irgendwann, als ich mich beinahe aufgelöst habe, höre ich ein leises Klopfen.

Jedenfalls bilde ich mir das ein.

Ich blinzele, weil ich irgendwie die Orientierung verloren habe. Ich weiß nicht, wie lange ich hier schon liege. Seit Sekunden. Minuten. Einer Stunde?

Es klopft wieder. Sacht. Niemand sonst scheint es zu hören.

Ich mache die Augen ganz auf und blicke in Tuckers Gesicht. Schräg über mir. Er steht dicht hinter der Glastür und sieht auf mich herunter.

Sofort fängt mein Herz wieder heftig an zu hopsen.

Ist er wegen mir hier? Wenn ja, warum? Oder steht er öfter hinter der Glastür und guckt beim Autogenen Training zu? Wohl eher nicht, wenn er fast den ganzen Tag schwimmt. Habe ich vorhin seine unsichtbaren Grenzen überschritten und jetzt ist er böse auf mich? Ich kann meinen Blick nicht von ihm lösen. Wie ein tiefgefrorenes Fischstäbchen liege ich auf der Matte, die Arme eng an den Körper gepresst. Eigentlich treibe ich auf einer Luftmatratze auf dem offenen Meer … Oder versinke ich gerade im flaschengrünen Meer seiner Augen?

Ich zwinkere.

Er zwinkert zurück.

War das Absicht? Oder nur Zufall? Weil er eben auch mal zwinkern muss? Ich zwinkere wieder. Und er zwinkert zurück. Ich lächele hilflos. Tucker verzieht keine Miene. Er trägt ein geringeltes T-Shirt, die Hände stecken in seinen Hosentaschen.

»Entspannt euch. Seid ganz ruhig«, höre ich Schwester Maggies sanfte Stimme. Das kann sie vergessen! Mein Herz schlägt Purzelbäume, in meinem Bauch flattert ein gewaltiges Heer von Schmetterlingen. Durch meinen Kopf rast ein Hochgeschwindigkeitszug. Ihre Stimme kommt näher. »Atmet tief ein und aus.«

Sie bewegt sich durch die Reihen. In meine Richtung. Schnell schließe ich die Augen, bis sie endlich wieder zu ihrem Stuhl zurückkehrt. Als ich die Augen öffne, ist Tucker verschwunden.

Vier

Der vierte Tag meines neuen Lebens

»Wie war dein Tag bei *Law & Order*?«, frage ich und creme mein Gesicht und die Arme mit Sonnenmilch ein.

Am späten Nachmittag sitzt Nelli neben mir auf unserem Dach. Eigentlich dürfen wir hier nicht loungen. Meine Mutter hat Sorge, dass wir runter in ihre englischen Rosen stürzen. Aber ich sitze schon mein ganzes Leben hier oben und bin noch nie abgestürzt.

»Ganz okay. Ich bin umgekippt.« Nelli grinst mich an und zieht ihr Sommerkleid über den Kopf, um in ihrer H&M-Spitzenunterwäsche die heißesten Sonnenstrahlen des Tages einzufangen.

»Du bist umgekippt? Wie das denn?«

»Wie schon?« Sie setzt sich ihre riesige Sonnenbrille auf und bindet sich die Haare zu einem Dutt. »Als wir uns Tatortbilder angesehen haben. Ich stand bei deinem Vater im Büro, sein Kollege kam mit einem Umschlag rein, hat ihn aufgemacht, die Fotos rausgezogen, vor uns hingeklatscht, und ich bin umgekippt. Mit dem Kopf gegen den Papierkorb.« Nelli zeigt auf ihre Stirn, an der ein winziger Kratzer zu sehen ist.

»Shit! Was war auf den Fotos drauf?«

»Keine Ahnung.«

»Hä? Ich denke, du bist vom Anblick umgekippt.«

Sie seufzt und legt sich zurück auf die warmen Schindeln. »Ja, Mann! Ich geb's zu. Ich habe überhaupt nichts erkannt. Ich bin einfach prophylaktisch umgekippt, als der Kollege von deinem Vater sagte ›Hier sind die Tatortfotos‹.«

»Okay? Muss ich das verstehen?« Ich blicke Nelli interessiert an.

Und sie kommt sich offenbar plötzlich total komisch vor. Sie windet sich hin und her, als wolle sie das Thema schnellstmöglich beenden. »Mann! Ich dachte, darauf ist eine zerhackte Leiche oder so. Eben wie im Fernsehen …«

»Hat sich jemand um dich gekümmert?« Ich mache ein ernstes Gesicht, um zu signalisieren, dass ich sie verstehe. Nelli bekommt nämlich schnell das Gefühl, man halte sie für eine Versagerin. Dann wird sie kratzbürstig. Trotzdem muss ich mir das Lachen verkneifen. Ich find's so witzig! Nelli ist kraft ihrer eigenen Horrorfantasie umgekippt, dabei hat es sich bei dem Foto vermutlich nur um ein ausgebranntes Autowrack oder eine verwüstete Villa gehandelt, in die ein Einbruch verübt wurde. Vielleicht ist es das, was Schwester Maggie heute Morgen meinte: dass Menschen manchmal die Realität nicht von ihrer Fantasie unterscheiden können und glauben, dass alles wahr ist, was sie sich vorstellen. Was für ein Albtraum!

»Nein, die haben mich da einfach liegen gelassen, bis sie mit ihren Ermittlungen fertig waren.« Nelli verschränkt die Arme hinter dem Kopf. »Natürlich haben sie mir geholfen! Weswegen dein Vater zu spät zur Verhandlung gekommen ist und der Anwalt der Gegenpartei schon gewonnen hatte.« Nelli zwinkert und grinst dabei. Zum Zeichen, dass sie gerade nur blufft.

»Gratuliere. Da wird er sich richtig gefreut haben!«

Ich lege mich neben sie und schließe ebenfalls die Augen. Ich bin ziemlich fertig von den Eindrücken meines ersten Praktikumtages. Es tut gut, dass Nelli bei mir ist und mit mir durch die Dachluke raus aufs Dach geklettert ist. Als ich vorhin nach Hause gekommen bin, war es so was von mühsam, meiner ausgehungerten Mutter Rede und Antwort zu stehen. Sie wollte alles ganz genau wissen: »Wie viele Teenager werden dort in der Klinik behandelt? Hast du einen verlässlichen Ansprechpartner? Waren die Schwestern und Ärzte zufrieden mit dir? Warst du höflich? Hast du dich immer bedankt? War das Essen gut? Braucht die Klinik finanzielle Unterstützung? Soll ich eine Spendenaktion organisieren? Oder mal einen Clown vorbeischicken, der die Kinder aufheitert?« Und so weiter.

Nelli liebt meine Mutter. Sie will später auch so engagiert und weltgewandt sein wie sie. Ich hingegen folge lieber meinem altbewährten Ich-find's-öde-Programm. Dagegen kann ich gar nichts machen. So verhält sich jede Heranwachsende, die das abgründige Leben spüren will.

Nelli zündet sich eine von ihren Slim-Line-Zigaretten an und zieht genüsslich daran. »Und? Wie war *dein* Tag mit den crazy Leuten?«

»Was?« Es ist, als würde ich aus einer Art Trance aufwachen.

»Wie dein Tag war, will ich wissen? Wurden Leute in Zwangsjacken gesteckt? In Gummizellen gesperrt? Erzähl mir alles.«

Nelli reicht mir die dünne Zigarette herüber und ich gebe sie ihr gleich zurück. Ich rauche diese Tussi-Teile immer noch nicht. Ich sage: »Es war heftig. Ich meine, gut heftig.« Ich drehe den Kopf zur Seite und sehe in das gespannte Gesicht meiner besten Freundin, die wirkt, als hoffe sie auf einen Extrembericht.

Sie hält sich die Hand über die Augen, um nicht in die rot glühende Nachmittagssonne sehen zu müssen. »Was meinst du mit »gut heftig«? Klingt irgendwie widersprüchlich, findest du nicht?«

»Ja, absolut widersprüchlich. Aber genauso fühlt es sich an. Es war, als sei ich zu Besuch in einem Paralleluniversum, in dem ganz andere Gesetze herrschen als bei uns. Ich meine, die Jugendlichen da sehen genauso aus wie wir. Aber sie gehen nicht in die Schule, sie gehen nicht ins Kino, und sie gehen kein Eis essen. Sie leben in diesem riesigen Herrenhaus und warten darauf, dass sie gesund werden und endlich ihr Leben beginnt. Dabei ist *das* irgendwie längst ihr Leben.«

»Klingt richtig scheiße.« Nelli zieht ein letztes Mal an der Zigarette und lässt den Stummel über die Schindeln in die Regenrinne kullern. »Ich vermute, sie haben auch alle keinen Sex.«

»Na und? Wer braucht den schon?« Ich grinse unbefangen, und gleichzeitig spüre ich diese unbestimmte

Sorge in mir heraufziehen, dass ich vielleicht auch nie Sex haben werde. Immerhin werde ich bald siebzehn! Laut Nelli hätte es längst passieren müssen. Ich bin ja nicht schüchtern oder so. Vielleicht löse ich bei Jungs einfach nichts aus. Könnte doch sein. Nelli hat bereits vorletztes Jahr in Südfrankreich mit einem betrunkenen Franzosen im Feriencamp geschlafen. Seitdem tut sie total erfahren und schleppt hin und wieder mal einen Typen aus dem Chemie- oder Sozialkundekurs ab. Nicht die große Liebe. Die will sie nicht, um nicht so verletzt zu werden wie ihre Mutter, die dachte, ihr Mann liebe sie bis zum Lebensende. Nichtsdestotrotz frage ich mich, wie Nelli es anstellt, überhaupt Jungs für ihre Zwecke an Land zu ziehen. Es ist, als hätte sie längst die nächste Lebensstufe erklommen, während ich ihr einfach nicht folgen kann.

»Okay, aber wie sollen die Patienten dann bitte gesund werden?« Sie streckt die Arme nach hinten und ihre Brust im schwarzen Spitzen-Push-up-BH raus. »So ganz ohne Sex?«

Langsam nervt mich ihr Getue. Sie muss es mir ja nicht auf die Nase binden, wie sexy sie sich findet.

Nelli seufzt und streckt nun auch noch ihre gebräunten Beine hoch, als ginge es darum, mich mit ihren rot lackierten Fußnägeln scharfzumachen.

»Fall bloß nicht vom Dach.« Ich setze mich wieder auf, schlinge meine sommersprossigen Arme um meine bleichen Knie und starre hinunter in unseren Garten mit dem gemähten Rasen, den sauber gestutzten Hecken und den Blumen, die farblich brillant aufeinander abgestimmt sind. Vielleicht gefällt es mir darum so gut bei meinem Praktikum. Irgendwie scheint es da um Wichtigeres als um Sex und lackierte Fußnägel zu gehen. Mehr um Leben und Tod. Oder so.

»Hey, wir werden schon einen Typen für dich finden.« Nelli setzt sich auch auf und ihre Stimme klingt versöhnlich. Wenigstens merkt sie relativ schnell, wenn sie zu weit gegangen ist. Weil ich nichts sage, fährt sie fort: »Ich meine, du bist richtig verwegen. Mit deinem roten Haar, deinen Sommersprossen …«

»Meinen X-Beinen …«

»Hör auf!« Sie sieht mich durch die Gläser ihrer Sonnenbrille durchdringend an. »Ich meine es ernst!«

Interessant, Nelli ist heute schon die Zweite, die mit diesen *Breaking News* herausrückt. Haben mir alle mit Absicht jahrelang die Wahrheit über mein Charisma verschwiegen? Wieso haben sie mir nicht ein bisschen früher gesagt, dass ich nicht seltsam bin? Sondern verwegen? Dann hätte ich zumindest schon mal einen Jungen geküsst!

Nelli schiebt ihre Sonnenbrille hoch und verleiht ihrer Stimme einen geheimnisvollen Klang. »Ich schätze, die Jungs sind von dir eingeschüchtert. Ich meine, ihr Rothaarigen seid vom Aussterben bedroht. Haben sie neulich bei *Welt der Wunder* gesagt. Nur zwei Prozent der Weltbevölkerung haben überhaupt rote Haare. Wusstest du das? Ihr seid so eine Art Mutation. Wie soll man bei solchen Fakten als Junge cool bleiben?« Nelli sieht mich begeistert an. »Für eine *Miss* wie dich braucht man Selbst-be-wusst-sein.«

»Da gibt es einen Jungen in der Klinik«, höre ich mich zu meiner Überraschung sagen. Eigentlich wollte ich das gar nicht verraten. Aber anstatt das Thema abzubiegen, füge ich vollständigkeitshalber hinzu: »Er heißt Tucker und spricht kein Wort.«

»Er spricht kein Wort? Ist er stumm?«

»Nein. Er hat nur aufgehört zu sprechen. Ausgelöst durch ein Schockerlebnis. Im Fachjargon nennt man das *totalen Mutismus*. Aber so plötzlich, wie er mit dem Sprechen aufgehört hat, kann er auch wieder damit anfangen. Die Frage ist nur: wann und wodurch.«

»Das heißt, dieser Junge ist nicht irre?«

Ich schüttele den Kopf. »Nein, er ist nicht irre. Mehr weiß ich aber auch nicht.« Leider ist Schwester Maggie heute nicht mehr dazu gekommen, mir zu erzählen, was Tucker Schlimmes erlebt hat. »Dafür sieht er ziemlich gut aus«, schiebe ich hinterher, damit Nelli nicht denkt, Tucker sei ein Freak. »Um ehrlich zu sein: Ich habe noch nie jemanden gesehen, der so … so hübsch aussieht. Seine Augen sind flaschengrün und …«

»Flaschengrün? Miss Franziska! Leute mit flaschengrünen Augen gibt's normalerweise nur in Kitschromanen. Bist du etwa verliebt?« Nelli starrt mich neugierig an. Ihre Augen werden immer größer, sodass ich befürchte, sie fallen ihr gleich aus dem Kopf.

Ich starre nur zurück.

»Krass!« Sie lacht laut los. »Meine Süße! Dich hat es voll erwischt!« Sie umarmt mich und gibt mir einen Kuss auf die heißglühende Wange. »Das ging ja schnell! Einen Tag in der Psycho-Klinik und du hast jemanden gefunden, mit dem du Sex haben kannst! Hab ich es nicht gesagt? Du stehst auf unkonventionelle Typen!«

Definitiv laufe ich gerade vor Scham rot an. »Spinnst du! Er ist ein Trauma-Patient!« Bevor ich unmissverständlich klarmachen kann, dass ich definitiv nicht vorhabe, mit Tucker etwas anzufangen, hören wir von unten aus dem Garten meine Mutter rufen.

»Franzi, seid ihr da oben?«

Unten läuft sie mit Strohhut und Gießkanne auf der Terrasse hin und her und wässert die Agaven und Olivenbäumchen.

Eilig lehnen Nelli und ich uns zurück. Jetzt nur keinen Mucks machen. Wir halten uns an den Händen und ich sehe in Nellis begeistertes Gesicht. Sie liegt absolut falsch mit ihrer Einschätzung. Ich bin nicht in Tucker verliebt. Wie soll das gehen? Ich kenne ihn ja gar nicht! Trotzdem habe ich aus irgendeinem Grund das Gefühl, wir hätten uns etwas zu sagen. Ich wüsste gerne, wie er die Welt sieht und was er ursprünglich in seinem Leben vorhatte und warum er sich im Pool am wohlsten fühlt. Dieser Wunsch ist allerdings ziemlich aussichtslos und absurd! Denn: Er redet ja nicht!

Meine Mutter ruft noch einmal, dann hören wir die Terrassentür klappen.

Wir atmen tief durch, und Nelli flüstert: »Wow! Franzi, Wow! Erzähl mir mehr von diesem Wundertypen. Weiß deine Mutter schon von ihm?«

»Wieso sollte sie?!« Ich kratze mich am Hals und sehe hinüber in den Nachbargarten, wo ein paar Kinder im Planschbecken rumtoben. Nelli soll sich mal wieder einkriegen. Nur, weil sie mir hin und wieder von einem Kunden erzählt, dem sie im Wasserbettengeschäft ihrer Mutter ein Bett verkauft hat, denke ich ja auch nicht gleich, dass sie mit ihm was anfangen will. Ich sage: »Mehr gibt's da nicht zu erzählen. Außer, dass ... dass er fast den ganzen Tag schwimmt.«

»Er schwimmt? Super! Dann verbindet euch schon mal der größtmögliche Gegensatz. Ein Junge, der ständig schwimmt, ein Mädchen, das noch nie geschwommen ist!«

»Ja, aber auch nur, weil mein Vater mich im offenen Meer einfach hat untergehen lassen.«

»Im offenen Meer!« Nelli kichert. »Das war die Ostsee! Und du hast ihm vor Angst zwischen die Beine getreten. Du bist einfach bockig und kein bisschen artig!«

»Na und? Trotzdem hat er mich losgelassen. Ich habe richtig viel Salzwasser eingeatmet. Ich hätte ertrinken können.« Ich gebe zu. Ich mach's dramatischer, als es war. Aber auch nur, weil es mir peinlich ist, dass ich nicht schwimmen kann. Jeder Trottel kann schwimmen!

»Wie romantisch!« Nelli klappert kokett mit ihren Wimpern. »Dieser Tucker kann dir das Schwimmen beibringen. Er wird dich wie eine schwerelose Prinzessin durchs Becken ziehen und irgendwann wirst du die ersten Schwimmstöße alleine machen. Oh! Guck mal meinen Arm an!« Sie hält mir ihren gebräunten Unterarm unter die Nase. »Ich kriege schon Gänsehaut!«

Ich grinse und setze doch noch einen drauf. »Dafür liebt er Waffeln, genau wie ich.«

»Das klingt definitiv nach *der* großen Liebe, nach der die ganze Welt sucht. Und du hast sie gefunden. Ein Junge, der nicht redet, aber Waffeln isst. Du bist ein Glückspilz, Miss Franziska!«

Ich sehe meine Freundin prüfend an, sie dreht ja beinahe durch vor Freude. »Meinst du das ernst?«

»Warum sollte ich das nicht ernst meinen?« Ihre Stimme klingt mit einem Mal seltsam hochgepitcht. Irgendetwas stört sie. Ich weiß nur nicht, was.

Sicherheitshalber fahre ich die Geschichte wieder herunter und bemerke seufzend: »Na ja, wie gesagt: Tucker spricht nicht und zeigt auch sonst keinerlei Gefühlsregungen. Er ist in einer Klinik. Klar?«

Nelli nickt abwesend und zieht sich ihr Kleid wieder über. »Tja, aber vielleicht bringst du ihn ja durch deine Liebe zum Reden und hilfst ihm, seinen Schock zu überwinden. Wer weiß? Klingt jedenfalls nach einer echten Superschnulzen-Lovestory.« Sie steckt sich ihre Sonnenbrille vorne in den Ausschnitt. Irgendetwas stimmt hier plötzlich ganz und gar nicht. Ist sie eifersüchtig? Ich meine, sie ist es doch, die gerade eine riesige Geschichte draus macht.

»Ist alles in Ordnung? Du wirkst so … so komisch?«

»Ich wirke komisch? Weil ich mich für dich freue?« In Nellis Stimme schwingt jetzt auch noch ein Hauch Ärger mit. Trotzdem lächelt sie. Aber es sieht nicht aus wie ein Lächeln, eher wie mit Mühe hochgezogene Mundwinkel. »Ich muss los. Hab heute Abend noch ein Casting für einen Werbespot.«

»Toll! Wofür?« Nelli macht hin und wieder in Werbespots mit und verdient sich damit das Geld für ihr späteres Studium. Ich krabbele hinter ihr über das Dach durch die Fensterluke in den Fitnessraum meiner Mutter, in dem früher mein Opa sein Zimmer hatte. Nacheinander steigen wir auf die Hantelbank und von da springen wir auf die Gymnastikmatte. Vor meinen Augen tanzen Sternchen.

Nelli besieht sich im großen Wandspiegel, in dem meine Mutter ihre Haltung beim Cardio-Fitness überprüft, und macht sich einen neuen Dutt.

»Für so eine neue Teenie-Praline in Herzform: *Schoko-Happs*. Ich soll ein Mädchen spielen, das einen Fahrradunfall hat. Dann kommt ein Typ und hilft mir beim Aufstehen. Natürlich verlieben wir uns auf den ersten Blick ineinander, und ich schenke ihm meine zerquetschte *Schoko-Happs*-Packung, über die das Auto drüber gefahren ist. Aber der Typ liebt *Schoko-Happs* und nimmt die Packung sofort freudig entgegen.«

»Klingt cool! Ich schätze, du kriegst den Job!«

»Ich schätze, ich bin denen nicht *kess* genug. Bestimmt suchen die eher so einen sommersprossigen Mädchentyp wie dich. Und außerdem ist die Geschichte totaler Schwachsinn. Ich weiß nicht, ob ich so etwas spielen kann.«

»Ich find die Geschichte süß«, sage ich und setze mich auf die Hantelbank. Von da aus betrachte ich mich für einen Moment selbstvergessen im Spiegel. Bin ich wirklich nicht so eigenartig, wie ich immer dachte?

»Du glaubst ja auch seit heute an die Liebe auf den ersten Blick.« Nelli wirft mir einen stechenden Blick zu.

Ich werde mir von ihr nicht die Laune verderben lassen. »Du nicht?«

Ich sehe sie erwartungsvoll an.

Sie zuckt gelangweilt mit den Schultern. »Keine Ahnung? Vielleicht gibt's die, vielleicht nicht. Vielleicht ist das auch alles nur Einbildung.«

»Einbildung?« Was meint sie denn damit?

Nelli macht eine unwillige Geste. »Na ja, kann doch sein, dass man sich die große Liebe auf den ersten Blick so sehr wünscht, dass man sich einbildet, man selbst sei *die* Auserwählte, die dieses unglaubliche Wunder nun hautnah erlebt.«

»Du meinst, alle Menschen, die sich lieben, reden sich das nur ein? Willst du das damit sagen?« Ich klinge minimal aufgeregt. Ich frage mich nämlich gerade, ob wir Menschen vielleicht alle Probleme damit haben, die Wirklichkeit von unserer Einbildung zu unterscheiden. Woher sollen wir überhaupt wissen, was wahr und was falsch ist? Sind wir am Ende alle Psychos?

Nelli lässt seufzend ihre Arme hängen. »Nein, will ich nicht. Reg dich ab. Ich sage ja nur, dass mir persönlich ein One-Night-Stand völlig ausreicht. Ich habe schon genug um die Ohren. Da brauche ich nicht noch Jungs, die Ärger machen. Aber wenn du die große Liebe auf den ersten Blick brauchst. Bitte!«

»Das habe ich überhaupt nicht behauptet.« Ich springe von der Hantelbank, und Nelli hat es wieder einmal geschafft, dass ich genervt bin. »Du hast gesagt, dass ich verliebt bin. Ich habe dir erst mal nur von Tucker erzählt. Du hast dich sofort voll in die Geschichte reingesteigert. Eigentlich bist du nämlich diejenige, die sich die Liebe auf den ersten Blick wünscht und Angst hat, dass das alles in einer riesig großen Katastrophe endet.«

»Gratuliere, Frau Psychologin! An deinem ersten Tag in der Klapse hast du ja schon ordentlich was gelernt. Dann wirst du Tucker bestimmt auch bald zum Reden bringen.« Nelli zieht die Fitnesszimmertür auf, stürzt raus und knallt sie hinter sich zu.

Was war das denn bitte? Manchmal verstehe ich Nelli und ihre plötzlichen Stimmungsumschwünge überhaupt nicht. Vielleicht hat *sie* eine bipolare Störung. Die zeichnet sich nämlich durch plötzliche Stimmungsumschwünge aus, wie ich vorhin bei Wikipedia nachgelesen habe. Ich meine, ich liebe Nelli! Sie ist seit dem Kindergarten meine beste Freundin. Ich habe ihr sogar mal einen Milchzahn gezogen und mit der Nagelschere einen viel zu kurzen Pony geschnitten. Und trotzdem wird sie in letzter Zeit immer häufiger so wütend, dass ich bald mal ein klärendes Gespräch mit ihr über den Weggang ihres Vaters und die damit einhergehenden psychischen Folgen führen muss.

Fünf

Der fünfte Tag meines neuen Lebens

»Hier, binde dir die Schürze um!« Schwester Maggie kommt auf mich zu, als ich am nächsten Morgen in Jeans-Mini und Lieblingstop den Gang zum Schwesternzimmer runtergehe. »Wir töpfern heute.«

Ich greife nach der Schürze und laufe hinter ihr den Gang wieder in die entgegengesetzte Richtung hinunter. Eigentlich hatte ich vor, mich während der Visite mal kurz unten in der Schwimmhalle zu zeigen. Um zu gucken, ob Tucker wirklich die meiste Zeit schwimmt. Doch so, wie Schwester Maggie voranprescht, ist daran nicht zu denken. Von draußen drückt sich das frühe Sonnenlicht durch die großen Scheiben und sprenkelt wirbelnde Lichtreflexe auf den Linoleumboden. Ich werfe einen Blick durch die Fenster auf die Wiese vor der Klinik, wo einige Kinder im Kreis sitzen, in dessen Mitte eine Schwester steht. Die Schwester wirft den Kindern reihum einen roten Ball zu und fängt ihn anschließend wieder. Ein Stück davon entfernt steht die riesige Eiche mit der Schaukel. Auf der Tucker hin und her pendelt.

Vor Überraschung macht mein Herz einen kleinen

Hüpfer. Er schwimmt heute gar nicht! Er schaukelt hin und her, wobei sich seine Schuhspitzen unter ihm in die staubige Erdnarbe bohren. Wunderschön und formvollendet wirkt diese Tätigkeit auf mich! Ich könnte ihm ewig dabei zusehen. Schließlich dreht er sich ganz ein, bis es nicht mehr geht, und lässt sich dann zurückschleudern. Das habe ich früher im Kindergarten auch mal gemacht. Bis ich mich übergeben habe. Direkt auf meine hellrosa Lackschuhe, die mir meine Mutter gerade neu gekauft hatte. Alle Kinder haben mich entsetzt angesehen und geschrien. Nur Nelli ist losgelaufen, hat mir Papiertaschentücher gebracht und gesagt: »Ist doch nicht so schlimm.«

Hauptsache, Tucker muss sich nicht übergeben. Wenn doch, würde ich ihm vielleicht auch Papiertaschentücher holen. So eine Geste der Nächstenliebe verbindet.

Während ich mir die Schürze umhänge, hält mir Schwester Maggie die Tür nach draußen auf. »Dienstags töpfern wir immer drüben in der Werkstatt.«

»Alles klar.« Ich lasse Tucker auf seiner Schaukel nicht aus den Augen. Zwischen den Säulen steige ich hinter Schwester Maggie die sonnenbeschienenen Stufen hinunter und laufe dann hinter ihr den schmalen Trampelpfad entlang, der quer über die Wiese zur Werkstatt führt, die sich in einem Backsteinschuppen mit rotem Schindeldach befindet. Aus den Augenwinkeln linse ich erneut hinüber zu Tucker.

Als wir näher kommen, hebt er den Kopf und sieht mich an. Mein Herz macht schon wieder einen Hüpfer und ich stolpere über eine Unebenheit in der Wiese.

Schwester Maggie ruft: »Guten Morgen, Tucker! Hast du Lust zu töpfern?«

Er reagiert nicht, sieht mich nur mit seinen flaschengrünen Augen an, während ich rot anlaufe. Aber kann ich was dafür, dass seine Augen tatsächlich flaschengrün sind? Von wegen: Flaschengrüne Augen gibt es nur in kitschigen Liebesromanen! So ein Blödsinn! Nelli hat überhaupt keine Ahnung. Hier ist der lebende Beweis! Flaschengrüne Augen auf zwei Beinen! Solche spektakulären Details gebe ich in Zukunft nicht mehr an Nelli weiter. Ihren Sarkasmus kann sie für sich behalten.

Tucker blinzelt, und ich meine, dass über sein Gesicht ein zaghaftes Lächeln huscht. Ist vermutlich Einbildung, aber eine schöne Einbildung, denn über mein Gesicht huscht jetzt ein ziemlich breites Lächeln. So was nennt man nonverbale Kommunikation. Kommt im Tierreich häufig vor. Tiere können ja bekanntlich auch nicht reden. Die sind also total geübt darin, stumme Regungen ihrer Artgenossen richtig zu deuten, um zu wissen, was die Uhr geschlagen hat. Der männliche Pfau schlägt sein prächtiges Rad auf, um dem Weibchen seine Zuneigung zu signalisieren. Das Pavianweibchen präsentiert dem Männchen sein üppiges rosa Hinterteil, um es anzulocken. Ich glaube, genauso verhält es sich auch mit dem menschlichen Lächeln. Es sagt: »Ich mag dich.«

Jetzt würde Nelli fragen: »Woher willst du überhaupt wissen, ob du Tucker magst? Du kennst ihn doch gar nicht!«

Stimmt. Aber ich sehe an seiner Körpersprache, dass wir ähnlich empfinden. Diese Erkenntnis behalte ich allerdings auch besser für mich. Hinterher hält sie mich für größenwahnsinnig, weil ich Körpersprache lesen kann. Nelli bringen wirklich die merkwürdigsten Dinge auf die Palme. Kein anderer Mensch auf dieser Welt würde sauer werden, nur weil ich Körpersprache verstehe. Aber in letzter Zeit findet sie ständig alles verachtenswert. Ihr Vater hat mit seinem Weggang richtig was angerichtet. Es ist, als hätte er Nelli so tief verletzt, dass sie jetzt alles Schöne schlechtmachen muss, um sich nicht so jämmerlich zu fühlen. Wenn er sich wenigstens mal bei ihr melden würde, um ihr zu zeigen, dass er sie trotz allem noch immer liebt! Stattdessen macht es Nelli genau wie er. Seit unserem gestrigen Streit hat sie sich nicht mehr bei mir gemeldet. Auf meine SMS reagiert sie auch nicht. Offenbar ist sie noch immer sauer auf mich. Vermutlich, weil ich die Wahrheit über ihre tiefste Sehnsucht nach Liebe aufgedeckt habe.

»Du hast dich ja heute so hübsch gemacht«, bemerkt Schwester Maggie, als sie die Tür zur Werkstatt aufzieht. »Tolles Top!«

»Danke!« Staunend trete ich hinter ihr in die Werkstatt ein. So einen schönen Raum habe ich noch nie gesehen. »Hui«, flüstere ich.

Die Mauern sind aus grauem Backstein gebaut. Über uns spannt sich der hölzerne Dachstuhl, von dessen Balken selbst gebastelte Mobiles herabhängen. Lauter bunte Papiervögelchen und Schmetterlinge, die sanft in der Zugluft flattern und umeinander kreisen, ohne sich je zu berühren.

In der Mitte des Raumes steht ein großer Holztisch,

dessen Oberfläche mit unzähligen Scharten übersät ist. Sieht aus, als hätten schon Generationen von jungen Patienten darauf gebastelt, gehämmert und gesägt. Im hinteren Teil des Raumes stehen einige Töpferscheiben. An zweien sitzen bereits Mädchen mit Schürzen – beide ungefähr in meinem Alter. Die eine, die mit der bipolaren Störung und den bunten Bändern ums Handgelenk, erkenne ich vom Autogenen Training wieder. Die andere hat sich ihre langen blonden Haare zu einem lockeren Dutt auf dem Kopf zusammengebunden.

Die Sonne bricht durch die kleinen Fensterscheiben und es ist eine besondere Stimmung hier drinnen. Umgeben von den Wiesen, in dieser seltsamen Stille, bleibe ich auf der Türschwelle stehen und betrachte die gemalten Buntstiftbilder an den Wänden. Komischerweise sind auf den meisten Schmetterlinge zu sehen. Oder leuchtend gelbe Sterne. Vögel. Herzen. Hier und da ein prächtiger Regenbogen. Es ist, als hätten sich die Patienten ihre Traumwelten gemalt, um hineinzufliehen. Ist jedenfalls meine Deutung. Dabei ist der gesamte Klinikkomplex eine einzige Traumwelt.

Ich nicke den beiden Mädchen an den Töpferscheiben zu. »Hallo, ich bin Franzi. Die neue Praktikantin!«

»Hallo.« Sie sehen mich kurz an, vertiefen sich dann wieder in ihre Arbeit.

Vielleicht tauchen hier nicht so oft Praktikanten auf? Oder sie sind es schon gewohnt, dass sie sich nicht mit denen anfreunden sollen? Aber sprechen dürfen wir ja wohl miteinander, oder? Ich muss Schwester Maggie später dringend danach fragen. Gerade ist sie damit beschäftigt, einen riesigen Tonklumpen mithilfe eines Drahtes in mehrere Stücke zu zerteilen. Als ich aus dem Fenster sehe, sitzt Tucker nicht mehr auf der Schaukel. Wahrscheinlich ist er wieder schwimmen gegangen.

»Hey! Toll, dass du dich zu uns gesellst.« Plötzlich strahlt mich Schwester Maggie an. »Komm rein!«

Ich verstehe nicht ganz, ich bin doch schon drin! Da spüre ich an meinem Rücken etwas Warmes. Nur ganz leicht. Aber die Berührung reicht für einen wohligen Schauer. Tucker gleitet in seinem geringelten T-Shirt an mir vorbei und verschwindet zu einer der freien Töpferscheiben.

Schwester Maggie zwinkert mir zu und murmelt bedeutungsvoll: »Er ist heute das erste Mal dabei.« Dann klatscht sie ihm einen Batzen feuchten Ton auf die Scheibe. »Na, dann leg mal los.«

Sie redet ganz normal mit ihm. Auch, wenn er selbst nicht redet. Warum auch nicht? Er ist schließlich nicht taub. Ich nehme mir vor, das in Zukunft genauso zu machen.

Fürs Erste hebe ich kurz meine Hand. »Hallo, Tucker.«

Er sieht mich freundlich an, als würde er zumindest in Gedanken »Hallo« sagen, greift nach dem Tonklumpen und legt beide Hände darum. Dabei sieht er mich noch immer an, und für den Bruchteil einer Sekunde ist es, als sei ich der Tonklumpen, der ergeben zwischen seinen Händen liegt. Er ist heute das erste Mal dabei! Liegt das vielleicht an mir? Bevor ich wieder rot anlaufe, drehe ich mich schnell um.

In dem Moment kommen noch ein paar jüngere

Mädchen, der kleine Vincent mit dem Teddy und ein anderer kleiner Junge mit strubbeligem Haar herein, der Schwester Maggie sofort nach einem Kaugummi fragt. Nachdem er einen bekommen hat, verteilen sich alle um den großen Tisch, und Schwester Maggie gibt auch ihnen bunt karierte Schürzen und jeweils einen Batzen Ton. Dann macht sie eine Kopfbewegung und sagt: »Franzi, könntest du für uns drüben am Waschbecken ein paar Schüsseln mit Wasser füllen?«

»Am Waschbecken?« Ich sehe mich um, kann aber nirgendwo ein Waschbecken entdecken.

»Da hinterm Vorhang!«, sagt das übergewichtige Mädchen mit der Zahnspange. Sie zeigt nach hinten. »Die Schüsseln stehen auf dem Bord darüber.«

»Alles klar. Danke.« Ich lächele in den Raum hinein, meine neueste Lieblingsbeschäftigung. Dann dränge ich mich am Tisch und den töpfernden Kindern vorbei – und an Tucker, der konzentriert an seinem Tonklumpen formt, als wüsste er genau, was zu tun ist. Ich habe noch nie mit Ton gearbeitet. Aber so schwer kann es ja nicht sein. »Wichtig ist, dass man weiß, was am Ende dabei rauskommen soll«, sagt mein Vater gerne. Ich habe den Spruch nie verstanden. Aber jetzt macht er mit einem Mal Sinn für mich. Wenn man kein klares Ziel vor Augen hat, wird man es auch nie erreichen. Und was das Töpfern anbelangt: Da sollte man sich vorher überlegen, was man modellieren will, damit dann auch das herauskommt, was man sich vorgenommen hat.

Für einen winzigen, größenwahnsinnigen Moment überlege ich, ob ich mir ein geheimes Ziel in Bezug auf

Tucker setzen sollte? Vielleicht, dass ich ihn wirklich wieder zum Reden bringe?

Ich weiß, das ist ein übertrieben hochgegriffenes Ziel. Albern. Garantiert einzig und allein meiner Unerfahrenheit zuzuschreiben. Ich habe gestern Nacht noch nach *totalem Mutismus* gegoogelt. Die Chancen, einen Menschen, der darunter leidet, zu einer Gemütsäußerung zu bewegen, sind minimal. Ein Lächeln grenzt an ein Wunder.

Trotzdem würde ich gerne mal seine Stimme hören.

Kann ich etwas dafür, dass der einzige Junge, der mich interessiert, Patient einer psychiatrischen Klinik ist? Liegt vermutlich daran, dass er der einzige Junge ist, der momentan nicht an einer Xbox zockt. Das verleiht ihm eine gewisse Tiefe. Nelli würde mit einem Anflug von Hass und gleichzeitiger Bewunderung sagen: »Typisch! Hauptsache unkonventionell! Du suchst einfach immer nach der größtmöglichen Herausforderung!«

Ist das so? Vielleicht wünsche ich mir aber auch nur etwas Echtes. Einen Jungen, der sich mit Abgründen auskennt und deswegen auch mein facettenreiches Wesen ohne Worte verstehen kann.

Jetzt konzentriere ich mich erst einmal auf meinen Tonbatzen. Schätze, am Anfang töpfern die meisten Aschenbecher. Ein etwas beklopptes Ziel, besonders, wenn man nicht raucht. Ich könnte Nelli einen töpfern. Die raucht schließlich, wenn sie in Stimmung dazu ist. Das Geschenk wäre dann ein Symbol für meine grenzenlose Zuneigung. Damit sie sich sofort daran erinnern kann, wann immer sie an mir zweifeln sollte.

Ich verschwinde zum Waschbecken hinterm Vorhang, fülle Wasser in Blechschüsseln und verteile sie. Tucker bekommt zuerst eine. »Bitte, deine Schüssel.«

Dieses Mal reagiert er gar nicht. Er ist vollauf mit seinem Tonklumpen beschäftigt, der auf der Drehscheibe zwischen seinen Händen rotiert. Zum Schluss stelle ich mir selbst eine Schüssel auf den Tisch. Schwester Maggie hilft hier und da mal und verteilt großzügig Lob. Die meisten töpfern Schmetterlinge. Oder zumindest Wesen, die eine gewisse Ähnlichkeit mit Schmetterlingen haben. Ich sitze da und weiß nicht, was ich formen soll. Vielleicht finde ich ja noch ein hübscheres Symbol für meine Zuneigung als ausgerechnet einen Teller, in dem Nelli ihre stinkenden Zigarettenstummel ausdrücken kann. Ich linse hinüber zu Tucker, der seinen Tonklumpen inzwischen zu einer Art Scheibe verarbeitet hat.

Bis mir Schwester Maggie plötzlich die Hand auf die Schulter legt und wispert: »Und? Wie ist dir dein erster Tag bei uns bekommen?«

»Gut. Ich find's klasse hier«, flüstere ich zurück.

Sie lacht leise. »Das freut mich.«

Ich geb's zu. Es klingt etwas komisch, das zu sagen. Aber es stimmt. Ich finde es klasse hier. Natürlich wäre ich nicht heiß drauf, als Patientin in der Klinik meine kostbare Jugend abzusitzen, aber als Hilfskraft … Irgendwie ist es hier so anders. »Es ist, als würde man sich auf einem ganz eigenen Planeten befinden, auf dem andere Gesetze herrschen«, sage ich und drücke mit den Fingerspitzen in meinem Ton herum.

Sie setzt sich neben mich und betrachtet die vertieft arbeitenden Kinder und Jugendlichen. Sie spricht so leise, dass nur ich sie verstehen kann: »Tja, und genau das ist das Problem. Hier halten sie sich in einem geschützten Raum auf. Doch sobald sie wieder hinaus ins normale Leben müssen, sind sie oftmals überfordert und verunsichert. Und schließlich kommen sie zu uns zurück, weil sie sich hier wieder sicher fühlen können. An diesem Ort, wo alle Schwierigkeiten haben.«

Ich nicke. »Und warum formen sie alle Schmetterlinge?«

Schwester Maggie zuckt mit den Schultern. »Seit ich hier in der Klinik bin, kommen täglich mehr Schmetterlinge in die Welt. Vielleicht findest du heraus, was er für sie symbolisiert.«

»Er ist die Schönheit«, murmele ich und sehe dabei wieder zu Tucker, der kurz aufschaut, sodass sich unsere Blicke kreuzen. Ich fühle, wie mir das Blut ins Gesicht schießt. Mein Herz hüpft und hüpft und hüpft. Schnell blicke ich wieder auf meinen grauen Tonklumpen. Schwester Maggie steht neben mir auf. »Kann ich dich kurz mit den Kids alleine lassen? Ich habe vergessen, drüben im Raum für *Themenzentrierte Interaktion* die Fenster anzukippen. Wir haben gleich Gruppensitzung und im Sommer wird es dort oben so unerträglich heiß. Ich bin sofort zurück. Funk mich an, wenn etwas ist.« Sie zieht aus ihrer Kitteltasche einen Piepser und legt ihn vor mir auf den Tisch. »Das ist jetzt deiner. Dauert nicht länger als ein paar Minuten. Ich renne.«

»In Ordnung.« Ich starre auf den Piepser. Was sollte

schon passieren? Dass einer durchdreht? Kann ich mir nicht vorstellen. Die arbeiten alle so selbstvergessen.

Schwester Maggie verschwindet unauffällig aus der offenen Tür und über die Wiese.

Als ich mich wieder meinem Tonklumpen zuwende, bemerke ich, wie Tucker plötzlich seine Drehscheibe ausstellt und aufsteht. Er bleibt mit seinen tonverschmierten Händen neben seinem Stuhl stehen und sieht zu mir herüber. Mein Herz wummert. Sein Blick ruht auf mir, das spüre ich. Zuerst denke ich, ich ignoriere das besser. Aber dann sehe ich todesmutig zu ihm hinüber. Ich schaue in seine sanften Augen. Nichts an seiner Körperhaltung wirkt aggressiv. Mit seinen Händen vollführt er leicht rudernde Bewegungen. Er legt den Kopf schief, als würde er überlegen. Schließlich setzt er sich wieder hin. Er befeuchtet seine Hände mit Wasser und beginnt, in die Tonscheibe Erhebungen einzuarbeiten, die aussehen wie Wellen.

Okay.

Ich hole tief Luft und forme mit zitternden Fingern nun doch eilig einen Aschenbecher. Das, was hier zwischen Tucker und mir abläuft, ist irgendwie eigenartig. Es ist, als wolle er mit mir nonverbal kommunizieren. Kann das sein? Oder bilde ich mir das nur ein? Womöglich hat all das gar nichts zu bedeuten, sondern ist nur das ganz normale Verhalten eines traumatisierten Jungen. Vielleicht sieht er mich gar nicht an, sondern sieht durch mich hindurch. Ist er überhaupt anwesend oder ganz weit weg? Er wird es mir nicht sagen, selbst wenn ich ihn frage. Denn er redet ja nicht.

Als ich mit meiner Töpferarbeit für Nelli fertig bin, kommt Schwester Maggie endlich zurück. Ich war mindestens zwanzig Minuten alleine mit all den kleinen und großen Patienten und habe sogar Beatrix mit dem Gipsbein und den bandagierten Armen geholfen, Flügel und Fühler anzubatschen. Dabei hat sie mir erzählt, dass sie vor zwei Monaten von einer Brücke gesprungen ist, um sich umzubringen. Momentan will sie nicht sterben, weil sie im Töpfern einen neuen Sinn entdeckt hat. Und Linn, die ein Stück von uns entfernt mit ihren gelben Gummihandschuhen sitzt, hat laut Beatrix einen extremen Waschzwang und muss am Tag fünfmal duschen und braucht ständig neue Handtücher und frische Unterwäsche. Ihre Beine sind schon total wund vom vielen Waschen. Irgendwie bin ich stolz, dass wir alle miteinander so gut zurechtgekommen sind.

Schwester Maggie hingegen sieht etwas zerzaust aus. »Entschuldige. Wir hatten wieder einen kleinen Zwischenfall mit Natascha. Ist alles okay so weit?«

»Mal abgesehen von meinem Aschenbecher? Ja!« Ich halte das krumpelige Ding hoch und beschließe, vor Nelli zu behaupten, dass es mit Absicht so asymmetrisch geworden ist. Ehrlich! Man könnte meinen, eine Dreijährige hätte es geformt. Nun wissen wir schon mal, dass ich absolut kein gestaltendes Talent habe. Im Gegensatz zu meiner Schwester Sina, die hervorragend zeichnen kann.

Schwester Maggie grinst. »Es ist noch kein Töpfermeister vom Himmel gefallen.«

»Das tröstet mich ungemein.« Ich seufze und streiche mir eine Haarlocke hinters Ohr.

Beatrix, Linn und die anderen erheben sich nach und nach von ihren Plätzen und stellen ihre Werke auf dem Rollwagen ab, damit sie später farbig glasiert und gebrannt werden können. Nur Tucker bleibt sitzen. Schwester Maggie zieht die Augenbraue hoch und sieht auf ihre Uhr. »Ich gehe mit den anderen wieder hinüber. Einige von ihnen haben jetzt Therapie. Bleibst du noch hier, bis Tucker fertig getöpfert hat?«

Ich sehe zu dem Jungen im geringelten T-Shirt, der keine Regung zeigt.

Schwester Maggie sagt seinen Namen und erklärt ihm dann: »Franzi bleibt hier, bis du fertig getöpfert hast.«

Ich nicke und murmele brav: »Genau.« Auch wenn mir bei der Vorstellung, allein mit ihm zurückzubleiben, das Herz in die Hose rutscht. Was, wenn er doch mit mir zu kommunizieren versucht? Offenbar kann ich meine Nervosität gut verbergen, denn Schwester Maggie scheint nichts zu merken. Oder sie will nichts merken.

»Wenn ihr rausgeht, schließ einfach hinter euch ab und bring mir den Schlüssel ins Schwesternzimmer. Wir wollen doch ausnutzen, dass sich Tucker mal nicht den ganzen Tag im Schwimmbecken aufhält.« Sie legt den Schlüsselbund vor mich hin auf die zerfurchte Tischplatte. »Bis später.«

»Bis später.«

Ich winke Beatrix mit den bandagierten Gliedmaßen und Linn mit den Gummihandschuhen und den anderen Kindern zu, die sich im Rausgehen von mir verabschieden. »Bis später, Franzi!«

»Bis später!«

Dann schließt sich hinter Vincent mit dem Teddy die Tür und ich sitze allein mit Tucker in der stillen Werkstatt. Über unseren Köpfen flattern die Papierschmetterlinge und Vögel im Durchzug sacht umeinander, bis sie sich beruhigt haben und reglos in der Luft stehen. Ich falte die Hände auf der Tischplatte und versuche, mich ebenfalls nicht zu bewegen. Ich will Tucker nicht ablenken, der seelenruhig an seiner Tonscheibe herumformt. Inzwischen ist daraus eine gewellte Fläche geworden, in deren Mitte etwas herausragt, das aussieht wie zwei Männchen. Tucker scheint mich vergessen zu haben. Er beugt sich tief nach unten und ist vollkommen eins mit seiner Tätigkeit, als wäre Töpfern neben Schwimmen sein zweites geheimes Hobby.

Keine Ahnung, wie lange ich schon bewegungslos am Tisch sitze und den Piepser fixiere, als in meiner Rocktasche mein Handy vibriert und ich vor Schreck zusammenzucke. Vorsichtig ziehe ich es hervor. Es meldet eine Nachricht von Nelli, die wissen will, ob wir uns später noch im Wasserbettengeschäft ihrer Mutter treffen, wo sie heute Nachmittag aushilft.

Nelli schreibt: »Entschuldige, ich hab mich gestern total kindisch benommen!« *(Hammer auf Smiley. Hammer auf Smiley. Hammer auf Smiley.)*

Stimmt! Trotzdem bin ich froh, dass sie sich meldet.

Ich schreibe zurück. »Kein Problem. Wie war dein Schoko-Happs-Casting?« *(Smiley mit Herzchen-Augen)*

»Ich hab echt alles gegeben. Drück mir die Daumen. Ich hab ein gutes Gefühl. Würde wieder ein finanziertes Semester bedeuten.« *(Smiley mit Sonnenbrille)*

»Du kriegst den Job bestimmt! Bis später!« *(Mädchen, die sich an Händen halten)*

Ich will ihr schnellstmöglich meinen Aschenbecher überreichen. Meine erste Töpferarbeit! Außerdem habe ich Hunger. Die anderen werden vermutlich längst beim Mittagessen sitzen. Aber Tucker modelliert noch immer. Mein Magen knurrt. Ich krampfe mich zusammen, damit er es nicht hört. Vergeblich. Nach einem besonders lauten Knurren hebt er seinen Kopf und sieht mich herzerweichend an. Mein Magen knurrt noch lauter. Das ist mir so peinlich!

Tucker steht von seinem Platz auf, nimmt sein getöpfertes Objekt und trägt es vorsichtig zum Tisch hinüber. Da legt er es ein Stück von mir entfernt hin. Es ist eindeutig ein Meer. Ein stürmisches Meer, in dem zwei Menschen in einem winzigen Ruderboot sitzen! Was hat das zu bedeuten? Ist das hier tatsächlich so etwas wie ein zarter Kommunikationsversuch? Oder spinne ich total? Er bleibt stehen. Scheint so, als wolle er mir etwas zeigen. Nur was?

Ich erhebe mich vom Stuhl und komme etwas näher heran. Gemeinsam blicken wir auf sein getöpfertes Meer. Stürmische Wogen. Kleine Menschen, in einem winzigen Boot. Hat das was mit seinem Schockerlebnis zu tun? Verstohlen sehe ich ihn von der Seite an. Sein Gesicht ist ganz starr.

Ich flüstere: »Ist alles in Ordnung?«

Seine Lippen zittern kaum merklich, als wolle er weinen. Hat er im vergangenen Jahr je geweint? Schwester Maggie hat mir nichts davon erzählt. Normalerweise weinen Leute mit seiner Diagnose nicht. Weiß ich aus dem Internet.

Ich kann seine Angst spüren, während er ein seltsames, gurgelndes Geräusch von sich gibt, als sei tief in seinem Körper ein unendlicher, tiefer, salziger Ozean verborgen. Am liebsten würde ich beruhigend nach seiner Hand greifen, die er zur Faust geballt hat. Aber das darf ich nicht. Er ist jetzt wieder ganz still. Als sei er plötzlich gar nicht mehr hier. Und doch meine ich, sein aufgeregtes Herz schlagen zu hören. So etwas Bedeutsames habe ich noch nie erlebt.

Sechs

Der fünfte Tag meines neuen Lebens

»Okay! Was ist das Hässliches?« Nelli wickelt mein Geschenk aus und hält das graue Tongebilde in die Luft.

Wir sitzen im Laden ihrer Mutter auf einem riesigen *Deluxe*-Wasserbett. Unter uns schwappt und gluckert die Matratze, als ich das Einwickelpapier zusammenknülle und Nelli damit bewerfe.

»Hey! Das ist mein *erster* getöpferter Aschenbecher. Ich wollte den eigentlich in Serie produzieren und damit reich werden!«

Sie grinst. »Viel Glück! Das Teil sieht aus wie ein gedörrter Kuhfladen.«

»Dann gib ihn wieder her!« Ich greife nach dem Aschenbecher und ziehe daran.

Nelli zieht ebenfalls daran. »Lass los! Du hast ihn mir geschenkt! Ich will ihn in Ehren halten und damit begraben werden!«

Unter uns blubbert die wassergefüllte Matratze. Es ist gar nicht so leicht, auf einem Wasserbett das Gleichgewicht zu halten.

Mir fallen Nellis lange, nach Shampoo duftende

Haare ins Gesicht. Ich strampele mit den Beinen. »Geh von mir runter! Ich kriege keine Luft mehr.«

Wir sind ziemlich ineinander verknotet, als Nellis Mutter aus dem Büro in den Laden gerannt kommt. »Hört sofort auf damit! Was sollen denn die Kunden denken, wenn sie reinkommen und als Erstes prügelnde Teenagermädchen auf meinen Betten entdecken?!«

Schnell richten wir uns auf.

Ich schüttele meine Locken zurück und sage etwas atemlos: »Oh peinlich. Entschuldigung.«

Ich will Nellis Mutter nicht stressen. Seit ihr Mann weg ist, muss sie den Laden alleine schmeißen, was wohl kein leichter Job ist. Bestellungen aufnehmen, Betten ausliefern, Betten aufbauen, Beanstandungen bearbeiten und, und, und. Nelli hat mir das alles mal genau erklärt. Ich gebe zu, das meiste davon habe ich sofort wieder vergessen. Hängen geblieben ist nur, dass ihre Mutter kurz vor einem Burn-out steht und Stress mit ihrem neuen Freund hat, den sie bei einer Partnervermittlung im Internet aufgetrieben hat. Dabei hofft sie eigentlich darauf, dass ihr Mann zu ihr zurückkehrt. Obwohl sie einen eleganten Hosenanzug trägt, sich die Haare hochgesteckt und geschminkt hat, sehe ich ihr die Mutlosigkeit an.

Nelli lässt den Aschenbecher eilig hinter einem der Kissen verschwinden. »Kommt nicht wieder vor.«

Wenn Nellis Mutter wüsste, dass ihre Tochter raucht, würde Nelli sofort dreißig Jahre Zimmerarrest bekommen.

Sie bleibt vor dem Bett stehen und gibt sich Mühe, so

zu wirken, als könne nichts auf dieser Welt ihr etwas anhaben. Aber ihrer Stimme ist anzuhören, dass sie gewaltig unter Druck steht. »Und Franziska, wie läuft dein Praktikum in der Klinik? Ich stelle mir das ziemlich niederschmetternd vor. All die Jugendlichen mit ihren Problemen. Lass dich davon bloß nicht anstecken!« Jetzt fängt *sie* auch noch damit an.

Nelli und ihre Mutter scheinen vor Menschen mit Problemen echt Angst zu haben. Vermutlich, weil sie sich vor dem Moment fürchten, in dem sie sich eingestehen müssen, dass sie selbst Probleme haben und eventuell Hilfe brauchen.

Ich sage: »Ich find's gut. Wir haben heute getöpfert und dann noch autogenes Training gemacht.«

»Oh, wirklich?« Sie zieht überrascht die Augenbrauen hoch. »Klingt nach einem entspannten Tag. Nelli hat deinen Vater heute ins Gericht zu einer Anhörung begleiten dürfen. Ich finde es unglaublich toll von ihm, wie er sich für Nelli einsetzt. Ich bin mir sicher, dass sie von diesen intensiven Erfahrungen später profitieren wird.«

Bevor ich sagen kann, dass ich ebenfalls von meinen *intensiven Erfahrungen* profitieren werde, geht am anderen Ende des Raumes die Ladentür auf, und die Glöckchen klingeln. Offenbar hält Nellis Mutter nicht viel von einer Praktikumsstelle, bei der getöpfert wird. Das stört mich aber nicht im Geringsten. Denn mir gefällt's.

»Na, dann wollen wir mal.« Sie strafft sich, prüft mit den Händen ihre Hochsteckfrisur und geht dann lächelnd in ihrem schwarzen Hosenanzug zwischen den

Wasserbettreihen hindurch auf den Kunden zu. »Willkommen im Wasserbetten-Paradies. Wie darf ich Ihnen helfen?«

Sie steht also doch auf *Helfen*.

Ich liege mit Nelli auf einem von fünfzig blubbernden Wasserbetten, und wir tun so, als seien wir ernsthaft am Kauf interessiert. Wir sagen Sätze wie: »Diese Matratze bietet mehr als jede andere Matratze.« Oder: »Das ist ultimativer Komfort!« Und: »Tolles Splitsystem für puren Luxus.« Das Wogen des Wasserbetts erinnert mich ans autogene Training, als ich mir vorgestellt habe, auf einer Luftmatratze auf dem offenen Ozean zu treiben.

Nelli verschränkt seufzend die Arme hinter ihrem Kopf und murmelt schließlich: »Tut mir leid wegen gestern. Ich war plötzlich eifersüchtig auf dich und diesen Tucker. Ich dachte, er nimmt dich mir weg.«

»Wie soll er das denn machen?! Er ist Patient in einer psychiatrischen Klinik!« Ich drehe meinen Kopf, sodass ich ihr in die Augen sehen kann. Ihre Lippen. Ihre Nase. Ihre wachen Augen. Ihr langes Haar legt sich um ihr schmales Gesicht mit den hohen Wangenknochen. Alles an Nelli kommt mir so vertraut vor. Dabei ist sie das genaue Gegenteil von mir. Irgendwie abgeklärt und unerbittlich mit sich und dem Rest der Welt. Aber ich werde sie schon wieder weichklopfen. Ich verspreche: »Niemand wird es je schaffen, mich dir wegzunehmen. Niemals.«

Ich lege mein Bein über Nellis Bein, und so liegen wir still nebeneinander und starren an die Decke, von der knallgelbe Sonderangebotsschilder hängen. Irgendwo zwischen den Betten führt Nellis Mutter ein Verkaufsgespräch, bei dem sie ständig die gesundheitlichen Vorzüge von Wasserbetten preist und Ratenzahlung verspricht. Zwischendrin sagt sie immer wieder: »Alles kein *Problem*!« Und: »Sie müssen sich um nichts kümmern. Das machen *alles* wir. Außerdem gibt es fünf Jahre Garantie. Auch auf reduzierte Betten.«

Schließlich fragt Nelli ganz leise, sodass ich es fast nicht hören kann: »Und? Hast du heute den geheimnisvollen Jungen in der Badehose wiedergesehen?«

Ich flüstere zurück: »Ja, habe ich.«

Nelli wispert: »Ist er wieder geschwommen?«

»Nein, er hat auch getöpfert.« Ich spreche so leise, dass es mich wundern würde, wenn Nelli noch irgendetwas verstanden hätte. Unser altes Spiel.

»Was hast du gesagt?« Inzwischen bewegt sie fast nur noch ihre Lippen, ohne wirklich Töne zu produzieren. Nur ein seltsames Fiepen kommt aus ihrem Mund.

Ich versuche, mir das Lachen zu verkneifen, und sage ohne Ton: »Ich habe gesagt, er hat getöpfert.«

Jetzt platzt es aus Nelli heraus: »WOW! Echt? Er hat getöpfert?!«

Wir müssen so lachen, dass Nellis Mutter uns quer durch den Raum mahnende Blicke zuwirft. Wir räuspern uns und reden dann leise kichernd weiter.

Ich sage: »Wir haben beide getöpfert. Ich, wie gesagt, diesen formschönen Aschenbecher, der aussieht wie ein gedörrter Kuhfladen. Und der Junge mit den Badeshorts, der heute ein Ringel-T-Shirt anhatte, hat …« Ich schlucke und höre auf zu kichern. Plötzlich ist mir gar nicht mehr zum Lachen zumute. Ich weiß nicht, ob ich Nelli überhaupt erzählen darf, was Tucker getöpfert hat. Oder ob das quasi schon der Schweigepflicht unterliegt, auf die mich Chefarzt Doktor Weinberg hingewiesen hat.

Sie sieht mich abwartend an. »Ja? Er hatte ein Ringel-T-Shirt an und hat was?«

Ich grinse verkrampft. »Er hat auch was getöpfert.«

Ich setze mich auf. Mit einem Mal ist mir warm. Eigentlich will ich Nelli alles über Tucker erzählen, was ich heute Nachmittag von Schwester Maggie in Kurzfassung über ihn und sein Schockerlebnis erfahren habe. Weil es mich so aufwühlt und weil wir uns immer alles erzählen. Auf der anderen Seite will ich es für mich behalten. Weil es so unfassbar heftig ist. Ich will Tucker beschützen. Auch, wenn er nie etwas davon mitbekommen würde, wenn ich Nelli jetzt von ihm erzähle. Aber irgendwie scheint mir das, was ich heute über ihn gehört habe, die Kraft zu besitzen, ihn aufs Neue zu zerstören, wenn man es nur ausspricht.

Nelli dreht sich auf die Seite, das Bett wabert, und sie quasselt munter weiter: »Und was hat er Großartiges getöpfert? Doch nicht etwa auch einen Aschenbecher, der aussieht wie ein gedörrter Kuhfladen?«

Ich könnte jetzt einfach nicken und »Doch!« sagen. »Einen riesigen, superhässlichen Aschenbecher.« Damit wäre die Sache vom Tisch. Aber ich kann meine beste Freundin nicht anlügen. Also sage ich mit belegter Stimme: »Nicht ganz. Eher etwas, na ja, irgendwie etwas sehr Persönliches.

»Etwas *sehr* Persönliches? Hui!« Nelli setzt sich nun auch auf und sieht mich forschend an. Ich kenne diesen Blick bei ihr. Den hat sie immer, wenn die Verlustangst zuschlägt, und sie denkt, ich verschwöre mich mit irgendetwas oder irgendjemandem gegen sie. Jeder normale Mensch würde jetzt spüren, dass ich es nicht sagen will. Aber genau darum will Nelli es wissen. Damit sie sich nicht ausgeschlossen fühlt. Ihre Augen blitzen und ich winde mich auf dieser verdammten, mit Wasser gefüllten Matratze.

»Ja, etwas Persönliches. Was mit seinem traumatischen Schockerlebnis zu tun hat.«

»Alles klar?« Nelli zieht abwartend die Augenbrauen hoch. »Und was war das für ein traumatisches Schockerlebnis?«

Warum lässt sie es nicht einfach gut sein?

»Ich … Ich kann es dir nicht sagen«, stottere ich und spüre, wie ich heute schon zum hunderttausendsten Mal rot werde. Und das ganze altbekannte Programm läuft wieder ab.

Nelli nickt wütend und erhebt sich von der Matratze. »Schon klar«, zischt sie. »Ich bin ja nur deine beste Freundin, der du nicht vertrauen kannst.«

»Das hat mit unserer Freundschaft überhaupt nichts zu tun. Das, was ich in der Klinik erlebe, unterliegt der Schweigepflicht«, verteidige ich mich, und es klingt absolut lächerlich.

»Schwachsinn!« Nelli streicht ihren Ich-bin-eine-angehende-Juristin-Rock glatt und wirft ihre Haare zurück. »Du willst es einfach für dich behalten, um dich toll zu fühlen. Ich allerdings würde dir sofort erzählen, wenn wir jemanden verklagt hätten.«

Wir? Meint sie damit sich und meinen Vater? Puh! Nelli hat aber schnell den Staatsanwalt-Slang drauf. Schneller als erwartet. Vermutlich fühlt sie sich damit beinahe unbesiegbar. Aber auch nur beinahe.

Mit beleidigtem Gesichtsausdruck drückt sie mir den Aschenbecher in die Hand. »Hier, den kannst du behalten. Ich lasse mich von dir nicht kaufen.«

Wieso sollte ich sie damit kaufen wollen? Mit diesem krepeligen Ding kann man niemanden kaufen. »Was ist eigentlich los mit dir?«, frage ich sie. »Wir sind doch beste Freundinnen, oder nicht? Warum zweifelst du immer wieder daran, dass ich dich gernhabe? Menschen hören nicht einfach auf, einander gernzuhaben.« (Mal abgesehen von ihrem bekloppten Vater.) Ich sehe sie herausfordernd an.

Sie starrt wütend zurück. »Du verhältst dich aber nicht wie eine Freundin. Freundinnen erzählen sich alles.«

Ich stöhne. »Mein Gott! Wenn du es unbedingt wissen willst: Tucker hat ein stürmisches Meer getöpfert, und in dem Meer schwamm ein Ruderboot, in dem er mit seiner siebenjährigen Schwester saß, die im letzten Sommer in einer Meeresbucht ertrunken ist, weil er nicht geschafft hat, sie zu retten, als sie mit dem Schlauchboot gekentert sind. Zufrieden?«

Ich stehe nun auch vom Bett auf und pfeffere den Aschenbecher zwischen die Kissen. Gratuliere! Ich habe mich hinreißen lassen und etwas getan, was ich definitiv nicht wollte! Daran erkennt man eindeutig Nellis Begabung fürs Kreuzverhör! Ihre zukünftigen Angeklagten können jetzt schon mal anfangen zu zittern. Mir reicht's! Ich bin keine Angeklagte. Und als ihre Freundin brauche ich auch kein Kreuzverhör.

Nelli sieht mich mit offenem Mund an. Offenbar hat es ihr die Sprache verschlagen. Sie stottert leise: »Das ... Das tut mir leid.«

»Mach's gut!« Ich hänge mir meine Tasche über die Schulter und renne zwischen den Betten hindurch.

Ich höre sie rufen: »Ist das wirklich passiert, Franzi?«

Ja! Es ist wirklich passiert! Aber ich antworte nicht, sondern hetze mit versteinerter Miene an ihrer Mutter und dem Kunden vorbei, der sich gerade testmäßig auf einem der *Amore*-Wasserbetten wie ein Fisch auf dem Trockenen herumwindet. Ich ziehe mit Schwung die Tür auf, die Glöckchen flippen über mir aus, und in der Nachmittagssonne steige ich auf meine Vespa und rase nach Hause.

Schätze, es ist an der Zeit, dass Nelli mal anfängt, sich einzugestehen, dass sie durch den Weggang ihres Vaters unter heftigstem Vertrauensverlust leidet. Vielleicht wäre es gut, wenn sie mal mit ihm über ihre Gefühle spricht. Ich stehe ihr dabei gerne zur Seite. Aber ich bin nicht dazu da, das auszubaden, was ihr Vater verbockt hat. Denn ich bin ihre beste Freundin und nicht ihr verdammter Punchingball.

Sieben

Der fünfte Tag meines neuen Lebens

Ich bin noch immer aufgeregt, als ich von der Hauptstraße in unsere ruhige Wohnstraße einbiege und an den hohen Hecken entlangfahre, hinter denen sich die Wir-sind-gut-situierte-Leute-Häuser verschanzen. Unser Haus ist das einzige, das nicht von hohen Hecken umgeben ist. Dafür haben wir eine Alarmanlage. Vor einigen Jahren hat meine Mutter sogar einen winzigen Panikraum mit Telekommunikationssystem im ersten Stock einrichten lassen, der von außen wie ein Wandschrank aussieht. Falls sich irgendwelche Kriminellen an meinem Vater dafür rächen wollen, dass er einige von ihren Kompagnons hinter Gitter gebracht hat. Mit etwas Glück passen wir alle da rein.

Eigentlich fanden mein Vater, Sina und ich diese Vorsichtsmaßnahme übertrieben, bis im letzten Sommer eine Gang tatsächlich versucht hat, Sina zu entführen, um meinen Vater dazu zu bringen, seine Ermittlungen einzustellen. Doch das ist eine andere Geschichte, die mir gezeigt hat, dass *ich* es nicht überleben würde, wenn meiner Schwester etwas zustoßen würde.

Ich halte vor unserer Garage an, bleibe aber auf meiner Vespa sitzen, mit dem Helm auf dem Kopf, und starre durchs orangefarben getönte Visier in unseren Vorgarten mit den kugligen Buchsbäumen und Lavendelbüschen. Schließlich sehe ich Richtung Haustür und höre mein Atmen, als sei ich *Darth Vader* höchstpersönlich.

Mit dem Helm auf dem Kopf fühle ich mich gerade am wohlsten. Ich habe Mist gebaut! Ich habe Nelli etwas verraten, was ich hätte für mich behalten müssen. Erstens, weil ich nicht über das reden soll, was ich in der Klinik über die Patienten erfahre. Und zweitens – und das ist viel wichtiger! – aus Respekt gegenüber Tucker und seiner kleinen Schwester. Ihm ist etwas Schlimmes passiert. Er hat seine Schwester verloren. Es ist so Schlimm, dass er es nicht einmal aussprechen kann. Doch genau das habe ich für ihn übernommen, um Nelli zufriedenzustellen. Das ist richtig daneben.

Ich schäme mich so sehr.

Ich könnte die Sache einfach vergessen. Tucker wird nie erfahren, dass ich Nelli von ihm und seiner toten Schwester erzählt habe. Aber ich fühle mich so grauenhaft, als hätte ich ein Verbrechen an ihnen begangen. Ich wünschte, ich könnte die Zeit zurückdrehen und es besser machen. Tucker hat seinen ganz persönlichen Albtraum unter tausend Schichten in sich begraben. Und dann traut er sich plötzlich, sich und seine Schwester kurz vor dem Drama zu töpfern – ohne Worte –, sodass ich eigentlich gar nicht verstehe, was das Getöpferte zu bedeuten hat.

Als ich Schwester Maggie nach Dienstschluss auf dem Weg zum Parkplatz davon erzählt habe, ist sie stehen geblieben und hat mich fassungslos angesehen. »Das ist ja unglaublich, Franzi!«, hat sie gesagt. »Seit über einem Jahr versuchen die erfahrensten Therapeuten, an ihn heranzukommen und sein Vertrauen zu gewinnen, um sich Stück für Stück dem verkapselten Unglück zu nähern. Und du hast es irgendwie geschafft! Was um Himmels willen hast du gemacht?«

»Nichts«, habe ich irgendwie glücklich gesagt. Und es stimmt ja. Ich habe nichts gemacht. Jedenfalls nicht, dass ich wüsste. Ich bin genauso überrascht. Gleichzeitig zeigt dieser Zwischenfall, dass Tucker und mich wirklich irgendetwas Unaussprechliches verbindet. Etwas, das nicht zu fassen ist. Es ist, als würden wir uns schon ewig kennen. Und ich blöde Kuh habe nichts Besseres zu tun, als Tuckers Geheimnisse auf einem schwappenden *Deluxe*-Wasserbett an Nelli zu verraten und sein Vertrauen zu missbrauchen.

Gratulation, Miss Franziska!

Feine Schweißperlen rinnen über meine Stirn. Unter dem Helm ist es mindestens so heiß wie in der Hölle. Aber ich möchte ihn trotzdem nicht abnehmen. Nicht mal, als plötzlich die Haustür auffliegt und meine große Schwester Sina herauskommt.

»Überraschung!«

Was macht sie denn hier? Ich wusste gar nicht, dass sie heute bei uns ist, weil sie ja quasi bei Noah eingezogen ist.

Sie bleibt in ihrem Sommerkleid auf der Türschwelle

stehen und winkt mir zu. »Da bist du ja endlich! Los komm rein!«

Ihre blonden Haare fließen in Wellen über ihre Schultern und sie sieht wie immer hübsch und unschuldig aus. Dabei hat sie sich im letzten Jahr einen richtigen Hammer geleistet, den niemand von ihr erwartet hätte. Richtig krasse Geschichte. Ausgerechnet sie hat sich nämlich in eins der besagten Gangmitglieder verknallt, die versucht haben, sie zu entführen. Was beinahe zur Zerstörung unserer Familie geführt hätte. Diese Tatsache tröstet mich gerade über meinen Hammer hinweg. Zumindest minimal.

Ich hebe kurz die Hand zum Gruß, dann lasse ich sie wieder schlaff auf den Lenker sinken. Sina kann jede meiner Gesten exakt deuten. Wir kennen uns eben in- und auswendig. Und darum weiß sie jetzt auch, dass ich mies drauf bin. Barfuß kommt sie quer über den Vorgartenrasen auf mich zugesprungen. »Franzi-Schmanzi! Was ist los?«

Ich rühre mich nicht. Offenbar bin auch ich gerade dabei, den Kontakt zur Außenwelt abzubrechen. Sina bleibt neben mir stehen und klopft von außen gegen den Helm.

Ich höre ihre Stimme wie durch Watte. »Hallo! Jemand zu Hause?« Jetzt taucht ihr Gesicht vor dem runtergeklappten Visier auf. Sie grinst. »Was geht ab?«

»Hallo, Schweinebacke!«, sage ich extra deprimiert. So nenne ich meine Schwester, seitdem ich denken kann. Weil sie sich in der Grundschule einmal heimlich eine riesige Tüte Marshmallows im Supermarkt gekauft hat.

Dieses schweinchenrosa Zuckerschaumzeug. Unsere Mutter steht nicht sonderlich darauf, wenn wir Süßigkeiten essen. Besonders als wir klein waren, hat sie darauf geachtet, dass wir null Komma null Zucker zu uns nehmen. Darum war Sina auch diesen Super-Zucker-Flash nicht gewohnt und hat schlimmste Bauchschmerzen bekommen.

Sie guckt noch immer durch das orangefarbene Visier, und es tut so gut, dass sie da ist. »Willst du das Ding nicht absetzen?«

»Von mir aus.« Ich steige von der Vespa und nehme den Helm endlich ab. Meine Haarpracht klebt mir wie feuchter Filz am Kopf, und ich umarme meine Schwester so fest, als wollte ich sie nie mehr loslassen. »Oh Mann! Bin ich froh, dass du da bist!«

»Was ist los?« Meine Schwester versucht sich auf den Beinen zu halten, so sehr hänge ich an ihr.

»Erzähle ich dir später. Ich sage nur: Ich bin ein Idiot.«

»Wie gut, dass ich dir eine Dose mit meinen selbst gemachten Pralinen mitgebracht habe. Du weißt schon, die mit der Orangenbuttercreme. Die werden dich darüber hinwegtrösten.«

Ich lasse meine Schwester wieder los. »Danke!« Ich liebe ihre selbst gemachten Pralinen. Ich liebe sie fast noch mehr als meine Waffeln. Allerdings eher die Kokos-Limette-Trüffel. Ich senke meine Stimme ab und raune: »Versteck sie vor Mama! Ich werde sie heimlich essen müssen, wenn sie mit Papa im Theater ist. Was macht ihr hier?«

»Bomben-News!« Sina zwinkert vielsagend und dann gehen wir Arm in Arm ins Haus.

In Sinas Gegenwart fühle ich mich sofort geborgen, sie hat so eine Alles-wird-gut-Ausstrahlung. Und dass ich Tuckers Tragödie ausgeplaudert habe, kommt mir mit einem Mal nicht mehr ganz so dramatisch vor. Der vergangene Tag löst sich in der Wiedersehensfreude auf. In der Diele stürze ich auf Noah zu, der in T-Shirt und blauer Arbeiterhose neben dem riesigen Blumenstrauß am Tisch lehnt und mich anstrahlt.

»Na, du Klaviergenie!«

»Hey! Ich wusste gar nicht, dass ihr kommt!« Ich fliege in seine volltätowierten Arme und er schleudert mich im Kreis herum. *Er* ist übrigens *das* Gangmitglied.

»Wir dachten, wir machen dir Mut für dein Vorspiel!«

»Danke!«

Er ist der coolste Typ, den man sich als Freund wünschen kann. Meine Schwester und er passen perfekt zusammen, obwohl Noah aus dem so genannten Viertel hinterm Kanal kommt, der miesesten Gegend von ganz Berlin. Als Gangmitglied ist er früher in Häuser eingebrochen und hat Autos geknackt. Zuerst waren meine Eltern – welch Wunder! – gegen ihre Liebe, aber inzwischen haben sie Noah voll akzeptiert und in ihr Herz geschlossen. Für jemanden wie meinen Vater eine echte Meisterleistung. Er hatte für Sina definitiv andere Pläne und andere Schwiegersöhne im Sinn. Von meiner Mutter mal ganz zu schweigen. Aber das muss ich ihnen hoch anrechnen. Sie geben jedem eine Chance. Was in diesem

Fall daran liegt, dass Noah meiner Mutter das Leben gerettet hat. Später mehr dazu.

»Wie läuft's?« Noah setzt mich wieder ab.

Ich taumele etwas herum und sage: »Schlecht und gut. Ich mache gerade ein Praktikum in einer psychiatrischen Klinik.«

»Toll! Offenbar stehen beide Schwestern auf Abgrund.« Noah zwinkert mir zu. Er hat eine kleine Narbe über seinem Auge und eine auf der Wange. Als Jugendlicher hat er an illegalen Boxkämpfen teilgenommen – trotzdem wirkt er kein bisschen abgestumpft. Sondern einfach nur gelassen. Ich kann verstehen, was meine Schwester an ihm findet und was sie in ihm gesehen hat, als sie sich zum ersten Mal begegnet sind: das gute Herz. Gangmitglied und gutes Herz klingt widersprüchlich? Ist aber so. Manchmal sind die Menschen nicht das, was sie auf den ersten Blick zu sein scheinen.

Meine Mutter kommt im weißen Sommerkleid aus der Küche, in den Händen ein Tablett, auf dem viele kleine Schüsseln stehen. Sie trägt es feierlich an uns vorbei, hinaus auf die Terrasse. »Wasch dir die Hände, Franzi. Es gibt Raclette!«

»Raclette?« Das gibt es bei uns nur, wenn es etwas zu feiern gibt. Was sollte das sein? Hoffentlich nicht mein Klaviervorspiel in drei Tagen, das ich komplett vermasseln werde? Da gibt's nichts zu feiern. Nur noch zu üben, was ich nach dem Essen tun werde, und zwar bis mir die Finger bluten.

Mein Vater kommt aus seinem Arbeitszimmer. Er ist also auch schon zu Hause. Wie immer mit hochgekrempelten Hemdsärmeln, zerzausten Haaren und Augenringen bis zu den Knien. So sieht er aus, wenn er über seinen Akten brütet. Er lächelt müde. »Na, dann sind ja alle versammelt.« Er gibt mir einen Kuss und raunt mir ins Ohr. »Tu Mama einen Gefallen und zieh dir was Hübsches an.«

»Dein Ernst?« Ich sehe an mir herunter. Jeans-Mini und mein Lieblingstop, das am Bauch Spuren von getrocknetem Ton aufweist. Schwester Maggie hat meine Bekleidung gefallen! Schließlich habe ich sie heute Morgen in Gedanken an Tucker zusammengestellt.

Aber mein Vater macht mir mit seinen Augenbrauen so komische Zeichen. Dazu meint er mit ironischem Unterton: »Nimm dir ein Beispiel an deiner Freundin Nelli. Sie kommt jeden Tag in Rock und Bluse ins Büro.«

Von Nelli will ich gerade nichts mehr hören. Und ein Beispiel will ich mir auch nicht an ihr nehmen. Aber ich spare mir weiteren Widerspruch und gehe nach oben in mein Zimmer, das wie immer so aussieht, als wäre eine Bombe eingeschlagen. Ich steige über die am Boden liegenden Klamottenberge, über Socken und Klaviernotenhefte und hangele mich an meiner leeren Kleiderstange vorbei, bis ich das angrenzende Bad erreicht habe. Vor dem Waschbecken bleibe ich stehen und sehe mich im Spiegel an, den ich rundherum mit Schnappschüssen von Nelli und mir beklebt habe. Auf den neuesten machen wir Knutschmünder oder ziehen irgendwelche Grimassen. Dann gibt es noch ältere mit uns im Sandkasten, auf dem Klettergerüst und beim Krippenspiel.

Sie als anmutige Maria. Ich als bärtiger Josef. Ich bin nicht in der Stimmung, mich an unsere große goldene Kindergartenzeit zu erinnern, in der noch alles entspannt war. Darum konzentriere ich mich auf mich selbst und gehe näher an mein Spiegelbild heran.

Meine Augen wirken noch staunender als sonst. Meine roten Locken kringeln sich über meine sommersprossigen Schultern. Im Lauf des Tages sind im Gesicht und auf meinen Armen noch mehr Sommersprossen dazugekommen. Als ich mit Beatrix (die von der Brücke gesprungen ist), Linn mit den Gummihandschuhen und einigen der jüngeren Kinder nach dem Mittagessen auf der Wiese rund um die Eiche Krocket gespielt habe. Das ist nämlich zwischen Praktikanten und Patienten erlaubt, wie mir Schwester Maggie versichert hat. Außerdem hat sich irgendetwas an meinem Gesichtsausdruck verändert. Ich kann nicht sagen, was es ist. Vielleicht sehe ich mich auch nur mit anderen Augen. Mit Tuckers flaschengrünen Augen.

Ich bin das Mädchen, dem er sein Vertrauen geschenkt hat. Ab jetzt werde ich es in Ehren halten. Versprochen. Denn eigentlich ist es ein kleines Wunder. Beinahe hätte ich vorhin in der Werkstatt nach seiner Hand gegriffen. Dürfte ich das überhaupt tun? Nur, wenn keine Gefühle mit im Spiel sind. Jedenfalls keine, die etwas anderes wollen, als zu helfen, hat mir Schwester Maggie erklärt. Und wenn ich durch Zufall helfe, Tucker zu heilen? Wird er vielleicht auch mal nach meiner Hand greifen? Oder ist er bereits wieder tief in sich versunken? Schwester Maggie meint, ich soll mir nicht zu viele Hoffnungen machen, dass so eine Öffnung bleibend ist oder sich wiederholt.

Wer war er, bevor das Unglück vor einem Jahr zugeschlagen hat? Ein ganz normaler siebzehnjähriger Junge, der das letzte Schuljahr vor sich hatte? Der mit seinen Freunden Zelten gefahren ist, der Bier getrunken hat, der seine kleine Schwester geliebt hat. Hatte er eine Freundin?

Vermutlich nicht. Sonst würde die sich doch um ihn kümmern. Jedenfalls würde ich das tun, wäre ich an ihrer Stelle. Was sieht Tucker in mir? Warum vertraut er sich ausgerechnet mir an? Wem soll ich all diese Fragen stellen, um Antworten zu bekommen? Es gibt nur einen Menschen: Sina!

»Franziska, kommst du?«

Ich höre meine Mutter von unten rufen. Und zum ersten Mal seit Langem bin ich nicht genervt davon, dass sie ständig um alle bemüht ist. Ich muss daran denken, dass ich durch sie gelernt habe, was wahres Mitgefühl bedeutet. Ich schätze, ich habe das Anderen-helfen-Wollen von ihr geerbt. Warum sollte ich gegen so eine Mutter ankämpfen?

Aber ich glaube, ich weiß jetzt auch, was uns unterscheidet: Meine Mutter will das Unglück verhindern. Weil sie Angst davor hat. Ich will daran reifen.

Acht

Der fünfte Tag meines neuen Lebens

»Da ist sie ja!« Mein Vater sieht mir gespannt entgegen, als ich in schwarzem Minikleid über die Türschwelle auf die Terrasse trete, die eher einer tropischen Oase gleicht als einer deutschen Gartenbepflanzung. Rundherum stehen Palmen, dickblättrige Agaven, Olivenbäume und andere exotische Gewächse, deren Namen ich nicht kenne. Dazwischen reckt sich tapfer mein winziger Apfelbaum Norbert in die Höhe, dessen Samen ich an meinem sechsten Geburtstag in die Erde gesteckt habe, um immer genügend Äpfel zu haben. Bisher ist an Norbertchen allerdings noch kein einziger Apfel gereift. Vielleicht wird jeder nur mit so viel beladen, wie er tragen kann.

Meine Mutter, Sina und Noah drehen sich auch zu mir um. Als sei ich überraschend von den Toten auferstanden.

»Kann mir mal endlich einer sagen, was hier abgeht?« Ich ziehe den letzten freien Stuhl vom gedeckten Tisch zurück und setze mich zwischen meine Mutter und Sina.

Es herrscht seltsam angespanntes Schweigen. Meine

Mutter faltet ihre Stoffserviette immer wieder neu. Meine Schwester knetet die Hände im Schoss und guckt mich mit riesigen Augen an. Noah grinst, offensichtlich peinlich berührt. Dabei rubbelt er mit seinem Zeigefinger an seinem Tattoo herum, als wolle er es wegradieren. Mein Vater klopft mit der Messerkante gegen sein leeres Sektglas. Das ist richtig schräg! Die Geste hat er noch nie gebracht.

»Tja, also dann …« Er räuspert sich und steht auf.

Doch bevor er mit einer Erklärung rausrücken kann, zieht meine Mutter schon an seinem Ärmel. »Bernhard-Schatz, willst du nicht erst den Champagner einschenken?«

»Natürlich.« Er greift nach der Flasche, die im eisgefüllten Kühler neben dem Tisch steht. Ich sehe, wie seine Hände zittern, während er versucht, die Flasche zu entkorken. Schließlich gibt er sie an Noah weiter. »Könntest du vielleicht …?«

»Klar.« Noah nimmt dankbar die Flasche an sich und macht sich konzentriert am Verschluss zu schaffen, als würde er an einem kaputten Motorrad herumschrauben. Ich schätze, viele Champagnerflaschen hatte er noch nicht in der Hand.

»Alles in Ordnung, Papa?« In diesem angeschlagenen Zustand habe ich meinen Vater nur einmal erlebt. Als er herausgefunden hatte, dass Sina sich in Noah verliebt hatte – ausgerechnet in Noah, gegen den mein Vater wegen versuchter Entführung seiner eigenen Tochter ermittelte. Ansonsten ist er ein Fels in der Brandung, den nichts umhaut. Ich meine, er ist mein Vater!

»Ja, mein Schatz, alles klar. Ich bin nur der stolzeste Papa, den die Welt je …« Er schluckt und seine Augen schimmern feucht. »Den die Welt je gesehen hat.«

Was hat das bitte zu bedeuten? Forschend gucke ich zu meiner Mutter, die meinen Vater verklärt ansieht. Dann gleitet mein Blick hinüber zu Sina, die sich zu Noah hinüberbeugt und ihm einen Kuss auf die Wange drückt.

Er grinst noch schräger, wobei er weiterhin versucht, möglichst männlich die Champagnerflasche zu entkorken. »Gleich hab ich's!«

Endlich glaube ich zu verstehen, was hier läuft! Noch bevor es mein Vater ausgesprochen hat.

»Nein!«, stoße ich hervor und springe vom Tisch auf. Die Gläser klirren. Ich umarme meine Schwester und rufe überwältigt: »Bist du schwanger?«

Mehr zum Spaß! Aber auch irgendwie im Ernst. Warum sollte mein Vater sonst Tränen der Rührung in den Augen haben und meine Mutter keinen Ton herausbringen, außer, sie werden die jüngsten Großeltern aller Zeiten?! Und ich die minderjährige Tante. Wir bekommen Familienzuwachs! Ein kleines Gangster-Baby! Meine Mutter wird es nach ihrem Geschmack einkleiden!

Bevor Sina antworten kann, gibt es einen lauten Knall. Der Champagnerkorken saust an meinem Ohr vorbei und landet hinter mir in den Palmen. Meine Mutter kreischt, der Rest von uns duckt sich unter den Tisch. Für einen entsetzlichen Augenblick ist es wie damals auf dieser Wohltätigkeitsveranstaltung, auf der meine

Mutter für ihren sozialen Einsatz geehrt werden sollte. Plötzlich zerriss ein ohrenbetäubender Knall die aufgeregte Stille. Die Leute schrien und wichen von meiner Mutter zurück, die in ihrem weißen, mit unzähligen Strass-Steinen besetzten Kleid am Boden lag. Auf ihr ein Typ. In blauen Arbeiterhosen und T-Shirt, auf dessen Rücken sich ein tiefroter Blutfleck ausbreitete. Noah, der Junge aus dem heruntergekommensten Viertel der Stadt! Der ihr das Leben gerettet hatte, als ein Typ aus seiner alten Gang auf meine Mutter schoss, um meinen Vater in die Knie zu zwingen.

Als wir uns von dem Schreck erholt haben, hält Noah die schäumende Flasche schnell über die Gläser, die meine Mutter ihm hinhält. »War keine Absicht, Leute!«

In diesem Augenblick wissen wir alle, was in jedem von uns vorgeht. Und dieses Wissen schweißt uns auf seltsame Weise zusammen. Gemeinsam haben wir etwas Einschneidendes erlebt und überlebt. Dank Noah. Wir haben uns damals dazu entschlossen, dieses düstere Kapitel hinter uns zu lassen und ihm keine Macht über uns zu geben. Und doch ist das Ereignis noch mitten unter uns. Es hat mich nicht ängstlicher gemacht. Aber irgendwie ehrfürchtiger.

Noah fährt sich nervös über die Stirn. »Na, dann *cheers*!«

Als wir unsere Gläser in den Händen halten, steht mein Vater wieder von seinem Stuhl auf. »Also, wo war ich stehen geblieben?«

Meine Mutter berührt seinen Arm. »Du bist der stolzeste Papa, den die Welt je gesehen hat.«

»Ja, richtig.«

Inzwischen hat meine Schwester ihr berühmtes *Stoneface* aufgesetzt. Das hat sie perfekt drauf, um nicht zu zeigen, wie stark sie fühlt.

»Ich werde also Tante! Ist es das?«, frage ich noch einmal und mache ein Handyfoto von Sina, die ihren Blick konzentriert auf meinen Vater heftet. Auch auf meine leichten Fußtritte unterm Tisch reagiert sie nicht. »Hallo!?«

»Meine liebe Tochter Sina«, beginnt er mit belegter Stimme. »Dein letztes Jahr war privat sehr bewegt. Du und Noah, ihr habt euch kennengelernt und ihr habt – gegen alle Widerstände – um eure Liebe gekämpft. Gleichzeitig hast du deine schulischen Leistungen nicht aus dem Blick verloren und – wie du heute erfahren hast – den Medizinertest mit eins Komma acht bestanden.«

Mein Vater macht eine Pause, damit wir alle Sinas Leistung sacken lassen können. Meine Schwester wird also tatsächlich Ärztin. Abgedreht! Dann fährt er mit bedeutungsschwangerem Tonfall fort: »Nun bist du mit der Schule fertig und kein Kind mehr. Im Herbst fängst du an zu studieren. Zeit für deine Mutter und mich, dich stolz und schweren Herzens in dein zukünftiges selbstbestimmtes Leben zu entlassen. Darum wollen wir uns zu diesem Anlass an einige wichtige Stationen deines Heranwachsens erinnern.«

Sina kichert verlegen und Noah spielt mit seinem Raclettepfännchen. Ich schätze, er hält dieses bürgerliche Gesülze von guten Noten und selbstbestimmtem Leben kaum noch aus. Ich meine, er führt, seit er fünf ist, ein selbstbestimmtes Leben. Wenn auch nicht das, was mein Vater sich vorstellt. Er ist nachts in Häuser eingestiegen, hat in einer Gartenlaube geschlafen und sich bei illegalen Boxwettkämpfen zusammenzimmern lassen. Schätze, in Noahs Welt hat man sich gegenseitig gratuliert, wenn man es geschafft hat, das zwanzigste Lebensjahr zu erreichen. Aber seine Welt kann man nun mal nicht mit unserer vergleichen. Darum vergleiche ich Sina mit mir und rufe dazwischen: »Eins Komma acht? Wie hast du das denn gemacht?! Du hast nie gelernt!« Ich könnte vierundzwanzig Stunden am Tag lernen und würde keine vier Komma null schaffen.

Sina rollt mit den Augen. »Hab ich wohl!«

»Ach ja? Wann denn? Beim Schlafen? Ich hab dich nie mit einem Buch gesehen.«

Meine Mutter wirft mir mahnende Blicke zu. »Pst!«

Ja, gut! Ich bin leise und störe nicht die Ansprache meines sentimentalen Vaters, der sich jetzt an Sinas ersten Milchzahn, die geheime Mampf-Aktion mit den Marshmallows und das Seepferdchenabzeichen erinnert. Er schwärmt von ihrem zeichnerischen Talent, ihrer Ehrenurkunde in der Disziplin Weitsprung und noch von einigen anderen Heldentaten, zum Beispiel wie sie mir Apfelsaft über meine brennenden Haare gegossen hat, als ich damit in die Adventskranzkerzen geraten war. Er lächelt verklärt. »Ich kann nur sagen: Sina, deine Mutter und ich könnten nicht stolzer sein. Mach weiterhin das Beste aus deinem Leben und hab bei deinem Medizinstudium genauso viel Freude und Zuversicht wie bisher in der Schule.«

Dann wendet er sich mit einer angedeuteten Verbeugung an Noah. Ich mache noch ein Foto. »Noah! Auch dir unsere herzlichsten Glückwünsche für den nächsten wichtigen Schritt in deinem Leben. Genau wie für Sina beginnt nun auch für dich ein neuer Abschnitt. Du hast den Kredit für deine eigene Autowerkstatt bewilligt bekommen. Wir wissen, wie hart du dafür gearbeitet hast und was du alles hinter dir lassen musstest, um so weit zu kommen. Du bist unserer Tochter der beste Freund, den sie haben kann. Wir lieben dich, als wärst du unser Sohn. Wir wollen dir für immer die Familie sein, die du nicht mehr hast. Du hast meiner Frau, der Mutter meiner Kinder, selbstlos das Leben gerettet. Du bist unser Held. Wir wollen gemeinsam diesen Tag feiern, an dem ihr hinaus ins erwachsene Leben tretet und wir euch loslassen müssen, damit ihr eure eigenen Erfahrungen sammeln könnt. Macht das Beste daraus!«

»Alles klar. Danke!«, presst Noah hervor. Schätze, er wurde in seinem bisherigen Leben nicht wirklich oft gelobt. Außerdem schätze ich, dass er im Gegensatz zu Sina schon reichlich eigene Erfahrungen sammeln musste. Eilig sieht er auf den Boden und wischt sich verstohlen über die Augen. Nun hat es mein Vater geschafft, dass ihm die Tränen kommen. Na toll!

Und meine Mutter schluchzt los. Sina natürlich auch. Und ich? Ich heule! Als hätte ich darauf gewartet, dass ich endlich mal losheulen kann. Ich wusste nicht, dass ich so scharf drauf war. In die neidische Bewunderung über die eins Komma acht meiner Schwester und die Freude übers Noahs Autowerkstatt-Kredit mischt sich plötzlich die Trauer um Tuckers kleine Schwester, die er nicht retten konnte. Ich weiß nicht, warum ich daran denken muss. Vielleicht, weil ich erst jetzt wahrhaft verstehe, was Noah vollbracht hat. Er hat mit seiner abtrünnigen Vergangenheit gebrochen und sein Leben riskiert, um unsere Mutter zu beschützen. Zur gleichen Zeit, als Tucker um das Leben seiner kleinen Schwester gekämpft hat. Noah hat sich todesmutig in die Kugel geworfen, die meine Mutter treffen sollte. Und er hat es überlebt! Tuckers Schwester aber ist gestorben.

Während alle ihre Gläser austrinken, stelle ich mich ein paar Schritte entfernt zwischen die Palmen und Norbert und mache Handy-Erinnerungsfotos von den Mitgliedern meiner Familie, wie sie ihre Raclette-Pfännchen mit Käse und Gürkchen füllen. Noah legt sich erst mal zwei Steaks oben auf den Grill.

Für jeden von uns kommt offenbar irgendwann einmal der Moment, in dem es um Leben und Tod geht. Meine Familie hat bereits ihren Moment erlebt und wir alle hatten großes Glück. Tucker und seine kleine Schwester haben ebenfalls solch einen Moment erlebt und hatten kein Glück. Dieser kurze Moment, der über Leben und Tod entscheidet, hat Tucker zu dem traumatisierten Jungen gemacht, der *er* jetzt ist.

Unser Auf-Leben-und-Tod-Moment hat uns hingegen zu der Familie werden lassen, die *wir* jetzt sind. Bis zu diesem Tag haben wir uns über Nebensächlichkeiten aufgeregt, die wir für die Hauptsachen hielten. Bis auf meine Mutter haben wir unsere Familie für selbstverständlich gehalten. Wie etwas, das fraglos immer da ist. Dieser Moment hat uns aufgeweckt. Tuckers Moment hingegen hat ihn in eine trostlose Welt verbannt, in der es keine Hoffnung und Zuversicht mehr gibt. Und in diesem Augenblick beschließe ich, dass ich Tucker zeigen möchte, dass es immer weitergeht. Dass es Hoffnung gibt, dass er ein Recht auf Leben hat.

Vielleicht ist das wieder einer meiner größenwahnsinnigen Gedanken. Vielleicht ist es aber auch ein nie gekanntes, tiefes Gefühl, das mir sagt, dass ich mir zutraue, für ihn da zu sein, und dass ich keine Angst haben will. Tucker scheint das zu ahnen. Warum sonst sollte er mir sein wildes, stürmisches Meer gezeigt haben, in dem er noch immer mit seiner kleinen Schwester im Boot sitzt? Er kann sie nicht loslassen. Aber niemand kann jemanden ewig halten, der bereits tot ist. Er muss seine Schwester endgültig freigeben, um zu uns zurück ans Ufer zu schwimmen. Ich werde dort stehen und auf ihn warten.

Neun

Der sechste Tag meines neuen Lebens

»Tucker! Warte!«

Als ich am nächsten Morgen in kurzen Hosen, mit sonnengeröteten X-Beinen, in Jeansjacke und mit frisch gewaschenen Haaren den Klinikgang runterkomme, fliegt vor mir die Tür auf, und Tucker rast an mir vorbei. Bevor ich verstehe, was los ist, eilt Chefarzt Doktor Weinberg mit fliegendem Kittel hinter ihm her. »Tucker! Bitte warte! Sie haben es nicht so gemeint!«

Aber Tucker verschwindet in die Empfangshalle und vorne aus der Tür raus. *Wer hat was nicht so gemeint?*

Kurz darauf sehe ich durch das große Fenster, dass er über die Wiese stapft, hinüber zur Eiche. Da setzt er sich in den dunklen Schatten, zwischen die hervorstehenden Wurzeln, zieht die Knie an den Körper und legt seinen Kopf darauf. Doktor Weinberg kommt über die Wiese hinterher und bleibt einige Schritte von Tucker entfernt stehen. Zuerst mit vor der Brust verschränkten Armen, als wolle er mit ihm schimpfen, dann mit den Händen in den Kitteltaschen. Vermutlich, um Friedfertigkeit zu signalisieren. Eine offene Körpersprache ist alles, um eine Verbindung zu den Trauma-Patienten herzustellen, wie mir Frau Doktor Simmer neulich beim Mittagessen im Speisesaal erklärt hat. Sie ist für die jüngeren Fälle wie Vincent mit dem Teddy zuständig.

Ich trete näher ans Fenster heran. Es sieht so aus, als rede Doktor Weinberg mit so einer Wir-verstehen-uns-doch-Kumpel-Stimme auf Tucker ein.

Ich muss grinsen. Er hält sich einfach die Ohren zu. Habe ich früher auch gemacht, wenn meine Kindergärtnerin gesagt hat, ich soll das Spielzeug aufräumen, obwohl ich am nächsten Tag damit weiterspielen wollte. Schließlich zuckt Doktor Weinberg – genau wie meine Kindergärtnerin – hilflos mit den Schultern und kommt zögernd über den Rasen wieder auf das Gebäude zu, während Tucker langsam die Hände von den Ohren nimmt. Damit ich nicht blöd herumstehe, wenn der Chefarzt von seiner misslungenen Mission zurückkommt, drehe ich mich um und husche an seinem Besprechungszimmer vorbei, wo ein Mann und eine Frau wie zwei verschreckte Eichhörnchen sitzen. Sie sehen mich verwundert an, ich lächele verlegen und gehe dann eilig weiter zum Schwesternzimmer, wo Schwester Maggie an ihrem Schreibtisch steht und Pappordner sortiert.

Als ich hereinkomme, hebt sie flüchtig den Kopf. »Guten Morgen, Franzi!«

»Morgen.« Ich lächele noch immer verkrampft. Aber sie bemerkt es nicht, weil sie schon wieder den Kopf gesenkt hat und in ihren Unterlagen herumsucht. Also räuspere ich mich und frage mit gedämpfter Stimme: »Sind das da nebenan Tuckers Eltern?«

»Ja, sie haben heute Familientherapie.« Schwester Maggie sieht kurz auf. Erst jetzt merkt sie, dass was nicht in Ordnung ist. »Warum fragst du? Sind sie schon fertig?«

Ich lege meinen Helm auf meinen Platz, meine Jeansjacke hänge ich über die Stuhllehne. »Weil Tucker eben aus dem Zimmer raus in den Garten gestürmt ist.«

»Das macht er jedes Mal«, bemerkt sie ungerührt und konzentriert sich wieder auf ihre Unterlagen, zum Zeichen, dass sie jetzt mit dringenderen Sachen beschäftigt ist und es auch noch andere schwere Fälle außer Tucker gibt.

Ich nicke und setze mich an meinen Tisch. Ich weiß nicht, was ich machen soll. Ich sitze da und drehe Däumchen. Was wohl bei Tucker und seinen Eltern los war? Haben sie über das Unglück gesprochen? Wohl eher nicht. Denn Frau Doktor Simmer hat mir beim Mittagessen auch erklärt, dass man von dieser *Haudrauf*-Therapiemethode längst weg ist, um beim Patienten keine *Retraumatisierung* auszulösen, die zu einer Verstärkung der Symptome führen könnte. Worüber wurde dann geredet?

Schwester Maggie kann ich nicht noch einmal fragen. Drüben, auf dem Wochenplan, der über der Liege an der Wand hängt, ist für heute kein Autogenes Training und auch kein Töpfern eingetragen. Also übe ich auf der Tischkante Fingersätze. Gestern Abend habe ich die Revolutionsetüde komplett verpatzt. Ich habe mich angestellt, als hätte ich sie zum ersten Mal gespielt. Wenn ich das Stück morgen beim Vorspiel nicht hinkriege, kann ich das Stipendium vergessen! Auf der anderen Seite kann ich seit gestern nicht mehr aufhören, darüber nachzudenken, was Tucker und mich miteinander verbindet. Irgendwie kommt es mir so vor, als könnte ich durch ihn erfahren, wer *ich* wirklich bin. Macht das Sinn? Und was bedeute ich für ihn? Einen Lichtblick in dunkler Nacht?

Vermutlich leide ich aber auch nur unter akutem Realitätsverlust und will mir und allen anderen beweisen, dass ich die besondere Gabe habe, traumatisierte Jugendliche zu heilen. Ich hätte mich gestern Abend gerne noch mit Sina oben aufs Dach gesetzt, um zu fragen, wie sie die Sache sieht und ob sie mich für vollkommen durchgeknallt oder aber für besonders befähigt hält. Doch da war das Top-Thema ja schon ihr bestandener Medizinertest, Noahs Autowerkstatt und ihr bedeutungsvoller Schritt ins Erwachsenenleben.

Hilfreich wäre auch, wenn Nelli mir mit ihrer mitleidlosen Stimme befehlen würde, dass ich mich mal wieder einkriegen soll. Sie könnte sagen: »Miss Franziska, du leidest unter Wahnvorstellungen! Tucker ist ein Trauma-Patient, der schon genügend Probleme hat und vermutlich nicht vorhat, je wieder zu sprechen. Warum sollte er also plötzlich Lust bekommen, sich einer wildfremden Praktikantin anzuvertrauen, die schon ihr halbes Leben davon träumt, nach Australien zu gehen?!« Und zwar schon in ein paar Wochen! Diese Ansprache würde mir helfen, mich wieder auf meine Zukunftspläne zu besinnen.

»Tucker denkt, es ist seine Schuld.« Schwester

Maggie steht von ihrem Stuhl auf und lässt die Jalousien herunter, damit die Sonne nicht so zu uns reinbrennt.

»Hm?« Ich war so vertieft in meine Gedanken, dass ich sogar vergessen habe, dass ich hier in der Klinik sitze und mein Praktikum absolviere.

»Er gibt sich die Schuld am Tod seiner kleinen Schwester in dieser Meeresbucht.« Sie kommt zu mir herüber und setzt sich mit ihrem ausladenden Hintern auf meine Tischkante, wobei der Stiftebecher umkippt und sich der Inhalt über den Boden verteilt. »Entschuldige.«

»Macht nichts.« Ich sammele die Stifte wieder auf und stelle sie zurück in den Becher. »Er gibt sich die Schuld an ihrem Tod? Ist er denn schuld?« Mein Herz pocht alarmiert los, als wolle es die schreckliche Antwort gar nicht wissen.

»Na ja. Ich schätze, das kann man *so* oder *so* sehen. Sicherlich war es ziemlich unvernünftig, mit Ellie im Schlauchboot ohne Schwimmweste in der Bucht herumzupaddeln. Sie waren allerdings nicht so weit vom Strand entfernt, dass er sie nicht hätte an Land zurückbringen können, nachdem das Boot gekentert war. Aber …«

Schwester Maggie sieht mich an, als würde sie das, was damals geschehen ist, vor ihrem inneren Auge sehen können.

»Aber?« Meine Stimme zittert leicht.

»Sie hat sich mit dem Fuß in einem Netz verfangen, dass unter der Wasseroberfläche schwebte.«

Ich flüstere: »Das heißt, er hat sie nicht wieder an die Oberfläche bekommen?«

»Ellie hat sich immer schlimmer verfangen und konnte sich schließlich nicht mehr befreien. Es muss für ihn selbst ein ziemlicher Kampf gewesen sein, wieder zum Boot zurückzuschwimmen, weil ...« Bevor Schwester Maggie ihren Satz beenden kann, steht plötzlich Doktor Weinberg mit Tuckers Eltern in der Tür.

Er zieht die Augenbrauen hoch. »Stören wir?«

»Nein«, beeilen wir uns zu sagen. Schwester Maggie steht schnell vom Tisch auf und schiebt Tuckers Eltern zwei Stühle hin. »Setzen Sie sich.«

Sie sehen ziemlich mitgenommen aus. Doktor Weinberg geht an das Medizinschränkchen und holt eine Flasche mit Tropfen heraus. »Frau Beer hat etwas mit Kreislaufproblemen zu kämpfen.«

Tucker Beer – so heißt er also. Tucker Bär. Tucker, mein Bär. Das ist süß.

Doktor Weinberg reicht ihr einen Plastiklöffel, auf die er die Tropfen träufelt. Ich beobachte Frau Beer aus den Augenwinkeln. In ihrem grau karierten Hemd und den Jeans sieht sie hübsch und verweint aus. Ihr Mann sitzt in sich zusammengefallen neben ihr und hält ihre Hand. So viel Unglück auf einmal habe ich noch nie gesehen. Sie geben sich Mühe, nicht zu weinen. Das sieht man deutlich. Die Lippen von Tuckers Mutter bibbern. Der Vater räuspert sich am laufenden Band, und seine Augen suchen im Raum umher, als gäbe es da irgendetwas, woran er sich festhalten könnte. Eigentlich ein gut aussehender Mann mit gleichmäßigem Gesicht, der als Landwirt bestimmt viel an der frischen Luft ist. Aber er wirkt irgendwie eingefallen und alt. So alt, wie er wahrscheinlich gar nicht ist. Und seine Frau sieht auch blass aus. Sie schnieft und Schwester Maggie gibt ihr schnell ein Taschentuch. »Hier.«

»Danke.« Tuckers Mutter sieht auf und lächelt tapfer. »Vielen Dank.« Und plötzlich sagt sie zu mir gewandt: »Und wer bist du? Ich habe dich hier noch nie gesehen. Du wärst mir mit deinen roten Haaren bestimmt schon aufgefallen. Wie Pumuckl.« Sie lacht plötzlich ganz kurz auf. »Den mochte Tucker früher so gerne.«

Alles klar. »Ich bin Franziska. Die Praktikantin«, erkläre ich und fummele nervös an meinen Armbändern herum.

Als hätte ich gar nichts gesagt, fährt Tuckers Mutter mit verklärtem Blick fort: »Er hatte diese kleine Pumuckl-Gummifigur, die ich ihm im Schreibwarengeschäft am ersten Schultag gekauft hatte. Nicht größer als mein Daumen. Mit feuerrotem Haar. Tucker hat sie mit in sein Bett genommen, in seinen Schulranzen gepackt. Pumuckl musste überall mit hin. Bis er plötzlich verschwunden war.«

Tuckers Eltern lächeln mich erleuchtet an, als würden sie wirklich in mir den verschwundenen Gummi-Pumuckl sehen, den Tucker so gerne mochte. Vielleicht ist es das, was Tucker und mich verbindet. Ich komme ihm bekannt vor.

Sein Vater sagt heiser: »Toll, dass du dein Praktikum an so einem Platz machst. Das ist eine große Herausforderung.«

»Das mache ich gerne«, antworte ich und komme mir dabei verlogen vor. Ich habe mich um diese Praktikumsstelle beworben, weil meine große Schwester meint, ich hätte eine tolle Menschenkenntnis und die nötige emotionale Intelligenz. Weil ich dachte, ich hätte stahlharte Nerven und könnte helfen. Weil ich etwas Abenteuerliches erleben wollte. Weil ich auf das Besondere stehe. Ohne zu wissen, womit ich es zu tun bekomme: mit echten, schmerzvollen Schicksalen. Mit Jugendlichen, denen Furchtbares passiert ist. Mit verhaltensgestörten Kindern. Mit Leuten in meinem Alter, die unter Angstzuständen leiden. Mit Mädchen, die sich waschen, bis ihre Haut blutet, die von Brücken springen und sich zu Tode hungern.

»Dann bist du das Mädchen, das Tucker gestern Gesellschaft geleistet hat, als er zum ersten Mal wieder getöpfert hat?«, fragt seine Mutter unvermittelt und sieht fragend zu Doktor Weinberg, der es etwas eilig zu haben scheint. Er sieht dauernd verstohlen auf seine Armbanduhr.

Ich nicke. »Ja, stimmt.«

»Damit hat er angefangen, nachdem er seinen Pumuckl verloren hatte«, fährt sie mit leiser Stimme fort. »Bei uns zu Hause haben wir ziemlich lehmige Erde, daraus hat er kleine Figürchen geformt und in der Scheune auf den Dachbalken aufgebaut. Jedes einzelne Persönchen hatte einen Namen. *Schalli. Bauer. Kecki* und noch viele andere. Sie alle sahen irgendwie aus wie du. Ist das nicht entzückend?«

»Dass Tucker gestern getöpfert hat, ist ein sehr gutes

Zeichen«, sagt Doktor Weinberg zustimmend, als wollte er der heutigen Familiensitzung ein rundes Ende bescheren, und ist schon wieder an der Tür.

»Ja, das ist vielleicht ein gutes Zeichen.« Tuckers Vater räuspert sich wieder. »Aber das reicht uns noch nicht.«

Ich will noch irgendetwas Hoffnungsvolles über Tucker sagen. Am Liebsten, dass ich eine seltsame Verbindung zu ihm fühle und alles daransetzen werde, ihn zu heilen. Aber da hat sich der Blick seiner Eltern schon wieder verschleiert.

Bevor Doktor Weinberg verschwinden kann, sagt Tuckers Mutter mit überraschend ernster Stimme: »Wir wollen, dass er endlich wieder spricht. Ich will, dass er wieder fröhlich ist. Ich will, dass alles so ist wie früher. Er war so unbeschwert…« Über ihre Wangen laufen Tränen. »Wir wollen unseren Jungen wiederhaben.«

Doktor Weinberg macht einen erschrockenen Schritt zurück ins Zimmer. »Geben Sie uns allen noch ein wenig Zeit.«

»Noch ein wenig Zeit?«

»Er ist bereits ein Jahr bei Ihnen!« Tuckers Vater greift nach dem Arm seiner Frau.

Schwester Maggie legt ihr die Hand auf die Schulter. »Sie müssen Geduld haben. Tucker hat ein schweres Trauma erlitten…«

»Das sagen Sie immer. Aber Sie sind hier die Spezialisten. Tun Sie endlich etwas!«

Doktor Weinberg windet sich und sieht wieder auf seine Armbanduhr. »Es tut mir leid. Dummerweise habe ich schon den nächsten Termin. Kann ich Sie beide für einen Moment bei Schwester Maggie lassen? Danach komme ich sofort wieder zu Ihnen und wir besprechen das weitere Vorgehen in Ruhe.«

»Daraus wird nichts. Wir müssen jetzt los.« Frau Beer steht plötzlich entschieden auf und hängt sich ihre Handtasche um. Schwester Maggie will ihr und ihrem Mann noch ein Glas Wasser reichen. Aber sie reagieren gar nicht darauf.

Tuckers Vater sieht mich an, obwohl er mit Doktor Weinberg spricht. »Denken Sie sich was aus! Mit ihren sanften Methoden kommen Sie jedenfalls nicht weiter. Dieses Mädchen hat an einem Tag mehr erreicht als Sie in einem Jahr.«

Bevor auch nur noch ein Wort fällt, grinse ich verlegen und drücke mich eilig an Tuckers Eltern, Schwester Maggie und dem sprachlosen Doktor Weinberg vorbei. »Ich glaube, ich habe gestern meinen Piepser in der Werkstatt vergessen.«

Ich laufe den Gang hinunter, ohne zu wissen, wohin ich will. Meine Güte! Ich bin minimal angespannt. Ich erinnere Tucker also an Pumuckl. Ist das gut oder ist das schlecht? Nelli würde sagen: »Nicht gerade sexy.« Außerdem halten mich seine Eltern für fähiger als Doktor Weinberg. Das muss für ihn ein ziemlicher Schlag in die Magengrube sein. Er hat bestimmt schon einiges getan, um Tucker zu helfen.

Aus dem Gemeinschaftsraum dringt leises Klackern. Offenbar kickern die Kids. Ich könnte mich zu ihnen gesellen und eine Runde gegen sie antreten. Das würde mich beruhigen und die Kids aufbauen. Ich bin die schlechteste Kickerspielerin aller Zeiten. Aber als ich Tucker durch die Fenster noch immer am Baumstamm kauern sehe, beschließe ich, zu ihm zu gehen. Vermutlich sollte ich das unter den gegebenen Umständen nicht tun. Bestimmt würde mir Doktor Weinberg das verbieten. Jetzt, wo ihm von Tuckers Eltern offiziell seine Kompetenz aberkannt und mir leichtfertig zugesprochen wurde. Aber irgendetwas in mir sagt mir, dass es gut ist, jetzt bei Tucker zu sein. Was ich zu ihm sagen werde, weiß ich nicht. Das wird sich zeigen.

Ich habe noch nie so deutlich jeden einzelnen meiner Schritte wahrgenommen wie jetzt, als ich über den frisch gemähten Rasen geradewegs auf Tucker zugehe, der zwischen den hervorstehenden Wurzeln der mächtigen Eiche sitzt. Die weit ausladenden Äste tauchen das Gras und Tucker in einen fast kreisrunden Schatten.

Ich gehe leise, obwohl ich nicht mal vorhabe, mich anzuschleichen. Als ich etwa fünf Meter von ihm entfernt bin, hebt er seinen Kopf und sieht mich an. Unwillkürlich muss ich lächeln und hoffe, er tut es auch. Aber sein Gesicht ist ganz starr. Seine Augen sind rot unterlaufen, als hätte er geweint. Und tatsächlich wischt er sich mit dem Unterarm übers Gesicht und springt auf.

Oh Shit! Miss Franziska! Was tust du hier?!

Ich hebe die Hände, zum Zeichen, dass ich nicht vorhabe, ihm zu nahe zu kommen. Kurz sehe ich hinüber zur Klinik. Guckt Doktor Weinberg aus einem der Fenster? Wer weiß, wie Tucker auf mein Auftauchen reagiert? Und doch kann ich unmöglich umkehren.

Oder? Jetzt bin ich hier. Er und ich starren uns in die Augen, als ginge es darum, einen Wer-kann-am-längsten-den-Blick-halten-Wettbewerb auszutragen.

»Hey.« Ich grinse hilflos. Störe ich ihn? Sind ihm meine X-Beine schon aufgefallen? Jedenfalls verzieht er keine Miene. Mein Kopf ist voller Watte. Ich habe keine Idee, was ich sagen soll. Darum sage ich einfach noch mal: »Hey.« Und dann nach einer längeren Pause drückender Stille: »Wie geht's? Ziemlich heiß heute, was?«

Er reagiert nicht. Sieht mich einfach nur an. Und ich werde immer nervöser. Ich hätte nicht hierherkommen dürfen. Ich bin zu weit gegangen. Soll ich mich einfach umdrehen und weglaufen? Shit. Shit. Shit! Nirgendwo ist auch nur eine Krankenschwester im Park zu sehen, bei der ich so tun könnte, als müsste ich dringend etwas mit ihr besprechen. Normalerweise steht doch sonst an jedem Busch eine! Tucker und ich sind alleine. Über uns zwitschern die Amseln in den Ästen und dicht über die Wiese saust eine Biene hinweg. Das war's.

Ich räuspere mich. Vielleicht kann ich wieder Kontakt zu ihm herstellen, wenn ich ihm irgendwas aus meinem Leben erzähle. Etwas Schönes. Total Unverfängliches. Ich hole tief Luft: »Hey, weißt du was? Meine Schwest...« Bevor ich das schlimme Wort ganz ausspreche, stoppe ich mich und spüre, wie mir die Hitze ins Gesicht schießt. Natürlich weiß Tucker, was ich sagen wollte. »Schwester!« Wie dumm kann man eigentlich sein? Wieso komme ich ausgerechnet als Erstes auf meine Schwester? Dabei ist gerade *sie* die letzte Person, die vor ihm erwähnt werden sollte. Ganz klar: Ein Freudscher Versprecher! Für eine Zehntelsekunde dachte ich, es sei amüsant, von ihrem Super-Medizinertest und ihrem brandneuen Erwachsenenleben zu erzählen. Ich hätte ein paar Witze darüber reißen können. Dabei ist das unter diesen Umständen das Traurigste überhaupt. Seine kleine Schwester wird nie Abitur machen und *erwachsen* sein. Ich bin so bescheuert!

Tucker beißt auf der Innenseite seiner Wange herum. Das macht Sina auch immer – nur mal so nebenbei bemerkt. Und zwar, wenn sie aufgeregt ist und nicht weiß, was sie sagen soll. Vielleicht ist das bei Tucker ja auch so. Heißt das, ich habe es tatsächlich geschafft, eine minimale Verbindung zu ihm aufzubauen? Sonst würde er vermutlich gar keine Reaktion zeigen. Vielleicht würde er sogar gerne etwas sagen und schafft es nur nicht allein über diese meterhohe Hemmschwelle hinweg, die sich in ihm aufgebaut hat.

Als ich mich einigermaßen wieder unter Kontrolle habe, lasse ich meine Arme locker hängen und sage ruhig: »Ich habe eine große Schwester und sie hat den Medizinertest mit eins Komma acht bestanden und wird jetzt Ärztin. Außerdem eröffnet ihr Freund bald eine Autowerkstatt. Bei den beiden läuft es also richtig rund.«

Tucker muss mich für komplett wirr halten. Ich führe mich auf wie ein Marsmännchen, das gerade erst auf der Welt gelandet ist und versucht, sich auf alles einen Reim zu machen. Aber plötzlich nickt er kaum merklich, als hätte ich ihm eine ziemlich wichtige Nachricht übermittelt. Er hat genickt! Womöglich fühlt er sich auch so fremd und hilflos wie ein Marsmännchen auf der Erde.

Also rede ich tapfer weiter. »Bei den beiden war es Liebe auf den ersten Blick. Ohne Vorwarnung. Meine Schwester hat Noah gesehen und sich – zack! – in ihn verliebt. Dabei war es mitten in der Nacht. Also dunkel. Außerdem kommt er aus so einer Gegend mit eingeschmissenen Fenstern und angezündeten Abfalleimern. Er ist sogar mal selbst in Häuser eingestiegen, um Fernseher rauszutragen. Was komisch ist. Meine Schwester ist eigentlich nicht so richtig mutig.« Ich grinse.

Tucker nickt wieder und über sein Gesicht huscht ein winziges Grinsen. Ich schwöre es. Ein winziges Grinsen. Das hübscheste, winzigste Grinsen, das ich je gesehen habe. Mein Herz klopft bis zum Hals. Ich glaube, in meinem ganzen Leben war ich noch nie so glücklich über eine winzige Ameisenreaktion.

Ich komme etwas näher heran und frage zu meinem eigenen Erstaunen: »Bist *du* mutig?«

Tucker lässt nun auch seine Arme hängen. Wir stehen ein paar Schritte voneinander entfernt, mit hängenden Armen, zum Zeichen, dass wir uns nichts tun werden, und gucken uns an. Darin liegt eine eigenartige Schönheit, die ich kaum in Worte fassen kann. Es ist, als hätten wir gerade etwas Besonderes geschenkt bekommen.

Dann ist der Augenblick wieder vorbei, und mir wird klar: Ich habe diesen Jungen tatsächlich gerade gefragt, ob er mutig ist. Was erhoffe ich mir denn darauf für eine Sensationsantwort? Mein Körper ist mit einer Gänsehaut überzogen. Die Eichenblätter rauschen über uns in der sanften Sommerbrise und ein paar Lichtreflexe huschen über unsere Gesichter.

Gerade will ich sagen: »Du musst darauf nicht antworten.« Da zuckt Tucker leicht mit seinen Schultern. Das bedeutet, er kommuniziert wirklich mit mir! Das bedeutet, er ist nach gestern nicht wieder komplett in sich versunken! Ich schätze, wir haben es hier mit einem eindeutigen Etappensieg zu tun!

Ich lasse mir aber nichts anmerken und nicke beiläufig. »Bei mir kommt es total darauf an. Manchmal bin ich mutig und manchmal bin ich ziemlich feige.«

Er macht große Augen, und sein Mund geht auf, als wolle er etwas zu meinem seltsamen Monolog beitragen. Doch dann ist nur ein winzig kleiner Seufzer zu hören.

»Um ehrlich zu sein«, fahre ich tastend fort, »war ich nur ein einziges Mal in meinem Leben mutig. Vermutlich war ich nicht mal mutig, sondern bloß leichtsinnig.« Als ich meiner Schwester geholfen habe, nach Noah zu suchen, wobei wir in seinem Viertel beinahe von einem Kampfhund zerfleischt worden wären. Daher auch die Dellen in der Vespa. Aber die Geschichte spare ich mir jetzt besser, um nicht wieder mit dem heiklen Schwestern-Thema anzufangen. Also sage ich nur: »Ich glaube, meistens bin ich feige. Ich schaffe es zum Beispiel nicht, meiner besten Freundin Nelli zu sagen, dass es mich stresst, wenn wir uns dauernd streiten, weil ihr Vater abgehauen ist.«

Tucker sieht mich inzwischen ziemlich interessiert an. Also rede ich weiter. »Außerdem habe ich übermorgen ein Klaviervorspiel, mit dem ich mich für ein Auslandsjahr in Australien bewerbe. Stichwort: Revolutionsetüde von Chopin. Kennst du die? Ich schaffe es einfach nicht, die richtigen Tasten zu treffen. So, als würden sich meine Finger weigern, das zu tun, was ich von ihnen will. Das passiert mir sonst nie. Aber ich schätze, ich setze mich selbst so unter Druck, dass ich auf einen Schlag alles verlernt habe, was mir mein Lehrer in den letzten fünf Jahren beigebracht hat.«

Jetzt guckt mich Tucker mitleidig an. Als würde er überlegen, wie mir zu helfen ist. Und – ohne Übertreibung! – plötzlich kommt er zögernd auf mich zu und greift nach meiner Hand.

Er greift nach meiner Hand!

Alles in mir wummert. Er zieht mich mit sich über die sonnengeflutete Wiese, hinüber zum Hauptgebäude und die helle Sandsteintreppe hinauf.

Darf ich kurz diesen magischen Moment anhalten? Der stumme Junge, der bis vor Kurzem die meiste Zeit des Tages geschwommen ist, der mit niemandem spricht, nimmt mich an die Hand. Ich fühle seine warme Haut. Ich sehe seinen gebräunten Arm. Ich sehe sein geringeltes T-Shirt, das seinen hübschen Körper umspielt. Ich sehe seine Jeans und seine weißen Sneaker. Ich sehe meine Hand, die in seiner liegt. Ich sehe meine *Reeboks*, die über das gemähte Gras laufen, hinter Tucker her. Ich sehe, wie Schwester Ulla aus der Eingangstür zwischen den Säulen kommt und etwas sagen will. Aber vor Erstaunen fällt ihr nichts ein. Tucker schlängelt sich mit mir an ihr vorbei.

Ich laufe hinter ihm her durch die Empfangshalle, bis zum Musikzimmer. Er drückt die Klinke herunter und schiebt mich durch den Türspalt in den Raum hinein, in dessen Mitte ein Flügel steht. Hinter uns schließt er die Tür und deutet mit einer verstohlenen Geste auf den Schemel vor dem Flügel.

»Ich soll mich da hinsetzen?«

Er nickt minimal.

Ich zögere. »Meinst du, dass wir das dürfen?« Wenn sich bis zu Doktor Weinberg herumspricht, was ich hier mit Tucker veranstalte, werde ich mein Praktikum sofort beenden müssen. Schon allein, weil er keine zweite Koryphäe neben sich dulden kann. Kleiner Scherz.

Er zuckt mit den Schultern.

Ich grinse. »Okay, was soll's. Du bist mutig. Ich bin feige.«

Er lächelt nun auch flüchtig und ich setze mich an den Flügel. Die langen Gardinen blähen sich federleicht in der Sommerbrise, die durch die geöffneten Fenster hereinweht. In der Ecke stehen Trommeln und ein großes Xylofon.

Tucker klappt vorsichtig den Deckel auf, als würde er eine Schatzkiste öffnen. Ich starre auf die weißen und schwarzen Tasten. In mir klopft das Leben so heftig.

Dann lege ich vorsichtig die Finger auf die Tasten. Ich kann die Revolutionsetüde in und auswendig. Eigentlich im Schlaf. Meine Hände tun nur nicht das, was sie sollen. Ich hole ein letztes Mal tief Luft, schließe die Augen, öffne sie wieder und dann lege ich los. Zögernd und feige. Meine Finger holpern über die Tasten, das

Ganze klingt nach einer avantgardistischen, unmelodischen Klangkomposition. Ich gerate aus dem Rhythmus. Schließlich halte ich inne. Das wird so nichts. Es wird immer schlimmer.

Ich kann es nicht!

Tucker beugt sich zu mir herunter. Er legt seine Hände auf meine. Seine Ruhe strömt in mich hinein und füllt mich ganz und gar aus. Schließlich lässt er mich wieder los und richtet sich auf.

Nicht nachdenken. Loslegen! Ich will ihm etwas von mir zeigen. Er weiß nichts über mich, außer, dass ich hier *gerade noch* die Praktikantin bin und meine große Schwester einen Typen liebt, der Leuten Fernseher geklaut hat. Dies ist die einmalige Chance, Tucker ohne Worte meine Gefühle zu zeigen. Das ist der Zweck von Musik. Mit nichts kannst du besser Seelenzustände ausdrücken. Hätte Chopin *1831* keine Angst gehabt, seine polnische Heimat an die Russen zu verlieren, hätte er dieses Meisterwerk nicht komponiert.

Ich habe Angst, mein Herz an Tucker zu verlieren. Aus Versehen und doch unwiderruflich. Und ich habe Angst, dass Doktor Weinberg gleich hereinkommt und brüllt, ich solle verschwinden. Weil Praktikanten keinen engen Kontakt zu den Patienten haben dürfen. Auch wenn sie diese an ihre verloren gegangene Pumuckl-Gummifigur erinnern. Ja, ich habe Angst. Aber zum Umkehren ist es zu spät. Jetzt muss ich mutig sein und das tun, was zu tun ist.

Ich lege so gewaltig los, dass mein gesamter Körper erschauert. Die Finger meiner linken Hand fliegen verzweifelt über die Tasten, plötzlich ist der Fingersatz da! Während sich meine rechte Hand voll und ganz der melancholischen Melodie hingibt. Die Musik hüllt Tucker und mich ein. Ich schwebe, ich tanze, ich wirbele, ich kreisele, ich versinke in der Poesie der Töne, werde von ihr emporgehoben und marschiere endlich mit sicherem Schritt. Ich bin die Töne, die Tasten, ich bin die Klaviatur. Der Flügel und ich sind eins. Ich vergesse alles um mich herum, verschmelze schließlich mit dem wehmütigen Klang, löse mich darin auf, bis ich den letzten flehenden Ton gespielt habe und er langsam verklingt.

Ich bin überwältigt.

Ich habe das Stück fehlerfrei hinbekommen! Beinahe spielerisch. Und doch klang es ganz anders als je zuvor. Freier. Heftiger. Dringlicher. Die Töne vibrieren in meinen Zellen nach, ich bin erfüllt von Glück. Von draußen aus der Halle ist Beifall zu hören. Es scheint, als hätten sich alle Patienten und das gesamte Personal dahinter versammelt.

Tucker setzt sich neben mich. Ich spüre seine Wärme. Ich fühle seine Haut an meiner Haut. Noch nie habe ich mich einem Menschen so nahe gefühlt. Ich höre seinen Atem. Er verbindet sich mit meinem, und gerade tun wir nichts anderes, als gemeinsam zu atmen. Bis die Flügeltür aufgeht und Schwester Ulla den Kopf zu uns hereinsteckt.

Sie starrt mich an. »Hast du das gerade gespielt?«

Hinter ihr strecken sich neugierig die Köpfe von Beatrix, Linn und einigen Kindern in die Höhe. Ich meine sogar, Natascha mit ihren strähnigen Haaren und den Augenringen in der Menge zu entdecken. Und Kirsten, das hauchdünne Mädchen im langen Nachthemd, das über einen Infusionsbeutel künstlich ernährt wird. Sie alle recken ihre Hälse, um zu sehen, was hier drinnen los ist. Kein Doktor Weinberg. Ein paar klatschen noch immer. Ich hatte es vergessen. Wenn ich einfach nur spiele, kann ich die Menschen in ihrem Innersten berühren und sie nach Hause holen.

Zehn

Der sechste Tag meines neuen Lebens

»Franzi-Schmanzi, setz dich zu uns!« Sina rutscht auf dem Sofa zur Seite und macht mir Platz, als ich im Bademantel und mit Handtuch auf dem Kopf ins Wohnzimmer komme.

Meine Eltern sind bei ihrem Theaterabend, und meine Schwester und Noah nutzen die Gunst der Stunde, stopfen sich *Thai Chili*-Chips rein und gucken die Highlights aller *Let's Dance*-Staffeln in der Wiederholung.

Ich setze mich neben Sina und Noah hält mir gleich die nach Geschmacksverstärker duftende XXL-Chipstüte hin. »Greif zu, bevor sie alle sind. Mehr haben wir nämlich nicht.«

Ich nehme mir eine Handvoll raus und kann mich überhaupt nicht auf das Gewirbel im Fernsehen konzentrieren. Ständig muss ich auf Sinas Finger gucken, die sich mit Noahs verschlungen haben. Jetzt legt sie auch noch ihren Kopf an seine Schulter. Schon mal neben einem Liebespaar gesessen, während man selber Sehnsucht nach einem ganz bestimmten, unerreichbaren

Menschen hat? Es ist unerträglich! Meine Euphorie von heute Vormittag ist einem tiefen schwarzen Loch gewichen, in das ich vor ungefähr einer Stunde vor lauter Nachdenken kopfüber hineingestürzt bin, während ich eigentlich an meinem Praktikumsbericht schreiben wollte. Da kauere ich jetzt. In absoluter Finsternis und Kälte. Als Gefangene meiner eigenen Befürchtungen. Eigentlich sollte sich das gegenseitig ausschließen: jemanden mögen und unglücklich sein. Das ist ein Widerspruch in sich.

Aber ich mache mir ernsthaft Sorgen um mein restliches Leben. Ich will nicht sehnsüchtig an Tucker denken, wo trotz aller Mini-Erfolge klar sein sollte, dass aus uns nichts werden kann. Ich muss vernünftig sein und darf nicht hoffen, dass seine kleinen Gemütsregungen etwas bedeuten.

Leider sehe ich ihn immer wieder vor mir, wie er mich anblickt. Ich will zu ihm. Ich will seine Stimme hören. Ich will alles über ihn wissen. Von seiner Geburt an. ALLES. Ob er auf seinem komischen Öko-Bauernhof ein Lieblingsschaf hatte? Wie es war, ohne Fernseher aufzuwachsen? Ob er vielleicht doch mit einem Mädchen zusammen war?

Auf Facebook war er leider nicht sonderlich aktiv. Schätze, er hatte nur in der Schule Computerzugang, wenn die zu Hause nicht mal einen Fernseher hatten. Ganze zehn Fotos hat er auf seiner Pinnwand. Ein Sonnenuntergang über Feldern, zwischen denen er mit seiner kleinen Schwester hindurchgeht. Er am Strand in Windjacke. Er am DJ-Pult bei irgendeinem Open-Air-

Festival und vor einem Fußballstadion. Plus ein Handyvideo, in dem er über verlassene Bahngleise rennt, aus dem Stand einen Salto macht und von einer rostigen Brücke in hohes Gras springt. Und noch ein paar Fotos mit aufmunternden »Tucker-komm-zurück!«-Kommentaren von seinen Freunden, die ich mir tapfer durchgelesen habe. Ich bin neidisch, dass sie damals mit ihm Zeit verbringen durften. Einfache unbeschwerte Zeit, als Tucker ein ganz normaler Junge war.

Ich habe grauenhafte Angst, dass er morgen wieder ganz und gar in sich gefangen sein wird. Dass er nie wieder meine Hand nimmt. Dass er mich nie wieder anlächelt. Dass er nie wieder seinen Mund öffnet, als würde er etwas zu mir sagen wollen.

Ich würde ihn so vermissen. Jede winzige Regung.

Unsere Verbindung ist dramatischer als die von Romeo und Julia. Von den beiden hat wenigstens keiner an *totalem Mutismus* gelitten. Romeo war kein Trauma-Patient und Julia keine Klavier spielende Praktikantin mit Aussicht auf ein baldiges Stipendium auf der anderen Seite der Erdkugel. Sie waren einfach nur Kinder zwei zerstrittener italienischer Familien aus einer mittelgroßen italienischen Stadt. Wo ist das Problem?

Ich seufze vor mich hin, damit meine Schwester oder Noah mich endlich fragen, was los ist. Aber bevor sie dazu in der Werbepause kommen, klingelt es an der Haustür.

Ich stehe auf und öffne.

Nelli steht vor der Tür. Ausnahmsweise nicht im Scheidungsanwältinnen-Outfit, sondern im Ganzkörper-

Jogginganzug mit Reißverschluss. Das kleine Auto ihrer Mutter parkt auf unserem Vorgartenrasen. Die Scheinwerfer sind auf mich gerichtet. Einer der Buchsbäume scheint unter die Räder gekommen zu sein. Wenn das meine Mutter sieht!

»Abend! Hast du geduscht?« Nelli grinst verlegen.

»Ja. Was willst du hier?«, frage ich. Was Besseres fällt mir gerade nicht ein. Muss ziemlich ablehnend klingen, soll es aber gar nicht. Ich bin nur mies drauf.

Glücklicherweise lässt sie sich nicht einschüchtern. Sie stemmt die Fäuste in die Seiten. »Zieh dir was an. Wir fahren zur Brücke.«

»Jetzt? Es ist kurz vor zehn und nicht Samstagabend.« Ich hebe die Hand vor die Augen und blinzele, weil diese verflixten Scheinwerfer so hell sind.

»Ja, jetzt. Wir müssen reden.« Nelli klingt ungeduldig, aber nicht unfreundlich. Eher so, als wolle sie endlich, dass die schlechte Stimmung zwischen uns aufhört.

»Moment.« Ich verschwinde im Haus, verabschiede mich von den Chips mampfenden Jungerwachsenen und komme in Leggings und Kapuzenpulli zurück. Meine nassen Haare habe ich zu einem losen Zopf geflochten, der meinen Pulli durchweicht und einen kalten Fleck auf meiner linken Schulter bildet. Ich setze mich neben Nelli auf den Beifahrersitz und schnalle mich an. »Danke, dass du gekommen bist.« Auch, wenn ich es ernst meine, fühlt es sich trotzdem so an, als würde ich mich selbst entleiben. Ich komme mir richtig mickrig vor, weil ich mich seit gestern nicht mehr bei ihr gemeldet habe.

»Ich habe gespürt, dass du meinen Beistand brauchst.« Sie legt den Rückwärtsgang ein und holpert über den Buchsbaum zurück auf die Straße.

Wir schießen durchs nächtliche Wohnviertel, auf die Hauptverkehrsstraße und von da aus auf den Autobahnzubringer. Nelli hat recht. Ich brauche sie jetzt. Dabei dachte ich, sie braucht ausschließlich mich und meine Weisheit, um ihr verkorkstes Leben zu regeln. Das hat sich irgendwie besser angefühlt.

»Okay, was ist los?« Sie umklammert das Lenkrad und starrt aus der Windschutzscheibe auf die Fahrbahn.

Ich befürchte, viel kann sie nicht erkennen. Nelli leidet an Nachtblindheit und darf bei diesen dämmrigen Lichtverhältnissen gar nicht fahren. Eigentlich darf sie überhaupt nicht fahren, weil sie noch nicht achtzehn ist und der Führerschein, den sie in den vergangenen Sommerferien bei ihrer Tante in den USA gemacht hat, hier nicht zulässig ist. Trotzdem habe ich vor, mich voll in ihre Hände zu begeben. Zwischen uns steht eine offene Tüte Gummibärchen. Ich greife hinein und suche die Weißen heraus.

»Nimm nicht die Grünen, die sind für mich.«

»Hallo?! Das ist nicht die erste Gummibärchentüte, die wir uns teilen.« Ich stopfe mir ein paar wehrlose Bärchen rein.

»Spuck's aus.« Nelli wirft mir einen flüchtigen Blick zu.

»Spinnst du? Ich hab kein Grünes genommen!«

»Ich meine dein Problem. Was bedrückt dich, Miss Franziska? Du hast mir einen Hilferuf gesendet.«

Ich sehe Nelli kauend von der Seite an und weiß wirklich nicht, welchen Hilferuf sie meint. »Ich habe dir keine SMS geschrieben.«

»Meine ich doch! Du hast dich nicht mehr gemeldet. Totale Funkstille. Meine Schlussfolgerung: dass es dir schlecht geht. Jetzt bin ich hier, mit einer Tüte Gummibärchen, um zu hören, was los ist.« Nelli blinkt und rast über eine beinahe rote Ampel. Viel Verkehr ist nicht, mutig ist es trotzdem.

Ich spare mir zu sagen, dass ich mich nicht gemeldet habe, weil ich sauer auf sie und ihre Kreuzverhörmethode war. Denn inzwischen kommt es mir irgendwie lächerlich vor, dass ich so lange sauer auf sie war. Ich hätte ihr ja nichts von Tuckers Unglück erzählen müssen. Sie hat mich nicht gezwungen. Ich habe mich von ihrer Verlustangst zwingen lassen. Das ist ein feiner, aber wesentlicher Unterschied.

Sie greift in die Gummibärchentüte, wobei sie über den Mittelstreifen kurvt und es unter den Rädern gefährlich rattert. »Also, was ist?«

»Könntest du bitte nach vorne gucken?« Ich klammere mich am Türgriff fest. Nelli kann nicht Autofahren. Um ehrlich zu sein: nicht mal bei Tag. Ich frage mich, wie sie überhaupt ihre Fahrprüfung bestehen konnte. Sie tut mir den Gefallen, und ich sage: »Ich bin durcheinander.«

»Wegen diesem Trauma-Tucker, habe ich recht? Versuch gar nicht erst, es zu leugnen. Ich kenne dich!« Sie grinst und über ihr Gesicht fliegen die gelben Lichter der Straßenlaternen. »Suchst du mir bitte grüne Gummibärchen raus?«

»Ja, wegen Trauma-Tucker. Wenn du ihn unbedingt so nennen musst.« Ich lege ihr einen Haufen grüner Gummibärchen und ein gelbes in die ausgestreckte Hand.

»Klingt doch cool, findest du nicht? Wie ein Rapper-Name oder so. Trauma-Tuck-Tuck-Tucker.« Sie wirft sich die Gummibärchen wie eine Überdosis Beruhigungsmittel in den Mund und scheint bestens gelaunt zu sein. Weil es mir schlecht geht.

Das ist ein seltsamer Mechanismus bei Nelli, den ich schon häufiger beobachtet habe. Sobald es mir mal schlecht geht, fühlt sie sich übertrieben wohl. Davon werde ich mich jetzt nicht reizen lassen. Auch nicht von der Tatsache, dass ich es hasse, wenn Nelli Tucker Trauma-Tuck-Tuck-Tucker nennt und dazu *Scratch*-Bewegungen macht wie ein DJ. Und sie weiß, dass ich es hasse. Aber sie kann nicht damit aufhören. Sie bringt den Witz noch ein paar Male, inklusive Scratch-Bewegung. Ich beschließe, sie sich ausagieren zu lassen, bis sie genug von dem Scherz hat.

Sie räuspert sich. »Entschuldige. War blöd von mir. Also, du bist wegen Tucker durcheinander.« Sie hält mir ihre Hand hin, damit ich noch mehr grüne Gummibärchen drauflege.

»Ja.« Ich nicke und sehe sie ernst an.

Sie wirft mir einen flüchtigen Blick aus den Augenwinkeln zu. Mit einem Mal klingt ihre Stimme sanft. »Hab ich mir gedacht. Du findest ihn wirklich toll, stimmt's?«

Ich nicke wieder und häufe ihr noch mal fünf grüne Gummibärchen auf die Hand, die augenblicklich in ihrem Mund verschwinden. Dann esse ich die restlichen gelben Gummibärchen auf. Die orangefarbenen und weißen bekommt Nelli. Bis die Tüte leer ist.

Wir fahren eine Zeit lang schweigend und kauend. Nelli konzentriert sich ausnahmsweise mal nur auf die dreispurige Straße, ab und an überholen wir einen Wagen zügig von rechts, und jedes Mal denke ich: Gleich knallt's. Aber seltsamerweise geht dieses Manöver immer wieder gut, mal abgesehen vom wütenden Hupen der erschrockenen Autofahrer.

Schließlich rasen wir vom Autobahnring runter und die Zufahrtsstraße hoch. Hinter der nächsten Kurve holpert Nelli durch eine Leitplankenlücke auf die dahinterliegende dunkle Wiese, an deren Ende gleißende Scheinwerfer den eingezäunten Bereich des Flughafens ausleuchten. Links von uns erstreckt sich *die* Brücke über die Autobahn. Nelli parkt den Wagen neben zwei anderen unterhalb der Böschung. Doch anstatt auszusteigen, bleiben wir sitzen und sehen hinüber zu den grellen Scheinwerfern, unter denen die geparkten Flugzeuge majestätisch auf ihren Einsatz warten. Über uns donnert ein startender Jumbojet hinweg.

Nelli räuspert sich und stellt ihren Sitz zurück. »Alles klar, verstehe. Nur um mir mal ein Bild der Lage zu machen: Habt ihr schon miteinander gesprochen?«

»Nein. Er redet noch immer nicht. Und wird es vermutlich auch nie tun.«

»Trotzdem hast du das Gefühl, dass er dich mag? Ich meine, sendet er irgendwie geheime Zeichen aus?« Nelli sieht mich durchdringend an, um zu signalisieren, dass sie dieses Gespräch absolut ernst meint und ich nicht befürchten muss, dass sie gleich wieder eifersüchtig wird oder einen sarkastischen Scherz macht, wenn ich zugebe, dass ich Tucker mag.

Ich kurbele meine Lehne auch in die Liegeposition und stelle meine nackten Füße aufs Armaturenbrett. »Na ja, irgendwie schon.«

»Aber das ist doch super!« Nelli lächelt. »Was sind das für Zeichen?«

»Er … Er hat mir geholfen, die Revolutionsetüde fehlerfrei zu spielen, indem er einfach nur neben dem Flügel stand.«

»Wow!« Nelli braucht einige Augenblicke, um zu verstehen, was ich da gerade gesagt habe. »Wow! Ich sag's ja! Große Liebe! Ich hab es gleich gespürt. Ich habe ein Feeling für starke Verbindungen.« Sie streckt ihre Hände aus und lässt sie vibrieren, als wäre sie ein Orakel oder so was Bescheuertes.

Ich sage: »Hör auf!«

Sie zieht sofort die Hände zurück. »Entschuldige. Was macht dir dann Sorgen? Das klingt doch wirklich … schön.«

»Dass er traumatisiert ist? Dass er unter *totalem Mutismus* leidet? Dass im Internet steht, dass Traumatisierte große Schwierigkeiten haben, eine … eine Beziehung zu führen? Dass er ein Patient ist und ich die Schulpraktikantin? Dass ich mich nicht mit ihm anfreunden darf? Dass ich in etwas mehr als einer Woche die Klinik verlasse? Dass ich, wenn ich die Aufnahmeprüfung bestehe, in ein paar Wochen bis nächsten Sommer nach Australien gehe? Dass das immer mein größter Traum war und es mir plötzlich wie ein Albtraum vorkommt, wegzugehen? Genauso erscheint es mir aber auch unmöglich, hierzubleiben.«

»Himmel! Mach einen Schritt nach dem anderen! Denk nicht so weit in die Zukunft.«

»Das muss ich aber!«, widerspreche ich ihr. »Wenn ich Tucker das Gefühl gebe, dass er mit mir weiterhin rechnen kann, werde ich ihn schon sehr bald enttäuschen müssen.«

»Miss Franziska! Du bist extrem durch den Wind! Das sind zu viele Probleme auf einmal.« Nelli beugt sich vor und legt ihre Arme und ihren Kopf aufs Lenkrad. Sofort geht die Hupe los. Wir zucken zusammen und sitzen wieder aufrecht.

Ich rufe: »Scheiße! Nelli! Beinahe wäre mein Herz stehen geblieben! Ich habe sowieso schon Probleme damit! Ja! Ich bin durch den Wind! In meinem Kopf ist totales Chaos!«

»Puh!« Sie lehnt sich wieder zurück und sieht mich nachdenklich an.

Bevor sie irgendwelche Überlegungen zur Lösung meines unlösbaren Problemkomplexes beisteuern kann, sage ich: »Um es einmal ausgesprochen zu haben. Ich befürchte, ich habe mich in Tucker Beer verliebt. Ich weiß, dass das komplett dumm und unmotiviert ist. Denn: Ich kenne ihn ja eigentlich nicht. Ich weiß so gut wie nichts über ihn, außer, dass er nicht spricht, viel schwimmt und versucht hat, seine siebenjährige Schwester zu retten, als sie in einer Meeresbucht gekentert sind … « Dass ich ihn an diesen 70er-Jahre-Kobold Pumuckl erinnere, lasse ich besser unter den Tisch fallen. Nelli würde sich sofort amüsiert daran festbeißen. Darauf kann ich verzichten.

Sie hebt ihren Finger, als würde sie sich melden. »Darf ich eine kurze Zwischenfrage stellen?«

»Bitte.«

Hinter uns holpert wieder ein Auto über die Wiese und strahlt mit seinen Scheinwerfern kurz zu uns ins Wageninnere. Dann parkt es neben uns. Ein Junge und ein Mädchen steigen aus, die Türen schlagen zu. Gemeinsam gehen sie Hand in Hand Richtung Brücke. Dem Treff für Liebende, um dort auf dem Rücken liegend den Flugzeugen beim Starten und Landen zuzusehen. Auch so ein Ort, den ich gerne mal *nicht* mit Nelli, sondern mit Tucker aufgesucht hätte. Ich sehe dem glücklichen Pärchen nach, wie es sich gegenseitig die Böschung hinaufhilft. Ich höre ihr fröhliches Kichern durch die geöffneten Fenster.

»Warum ist Tucker eigentlich mit seiner Schwester raus aufs Meer gerudert?«

Nelli holt mich zurück ins Auto. Zu meinem nassen Zopf auf meiner Schulter. Zu meiner Ratlosigkeit. »Ich weiß es nicht.« Ich weiß es wirklich nicht. Spielt das eine Rolle? Vielleicht ja. Ich zucke mit den Schultern. »Wirklich keine Ahnung.«

»Okay. Erzähl weiter. Du weißt nicht viel mehr über ihn als das mit dem Schweigen, dem Schwimmen und dem verzweifelten Versuch, seine kleine Schwester zu retten.«

»Die sich in einem Netz verfangen hatte und in die Tiefe gezogen wurde, ohne dass er etwas dagegen tun konnte«, sage ich, und mit einem Mal ist es in Ordnung, dass ich Nelli davon erzähle. Ich weiß, diese Geschichte bleibt auf immer und ewig zwischen uns, und es ist gut, dass ich sie mit ihr teilen kann.

»Oh beschissener Scheiß.« Nelli zündet sich eine *Slim Line* an und bläst den Rauch nach draußen in die warme Luft. Über uns klart der Himmel auf und immer mehr Sterne zeigen sich in der endlosen Nacht. »Was für eine grauenhafte Geschichte. Kein Wunder, dass er unter diesem totalen Dingsbums leidet.«

»Mutismus.«

»Ja, genau. Was weißt du noch über ihn?«

»Dass er gerne aus Lehm Figuren modelliert hat, denen er seltsame Namen gegeben hat.«

»Also genau der unkonventionelle Typ, der zu dir passt.«

»Jep.« Ich strecke meine Hand nach Nellis Zigarette aus und sie gibt sie mir.

»Lutsch den Filter aber nicht nass.«

Ich verdrehe die Augen und ziehe so heftig an der Zigarette, dass sie beinahe ganz runterglüht. Das habe ich jetzt gebraucht. Ich lasse den Rauch langsam über meine Lippen gleiten und für ein paar Sekunden bin ich ein anderes Mädchen. Eins ohne Sehnsucht und Angst. Ich hänge meine Beine aus dem offenen Fenster und lehne den Kopf zurück, weil mir schwindelig wird.

Dann schließe ich die Augen und sage benommen: »Er ist von zu Hause weggelaufen und tagelang durch irgendwelche Wälder gestreift, bis er bei der Klinik angekommen ist. Als hätte er verzweifelt nach Hilfe gesucht, die ihm bisher niemand geben konnte. Aber auch dort konnte ihm niemand helfen, den Schmerz und die Schuld loszuwerden.«

»Bis du gekommen bist«, wirft Nelli ein. »Das Mädchen, das ihn versteht.«

»Er macht so einen verlassenen Eindruck. Wenn er mich ansieht, ist es, als würde er mir direkt in die Seele blicken. Es ist, als wüsste er, wie ich fühle. Und umgekehrt. Als könnte ich ihm ein bisschen Schmerz abnehmen. Ich denke die ganze Zeit an ihn und glaube, dass wir irgendwie füreinander bestimmt sind und wir irgendwann zusammen sein werden. Klingt das total bekloppt?«

Ich blinzele zu Nelli hinüber, die mich inzwischen mit offenem Mund anstarrt. Über unser Auto brettert wieder ein Flugzeug steil in den schwarzen Himmel. Wir sehen den Lichtern nach, die zwischen den Sternen verschwinden.

»Nein. Es klingt wunderschön.«

»Wirklich?« Ich ziehe die Beine ins Auto zurück und umklammere meine Knie. Plötzlich bin ich von Hoffnung erfüllt, dass Tucker und ich eine Chance haben.

Die Nelli sofort zunichtemacht. »Entschuldige, dass ich das so sage. Aber ungefähr jeder Mensch auf dieser Welt würde seine Verliebtheit exakt so beschreiben. Daran ist nichts Besonderes. Wenn du meine Meinung hören willst, und ich schätze, das willst du, sonst hättest du mir die ganze Geschichte nicht erzählt, dann muss ich dir leider sagen: Du leidest, genau wie deine Mutter, an einem übertriebenen Helfersyndrom. Daran ist nichts verwerflich. Das ist ganz fantastisch! Ich habe es dir gleich prophezeit: Du stehst auf gebrochene Existenzen. Du willst nichts ›Normales‹. Du brauchst jemanden, bei dem du das Gefühl hast, du kannst ihn retten. Aber diesen Jungen kannst du nicht retten, auch wenn er gerne Lehmfiguren knetet. Er leidet unter diesem Schweige-Syndrom. Das heißt, er wird in einer entsprechenden Klinik behandelt. Bisher konnten ihm die Fachleute nicht helfen, also wirst du das auch nicht können. Und nur weil du endlich diese beknackte Chopin-Etüde spielen kannst, die du seit über zwei Monaten wie eine Bekloppte übst, bedeutet das noch lange nicht, dass Tucker vorhat, sein Schweigen zu brechen und zu einem eloquenten Typen zu mutieren. Und diese Einsamkeit, die dich da anspricht, ist deine eigene Einsamkeit, die nach Zweisamkeit ruft. Über seine Einsamkeit werdet ihr euch also nicht verbinden können. Weil er nie mit dir reden wird. Seine Traurigkeit wird dich nach unten ziehen, wie dieses verdammte Netz seine Schwester nach unten gezogen hat, und sie wird dich in der schweren Dunkelheit ersticken. Und – Miss Franziska! – du hast etwas ganz anderes im Leben vor. Du willst nach Australien! Du willst dort zur Schule gehen. Du hast zwei Drittel deines Lebens damit verbracht, Klavier zu spielen. Nichts anderes hat dir so viel Freude gemacht. Du bist die Musik. Du bist diese ganzen Tasten, Oktaven, Tonleitern und Notenschlüssel und alles, was noch damit zu tun hat. Du berührst die Menschen mit deiner

Begabung und sagst ihnen, dass nichts verloren ist. Schmeiß das nicht einfach weg. Wenn ich davon nicht überzeugt wäre, würde ich dich – als deine beste Freundin – als Allerersts mit Händen und Füßen daran hindern, wegzugehen. Du wirst mir fehlen. Mir wird schlecht bei dem Gedanken, ab den großen Ferien ohne dich hier zu sein. Ehrlich! Ich will es mir nicht mal vorstellen. Aber du hast so sehr von Australien geträumt. Vergiss das nicht!«

»Jep.« Mehr kann ich nicht sagen. Ich kann es nicht fassen. Nelli hat es innerhalb einer Minute geschafft, mich auf den Boden der Tatsachen zurückzuholen. Es tut fürchterlich weh. Als hätte sie mir mein Herz herausgerissen. Aber warum soll ich mich darüber beklagen? Genau darum habe ich ihr alles erzählt. Damit sie genau *das* tut. Damit ich auf meinem vorbestimmten Weg bleibe. Um diese quälende Verwirrtheit loszuwerden. Um einzusehen, dass aus Tucker und mir nichts werden kann und ich die winzigen Gesten zwischen uns überbewerte. Ich murmele: »Danke! Genau das habe ich gebraucht.«

»Gern geschehen.« Sie lächelt mich bedauernd an und in ihren Augen schimmern Tränen des Mitgefühls. »Ich weiß, wie schmerzhaft es ist, jemanden gehen lassen zu müssen, ohne etwas dagegen tun zu können.«

»Ruf deinen Vater an«, sage ich plötzlich.

Ich drücke die Wagentür auf und steige aus. Ich schlage sie hinter mir zu und gehe langsam durch das hohe, feuchte Gras. Durch die laue Nacht, die sich weit hinten im strahlenden Licht der Scheinwerfer auflöst.

Ich krabbele allein die Böschung hinauf, Richtung Brücke. Ich halte mich an den langen Grasbüscheln fest, ziehe mich hoch, während über mir die Maschinen donnernd starten und landen. Dickbäuchige Giganten, wie Wale in einem endlosen, stillen Ozean, der mich stolz und schwarz umgibt.

Elf

Der siebte Tag meines neuen Lebens

»Franzi!«

Von irgendwoher wird mein Name gerufen, als ich am Nachmittag mit einem Getränkeautomaten-Kaffee aus der Kliniktür in die Sonne trete. Ich habe Kopfschmerzen. Gerade hatte ich ein Vier-Augen-Gespräch mit Doktor Weinberg, der mir zu meinen Erfolgen mit Tucker gratuliert hat, um mir dann zu verbieten, auf eigene Faust seine Patienten heilen zu wollen. Töpfern und Kickern mit den Kids ist okay, alles andere ist *tabu.*

Was genau ist denn alles andere? Das habe ich Doktor Weinberg gefragt und er konnte es mir auch nicht exakt sagen. Natürlich nicht. Er kann ja schlecht zugeben, dass es ihn wurmt, dass mich Tuckers Eltern für fähiger halten als ihn. Gut, dass ich dank Nelli jetzt sowieso vorhabe, Tucker von nun an *professionell* zu begegnen, um nicht von meinem ursprünglichen Lebensplan abzuweichen. Das werde ich bestimmt richtig gut hinkriegen! Mein Herz ist ja bekanntlich aus Stein.

Ich sehe die Lindenallee hinunter und am Ende steht meine Schwester im diffusen Sonnenlicht und winkt.

Ich gehe langsam die Stufen hinunter. Was macht Sina denn hier? Plötzlich taucht meine Mutter hinter einem der Baumstämme auf. Wie immer tragen sie beide den sportlich femininen Sommerlook. Manchmal denke ich, dass Sina von meiner Mutter so stark geprägt wurde, dass ihr das überhaupt nicht mehr auffällt. Nun ja, Noah scheint's zu mögen.

Meine Mutter winkt ebenfalls. »Hallo, mein Schatz.«

Ich werde schneller und laufe die sandige Allee hinunter. Als ich Sina und meine Mutter erreicht habe, frage ich atemlos: »Was macht ihr denn hier?«

Ich freue mich, die beiden zu sehen, aber warum kommen sie ausgerechnet hierher? Sie haben an diesem Ort nichts verloren. Das ist *mein* Ort. Zumindest bis Ende nächster Woche. Sie wenden sich mir in ihren Zwillings-Polokleidern zu, was einigermaßen verstörend wirkt. Als sei der eine Zwilling mit der Designer-Handtasche fünfundzwanzig Jahre früher als der andere geboren.

Sina umarmt mich. »Hey, wir wollten dich abholen.«

»Mich abholen?« Hatten wir das abgesprochen? Ich kann mich gar nicht daran erinnern. In zwei Stunden habe ich meine letzte Klavierstunde vor dem Vorspiel. Bis dahin wollte ich meine Zeit vertrödeln und bei Rossmann die Handyfotos vom Super-Mediziner-Autowerkstatt-Raclette ausdrucken und mir im Café neben der Musikschule eine Waffel mit Nutella und einem riesigen Berg Schlagsahne reindrücken, um meine Sehnsucht nach Tucker darunter zu ersticken.

»Ich dachte, du wünschst dir noch etwas für morgen zum Anziehen.« Meine Mutter sieht mich an, als sei

Shoppengehen gerade mein drängendster Wunsch. Ich sage nichts, was aber auch nichts macht, weil sie gleich weiterredet. »Außerdem wollten wir mit dir nach einem Abiball-Kleid für Sina gucken.« Sie klatscht in die Hände. »Das wird lustig! Wir haben da hinten geparkt.«

Sie zeigt hinüber zum Klinikgebäude, in dem sich Tucker befindet. Vermutlich in seinem Zimmer, denn heute wird in der Schwimmhalle irgendetwas am Wasserfilter repariert. Ich bin schon mehrfach mit Herzrasen an seiner Zimmertür vorbeigerannt, gleichermaßen hoffend und bangend, er könnte rauskommen. Schließlich habe ich wieder im Raum fürs Autogene Training Matten auf dem Boden verteilt, mich in die hinterste Ecke verzogen und voll auf meinen Lieblingsplatz konzentriert: die berühmte Luftmatratze auf dem Ozean. Dieses Mal sind in meiner Vorstellung sogar Wale vorbeigekommen. Auch schwarz glänzende Orcas. Das sind diese Killerwale, die total niedlich aussehen. Wie Pandabären in Neoprenanzügen.

Anschließend gab es einen *Vorfall* im Gemeinschaftsraum, bei dem ich tätig werden musste, weil keine der Schwestern in Sicht war. Die hatten gerade im Schwesternzimmer Schichtwechsel. Natascha wollte sich wieder alle Haare vom Kopf reißen, weil Linn mit den Gummihandschuhen aus Versehen aus ihrem Teebecher getrunken hatte. Ich war mutig und habe Natascha fest umarmt. Ich habe leise mit ihr gesprochen und schließlich hat sie geweint. »Ich will nicht, dass jemand aus meinem Becher trinkt. Es ist *mein* Becher.«

Sie kommt mit Grenzüberschreitungen ganz schlecht

klar. Linn stand unterdessen in der Ecke neben dem Getränkeautomaten und hat einen seltsamen Zitteranfall bekommen, bei dem ihr gesamter Körper vibriert hat und es so wirkte, als würden ihre Fußsohlen kaum noch den Boden berühren. Dabei hat sie gewimmert: »Ich will nicht sterben. Ich will nicht sterben.«

Glücklicherweise kamen nach ein paar Minuten Schwester Ulla und Lernschwester Sybille dazu und haben Natascha auf ihr Zimmer gebracht. Ich habe Linn versprochen, dass Natascha keine tödliche Krankheit hat und sie nicht sterben wird. Zum Beweis habe ich auch noch aus Nataschas Becher getrunken, den sie in der Aufregung auf einem der Tische hatte stehen lassen. Später habe ich Linn zur Ablenkung beim Kickern gegen mich gewinnen lassen.

Interessanterweise war dieser Einsatz kein Problem für Doktor Weinberg. Vielmehr war er überzeugt von meinem Einfühlungsvermögen. Ich schätze, er ist eben ein hervorragender Psychologe und erkennt sofort, welche Maßnahmen professionell und welche emotionsgesteuert sind.

»Wollen wir los?« Sina hakt mich unter, und meine Mutter läuft neben uns her, unter den flirrenden Ästen hindurch, die Allee hinauf, auf das Klinikgebäude zu.

»Geht nicht«, sage ich. »Ich muss noch was erledigen. Außerdem habe ich nachher Klavierunterricht. Ihr wisst schon: die letzte Stunde vor der alles entscheidenden Prüfung.«

Meine Mutter fragt trotzdem mutig: »Willst du vorher noch zum Friseur gehen? Ich könnte dir einen *Last*

Minute-Termin organisieren, damit wir irgendetwas Schönes mit deinen Haaren machen. Die sehen etwas strohig aus.«

Ich bleibe stehen und drehe mich zu ihr um. Die Lichtreflexe fliegen über ihr Gesicht. Ich spüre, wie sich meine Augen verengen. »Strohig? Wieso sehen meine Haare strohig aus?«

»Na ja …« Mit einem Schlag gefriert ihr Lächeln. Sie sieht Hilfe suchend zu meiner Schwester, die sofort eine Körperhaltung einnimmt, die sagt: »Halt mich da raus!« Das erkenne ich sogar aus dem Augenwinkel.

Sina macht einen Schritt zurück und murmelt: »Ich finde, Franzi sieht toll aus.«

Das war schon immer so. Meine Schwester hat beinahe nie gegen meine Eltern rebelliert. Mal abgesehen von ihrer brisanten Liebe zu Noah. Da bin ich definitiv widerspenstiger. Meine Mutter merkt, dass sie das Haar-Thema besser fallen lassen sollte und stottert: »Ich meine ja nur: Die Jury beurteilt dich nicht nur nach deinem Spiel, sondern auch nach deinem Auftreten. Das ist bei uns Menschen so.«

»Bei uns Menschen? Wenn die mich nach meinen Haaren beurteilen, bin ich da sowieso nicht richtig. Dann scheiße ich auf den Laden.« Ich versuche, ruhig zu bleiben. Ich weiß ja, dass meine Mutter nur Opfer ihrer eigenen Überfürsorge ist. Aber ich bin leider ziemlich sauer, weil sie meine Grenzen irgendwie auch ständig überschreitet.

Sie hebt geschlagen die Hände. »Du hast recht. Mach, wie du denkst.«

Na also! Ich sage versöhnlich: »Trotzdem danke, Mama.«

»Klar. Verstanden.«

»Es wird schon alles gut gehen«, beruhige ich sie und bin froh, dass wir nicht in Streit geraten sind.

Ich sehe die Allee hinunter, um kurz mit Blick auf die Natur zu entspannen. Doch anstatt zur inneren Ruhe zu finden, sitzt Tucker auf der untersten Treppenstufe! Wo kommt er denn so plötzlich her? Hat er mich aus seinem Zimmerfenster hier draußen stehen gesehen? Wartet er darauf, dass ich mich neben ihn setze? Das kann ich nicht. Denn dann kommen wir uns noch näher, und das wäre verantwortungslos, weil ich vielleicht schon sehr bald nicht mehr da sein werde. Außerdem würde Doktor Weinberg die Faxen dicke haben, weil ich mich kein Stück an seine Anweisungen halte. Gleichzeitig zieht es mich zu Tucker hin. Als seien wir zwei extrem starke Magneten. Bevor ich meine Vernunft über Bord werfe und doch direkt zu ihm laufe, schlage ich mich nach rechts in die Büsche.

Hinter mir höre ich meine Schwester rufen. »Franzi? Wo willst du denn hin?«

Ich tue so, als ob ich sie nicht höre, und renne weiter, an den hohen Bäumen entlang, um das Klinikgebäude herum, am Gärtner vorbei, der auf der Rückseite die hohen Hecken mit der Heckenschere stutzt, und dann in den verwunschenen Garten hinein. In diesem berauschenden Wirrwarr aus tief hängenden Ästen, ineinander verwobenen Zweigen, violetten Blüten und üppigen Sträuchern kann ich mich verstecken. Es ist albern, was ich hier veranstalte. Soll das so weitergehen, bis mein Praktikum vorbei ist? Würde ich mich jetzt von Chefarzt Doktor Weinberg diagnostizieren lassen, würde nichts Gutes dabei herauskommen.

Ich verkrieche mich unter einem riesigen, dunkelgrünen Wacholder, der seine langen dünnen Äste, in denen Spinnennetze wabern, über mich breitet wie ein Dach. Faszinierend! Seit zwölf Jahren habe ich nicht mehr unter einem Busch gehockt. Ich muss sagen: Es tut gut! Man sollte viel öfter unter Büschen hocken! Das beruhigt ungemein und suggeriert Schutz und Sicherheit. Tucker wird mich hier nicht entdecken. Ich werde eine Lösung für mein Problem finden. Ich kann nicht so tun, als gäbe es ihn nicht. Und ich kann auch nicht so tun, als sei er ein hoffnungsloser Fall. So, wie Nelli mir das gestern Nacht ans Herz gelegt hat. Sie meinte: »Vertrau mir! Am australischen Strand wirst du einen Surfer mit sonnengebleichten Haaren, strahlend blauen Augen und Zahnpastalächeln kennenlernen.« Ihrer Fantasie nach ist er Teil einer ganzen Surferclique aus lauter gut aussehenden Single-Typen, die ganz heiß auf einen One-Night-Stand mit Nelli wären. Denn: Sie wird mich in *Down Under* besuchen kommen, sobald sie das Geld für den 24-stündigen Flug zusammenhat.

Das ist ein richtig bekloppter Plan. Wie habe ich Nelli glauben können, dass ich meine Gefühle für Tucker abtöten kann? Kein normaler Mensch kann seine Gefühle abtöten. Wenn das möglich wäre, gäbe es die Geschichte von Romeo und Julia nicht. Denn: Vernünftig war ihre Liebe nicht. Genauso wenig wie die von meiner Schwester und Noah. Die Liebe folgt keiner Logik. Höchstens der, dass sie logischerweise keiner Logik folgt. Sie lässt sich nicht verbieten. Sie ist stärker als alles andere. Darum ist sie so atemberaubend schön und auch so Angst einflößend.

In meiner Tasche vibriert mein Handy. Sina ist dran. Ich nehme ab. Plötzlich ist mir meine Aktion unangenehm. »Ja?«

»Wo bist du?« Ihre Stimme klingt freundlich. Sinas Stimme klingt immer freundlich, als sei sie ein verflixter Engel.

»Ich sitze unter einem Busch und verstecke mich.«

»Vor Mama?«

»Ja … auch.« Und vor dem wunderschönsten traumatisierten Jungen, in den ich nicht verliebt sein darf.

Sie lacht. Dafür liebe ich meine Schwester. Sie flüstert: »Dann werde ich dich nicht verraten. Aber glaub mir, Mama ist einfach nur aufgeregt wegen des Vorspiels. Sie wünscht sich so sehr für dich, dass du es schaffst.«

»Ich weiß«, sage ich leise. »Das wünsche ich mir auch.« Irgendwie.

»Und wegen dem Abiball ist sie auch aufgeregt. Du weißt ja, wie sie loslegt, wenn es etwas zu organisieren gibt. Sie findet keine Ruhe, bis alles durchgeplant ist.«

»Ich weiß«, sage ich wieder und frage dann: »Seid ihr schon wieder losgefahren?«

»Mama parkt gerade aus. Ich soll sie rauswinken. Ist sonst alles in Ordnung bei dir?«

»Ja, ja, alles in Ordnung«, sage ich und frage plötzlich unvermittelt: »Woher wusstest du, dass Noah und du zusammengehört? Obwohl alle Fakten dagegengesprochen haben?«

»Sein Lachen klang wie das von Opa«, sagt Sina, ohne nachzudenken. Sie meint den Vater meiner Mutter. Unseren Opa, der mir das Klavierspielen mit Karamellbonbons beigebracht hat. Niemand hat so gerne und so viel gelacht wie er. Und es stimmt. So verrückt es klingt: Noah lacht wie unser Opa.

»Verstehe. Da dachtest du, er kann kein schlechter Mensch sein?«

»So in der Art. Warum fragst du?«

Gerade als ich ihr endlich gestehen will, dass ich mich ebenfalls in einen aussichtslosen Fall verliebt habe und nicht weiß, was ich tun soll, bleiben vor mir zwei Beine in Jeanshosen stehen. Zuerst hoffe ich, dass es der Gärtner mit seiner Heckenschere ist. Dann erkenne ich die weißen Sneaker.

Ich grinse hilflos und sage zu meiner Schwester: »Entschuldige. Ich … Ich muss nur noch eine Sache klären. Wir sehen uns später zu Hause.«

»Klaro, ich sag's Mama.«

»Danke.« Ich starre Tucker an, der mich seelenruhig betrachtet. Wie *er* wohl lacht? Hoffentlich nicht wie unsere Oma. Kleiner Scherz.

Am anderen Ende der Leitung meint meine Schwester noch. »Versprichst du mir, dass wir nach deinem Vorspiel – ohne Mama – losgehen und mir das heißeste Abiball-Kleid aussuchen?«

»Klar. Wenn Mama das überlebt?«

»Sie hat schon ganz andere Sachen überlebt.«

»Gib ihr einen Kuss von mir!«

»Mach ich.« Meine Schwester legt auf und ich biege die Wacholderzweige zur Seite. Tucker fährt sich nervös mit der Hand über den Mund. Seine Augen sind noch grüner als sonst. Von irgendwoher hören wir ein paar der ADHS-Kinder rufen. Schätze, sie sind auf dem Weg in die Gemüsegärten, wo sie am Nachmittag Unkraut jäten und Möhren, Kohlrabi und Rhabarber ernten, um das Gemüse morgen Vormittag auf dem Markt zu verkaufen. Tucker dreht sich kurz nach ihnen um, dann ruht sein Blick wieder auf mir. Vermutlich sollte ich langsam mal unter dem Busch hervorkriechen. Aber ich hänge mit meinen Haaren in den Ästen fest. Ich greife über mich, in der Hoffnung, mich selbstständig befreien zu können. Was nicht klappt.

Tucker hockt sich neben mich. Über sein Gesicht huscht sein schüchternes Lächeln. Es bringt mich um den Verstand. Ich gucke an ihm vorbei, hoch zum angekippten Fenster im zweiten Stock, hinter dem gerade *Themenzentrierte Interaktion* mit Doktor Weinberg läuft, bei der eine Handvoll Mädchen und Jungen von ihren schlimmsten Erlebnissen und Selbstmordgedanken erzählen und sich gegenseitig Ratschläge geben, obwohl sie das nicht machen sollen. Aufgabe ist es, einfach nur zuzuhören und sich selbst zu hinterfragen. Ich war einmal bei so einer Sitzung dabei. Das war heftig. Es ist schwer zu begreifen, an welchen Abgründen manche Leute in unserem Alter stehen.

Tucker rührt sich nicht. Ich flüstere: »Könntest du mich vielleicht befreien?«

Das Laub knistert. Seine Hände liegen auf seinen Knien. Er macht nicht den Anschein, als hätte er vor, irgendetwas zu tun. Ich bin kein Psychologe, aber vielleicht erinnert ihn die Situation an die mit seiner kleinen Schwester, die sich ja auch verheddert hatte! Oh bitte nicht! Hinterher löst mein verknotetes Haar bei ihm diesen *Flashback* aus, von dem Schwester Maggie gesprochen hat. Am besten, ich lächele, damit er weiß, dass ich nicht in Lebensgefahr schwebe.

Obwohl meine Kopfhaut anfängt wehzutun, sage ich: »Lass dir Zeit.«

Nur nicht drängen. Ganz entspannt bleiben.

Tucker scheint in seinem Inneren einen heftigen Kampf auszufechten. Als müsste er sich überwinden, mich zu befreien.

Ich sage beruhigend: »Es sind nur Äste. Und meine Haare.«

Sofort verdunkeln sich seine Augen. Über sein Gesicht fliegt ein schwarzer Schatten. Es ist, als könnte ich sein Herz schlagen hören. *Bahm! Bahm-Bahm!* Am liebsten würde ich meine Hand heben und sie sacht auf seine Brust, auf das geringelte T-Shirt legen. Sein Atem trifft auf mein erhitztes Gesicht. Ich sehe seine gebräunte Haut. Seine gleichmäßigen Gesichtszüge.

Ich sage: »Du kannst mich befreien.«

Und endlich beginnt er, meine Haare zu entwirren. So vorsichtig, dass ich gar nichts spüre. Wie ein professioneller Bombenentschärfer. Seine Knie drücken dabei leicht gegen meinen Oberschenkel. Ich verknote meine Finger, bevor ich ihn doch noch gegen meinen Willen anfasse. Obwohl wir ganz still sind, spüre ich das Leben wild und heftig in unseren Körpern pulsieren. *Wild und heftig.*

Ist das nicht seltsam?

Über mir wackelt der Wacholder.

Schließlich lässt er seine Arme sinken und rutscht von mir weg. Ich taste auf meinem Kopf herum. Ich bin wieder frei.

»Danke.« Bestimmt sehen meine Haare aus wie ein erstklassiges Vogelnest. Ich flüstere: »Danke, dass du mich gerettet hast. Schon zum zweiten Mal in dieser Woche.«

Er beugt sich zu mir herüber. *Mein Tucker!* Er kommt näher. Ganz nah. So nah. Doch bevor seine Lippen meine Wange berühren, springe ich auf und laufe den Weg zwischen den blühenden Büschen hinunter. Ich muss ihm professionell begegnen. Die Vernunft zieht mich von ihm weg. *Dabei will ich das gar nicht.* Gleich werde ich mich noch einmal zu ihm umdrehen. Um ihm zu zeigen, dass uns trotzdem etwas Unaussprechliches verbindet.

Aber ich haste weiter. Er wird denken, dass ich vor ihm fliehe. Dabei tobt in mir doch ein Sturm! Ein Sturm von solchem Ausmaß, dass er mir den Atem nimmt. Ich sehe auf meine Hände, die sich langsam wieder entkrampfen. Und über meinen Unterarm krabbelt eine todesmutige Ameise wie ein winziger Extrembergsteiger Richtung Schulter.

»Du magst ihn sehr gerne, was?« Schwester Maggie steht am Medizinschrank und sortiert Mullbinden und Spritzen in die Fächer, als ich ins Schwesternzimmer komme, um meinen Helm zu holen. Sie klappt die Schranktür zu und sieht mich an.

»Hm?«, mache ich, obwohl ich genau weiß, wen sie meint. Ich werde mich nicht zu erkennen geben. Schließlich habe ich erst heute eine Verwarnung vom Chefarzt kassiert. Besser, ich verschwinde hier sofort!

Sie legt ihren Kopf schief. »Tu nicht so! Ich rede von Tucker Beer.«

Tucker Beer – Teddy Bär. *Er hat versucht, mich zu küssen.* Ich nicke und leide unter plötzlichen Gesichtszuckungen. Mit gesenktem Blick gehe ich zum Spind, wobei ich intensiv meine *Reeboks* beobachte, an deren Sohlen Grashalme kleben. *Eben noch saß ich mit dem unnahbarsten Jungen der Welt unter dem Wacholder. Eben noch. Eben noch. Und es war wunderschön.*

»Was ist?« Schwester Maggie lehnt sich gegen den Spind.

Ich sage viel zu laut: »Wieso?«

Sie zieht die Augenbrauen hoch. »Ich habe euch eben gesehen, als ich im Raum für *Themenzentrierte Interaktion* die Fenster geschlossen habe. Ihr habt unterm Wacholder gesessen und wirktet recht vertraut.«

»Ja?« Ich blicke unwillig auf. Ich will das nicht hören. *Niemand auf der Welt hat so schöne Lippen wie er.*

»Er vertraut dir ganz offensichtlich. Jede noch so kleine Geste von ihm ist ein großer Schritt in Richtung Heilung.«

Ich murmele irgendeinen Satz mit Verantwortung und Professionalität von Praktikanten, der keinen Sinn ergibt. Nur, um irgendwas von mir zu geben, das nach Doktor Weinberg klingt. Gleichzeitig gerate ich immer tiefer in etwas Unglaubliches hinein, das ich nicht mehr steuern kann.

Schwester Maggie lächelt zufrieden. »Frag mich nicht wie, aber du schaffst es immer wieder aufs Neue, Tucker zu erreichen. Das ist erstaunlich. Auch, wenn sich Praktikanten nicht mit unseren Patienten anfreunden sollen. Vielleicht liegt es daran, dass du ihn an seinen kleinen Koboldfreund mit dem roten Haar erinnerst.« Sie zwinkert vielsagend.

»Sehr witzig. Im Übrigen sind wir von einer Freundschaft weit entfernt«, erkläre ich trocken. Und es ist nicht einmal gelogen. Es ist etwas anderes. Wunderschönes. Nach einer kurzen Pause füge ich möglichst unbeteiligt hinzu: »Irgendwie kann ich mich gut in ihn hineinfühlen. Ich weiß, das ergibt keinen Sinn. Ist aber so. Ich werde es mir ihm gegenüber aber nicht anmerken lassen. Versprochen.« Nicht, dass Schwester Maggie mich noch an Doktor Weinberg verrät.

»Vermutlich geht es ihm genauso«, sagt sie aber zu meiner Überraschung und wendet sich ihrem Schreibtisch zu. »Warum etwas Schönes bekämpfen? Gegen ein bisschen Heilung ist schließlich nichts einzuwenden? Oder?«

»Wohl nicht«, sage ich und ahne, was sie mir damit zu verstehen geben will. Dass Liebe stärker ist als Wissenschaft. Um es aber direkt aus ihrem Mund zu hören, füge ich hinzu: »Doktor Weinberg sieht das allerdings anders. Er sagt, ich soll aufhören, seine Patienten heilen zu wollen, weil er mich sonst rausschmeißt.«

»Du wirst schon einen Weg finden, wie du unseren Tucker dazu bringst, sich mehr und mehr zu öffnen, ohne dass der Chef etwas dagegen einzuwenden hat. Denk dir etwas aus. Überzeuge ihn.« Schwester Maggie nimmt einen Stapel Pappmappen vom Schreibtisch und geht damit Richtung Tür.

Ich sage aufgewühlt: »Ich weiß nicht …«

»Jetzt solltest du erst mal Feierabend machen und zur Klavierstunde gehen. Es ist schon nach vier, und du hast doch morgen Nachmittag dein Vorspiel, wenn ich mich richtig erinnere?«

»Ja.« Ich seufze und nehme meinen Helm vom Spind. In meinem Kopf dreht sich alles. Schwester Maggie hat recht. Ich sollte mir mal kurz eine Verschnaufpause gönnen. Ich sage: »Morgen Vormittag komme ich aber noch mit auf den Markt, Gemüse verkaufen. Ich hab's Linn versprochen, als ich vorhin beim Kickern gegen sie verloren habe.«

Ich hänge mir meine Tasche um, und als wir das Zimmer verlassen, wird Kirsten, das hauchdünne Mädchen, gerade auf einer Liege an uns vorbei den Gang hinuntergeschoben. Eine Schwester mit ernstem Gesicht rollt ihr Gestell mit dem Infusionsbeutel nebenher. Das Mädchen sieht mich aus ihren tief liegenden Augen an. Die sanfte Nachmittagssonne gleitet über sie hinweg, und dann verschwindet Kirsten durch die automatische Schwingtür in den Seitenflügel, wo sich die Intensivstation befindet. Die Tür schließt sich hinter der kleinen Karawane und Schwester Maggie seufzt. »Es scheint, als hätte Kirsten beschlossen zu sterben.«

»Was? Warum?«, frage ich leise.

»Weil sie die Hoffnung verloren hat.«

»Auf was?«

»Auf Heilung.«

»Aber ich dachte, jeder kann hier irgendwann geheilt werden.«

Schwester Maggie schüttelt traurig lächelnd den Kopf. »Nein, Franzi. Wir sind keine Zauberer. Wir versuchen alles in unserer Macht stehende. Aber manchmal haben wir einfach nicht das passende Mittel zur Verfügung, die Qual unserer Patienten zu durchdringen, um ihre darin versunkenen Herzen berühren. Egal, wie sehr wir uns bemühen. Es gibt keine Garantie dafür, dass wir es schaffen, dass sie das Schöne wieder sehen können: das Flirren der Blätter in der Sonne. Die ziehenden Wolken am Himmel. Unsere Schritte über den Boden. Fliegende Haare. Unser Lachen. Die Töne. Deine Musik. Du hast es bei Tucker geschafft. Das ist etwas ganz, ganz Kostbares.«

Ich nicke und schlurfe neben Schwester Maggie her, die scheinbar genau wie ich ihren melancholischen Gedanken nachgeht.

Als wir beinahe die Halle erreicht haben, entdecken wir zeitgleich durch die hohen Fenster Tuckers Eltern, die mit raschen Schritten quer über die Wiese und direkt auf das Klinikgebäude zukommen.

Schwester Maggie drückt ihren Mappenstapel eng

an die Brust, als würde sie sich wappnen. »Was wollen die denn schon wieder hier? Heute ist doch gar keine Familientherapie.«

Dann lässt sie mich ohne weitere Erklärung stehen und eilt Tuckers Eltern entgegen, während ich mich benommen zum Hinterausgang auf den Parkplatz zu meiner Vespa verdrücke, mit der ich zur U-Bahn-Station fahre.

Zwölf

Der siebte Tag meines neuen Lebens

Als ich eine halbe Stunde später in *Stadtmitte* aus der U-Bahn steige, ziehe ich den letzten Euro aus der Tasche, der vorhin aus dem Getränkeautomaten im Gemeinschaftsraum gepurzelt ist, als ich mir meinen Kaffee gezogen habe. Aufgewühlt von den letzten Ereignissen schleppe ich mich hinter den anderen Fahrgästen her, die fluchtartig die muffige Station verlassen.

Schon von Weitem höre ich den tätowierten Mann im Holzfällerhemd singen. Klingt, als hätte er heute einen Schellenkranz dabei.

Ich schlurfe noch ein bisschen langsamer, während sich die Melodie wie eine kuschelige Decke um mein Herz legt. Darunter galoppiert das treibende Rasseln des Schellenkranzes, und darüber schwebt sein rauer Gesang, der mir verspricht: *»Ich erkenne dich! Ich sehe, was dich bewegt. Ich fühle es und gebe dir das Versprechen, dass nichts verloren ist. Ich weiß, dass du ihn küssen wirst.«* All so was.

Etwas Furchtbares. Etwas Einschneidendes muss über diesen Mann mit der einzigartigen Stimme hereingebrochen sein, dass aus ihm nicht der größte Countrystar aller Zeiten geworden ist.

Ich folge seiner Stimme wie einem Lichtstrahl durch die nach verbranntem Gummi riechende Station, bis ich vor seinem Cowboyhut anhalte. Heute sind noch ein paar andere Leute bei ihm hängen geblieben. Ein Pärchen, das die Arme umeinander geschlungen hat. Eine uralte Frau, die ihre Handtasche umklammert, und zwei Skater-Jungs, die ihm einen Kaugummistreifen, eine Zigarette und ein bisschen Kleingeld in den Hut werfen. Süße Geste! Der Mann mit dem rötlichen Bart lacht, während er singt, und zwinkert den beiden Jungs zu, die mitwippen, bis ihnen auffällt, dass sie mitwippen. Eilig lassen sie ihre Boards auf den Boden knallen und rollen weg. Ich trete vor und ziele mit meinem Kleingeld nun auch auf seinen Hut. Überflüssig zu erwähnen, dass ich nicht treffe. Meine Hände zittern. Vermutlich bin ich schon wieder auf Koffeinentzug.

Er beendet seinen Song und die kleine Traube von Leuten löst sich auf. Ich verschwinde auch, weil es mir peinlich ist, dass er mein Geld vom dreckigen Boden klauben muss.

Im Café bestelle ich mir statt der Waffel doch lieber zwei Filterkaffee und eine Portion Sahne. Ich muss dreimal meine Bestellung wiederholen, weil die Bedienung mir nicht glaubt, dass ich zwei Kaffee haben möchte. »Wirklich? Zwei Kaffee?«

Ja! Für mehr reicht mein Geld leider nicht. Sonst würde ich noch mehr nehmen. Ich bin so was von geschafft. Hab ich schon gesagt, dass meine Eltern mich mit Taschengeld kurzhalten, damit ich den Wert des Geldes schätzen lerne? Seit heute rechne ich mein restliches Taschengeld in Kaffee um. Gut, dass morgen Samstag ist und ich wieder Geld für die nächsten sieben Tage bekomme. Täglich drei Kaffees plus einen Kinobesuch inklusive Popcorn und ein alter Kerzenständer vom Flohmarkt sind drin.

Ich setze mich mit meinen Bechern an den Tresen und starre raus auf die Straße, auf der sich genervte Büroleute mit ihren Aktentaschen zwischen Trauben von Touristen hindurchquetschen.

»Hey, Ginger, darf ich mich zu dir setzen?«

»Hm?« Ich drehe mich um. Schräg hinter mir steht der Countrystar, der keiner ist. Er hat seine rotblonden Haare zu einem ordentlichen Pferdeschwanz gebunden. Von Nahem fällt erst auf, wie gut er aussieht. Er hat ein markantes Gesicht mit schönen Zähnen und gepflegtem Bart. Sein kariertes Hemd ist frisch gewaschen. All das bemerke ich erst jetzt, nachdem ich schon hundertmal an ihm vorbeigegangen bin. Komisch, wenn jemand unten in der Station spielt, nimmt man automatisch an, dass er etwas ranzig ist. An seinen sommersprossigen Händen stecken dicke Silberringe. Ums Handgelenk hat er ein paar bunte geflochtene Armbänder mit Glasperlen. Ein cooler Typ. So viel kann mit Sicherheit festgestellt werden.

»Darf ich?« Er sieht mich mit hochgezogenen Augenbrauen an.

Ich nicke. »Klar.« Und rücke ein Stück zur Seite.

Er stellt seinen mit Stickern beklebten Gitarrenkoffer

am Tresen ab und schiebt sich auf den Hocker neben mir. Anschließend leert er mehrere Tütchen Süßstoff über seinen Kaffeebecher und rührt gewissenhaft um. Hinter seinem Ohr klemmt eine Zigarette. Vielleicht die von den Skater-Jungs?

»Du warst eben unten in der Station.« Er fragt es nicht. Er stellt es fest.

Ich nicke wieder. »Ja?«

»Du kommst öfter vorbei. Um genau zu sein zweimal die Woche. Montag und Freitag.«

Ich kratze mich verlegen am Hals. Sollte mir das Sorgen machen, wie gut er über mich Bescheid weiß? Ist er ein Stalker oder so was? »Woher wissen Sie das?«

»Ist nicht so schwer. Du hast auch rote Haare. Wir beide gehören zur aussterbenden Spezies, da achtet man aufeinander. Außerdem wirfst du immer Geld in meinen Hut, vorausgesetzt, du triffst. Dafür wollte ich mich bedanken.«

»Gern geschehen.« Ich trinke meinen heißen Kaffee, in der Hoffnung, dass er mich entspannt und mir hilft, mich auf meine letzte Klavierstunde vor dem Vorspiel einzustimmen. Stattdessen meldet sich bedrohliches Herzrasen. Schweiß perlt auf meiner Stirn. Schätze, mein Organismus ist so viel Koffein nicht gewohnt.

»Dein wievielter ist das?« Der Mann sieht mich besorgt an und krempelt sich die Hemdsärmel hoch.

»Hm?« Ich tue, als wüsste ich nicht, was er meint. Fühle mich aber richtig elend und bereits total erwischt in meinem Suchtverhalten. Ich schätze, Rothaarige haben irgendwie eine evolutionäre Verbindung zueinander.

»Dein wievielter Kaffee ist das?«, fragt er noch mal. Als würde er mich wirklich gut kennen.

»Mein dritter oder vierter«, quetsche ich hervor und nehme die Papierserviette, die er mir hinhält. Ich tupfe mir die Stirn ab.

»Auch Ex-Alkoholiker?« Er hebt seinen Becher und sieht mich über den Rand hinweg an. »Wir Rothaarigen sind sensible Typen. Hochemotional und kompliziert.« Da ich nicht antworte, sondern ihn nur verwirrt angucke, während ich auf meiner Stirn herumwische und versuche, meinen zusammenbrechenden Kreislauf wieder unter Kontrolle zu kriegen, fährt er schließlich fort: »Mach mir nichts vor. Ich weiß Bescheid. Kaffee ist die Ersatzdroge für uns Alkoholiker. Kein normaler Mensch trinkt freiwillig so viel Kaffee, es sei denn, er versucht damit diese andere, schwerere Sucht zu überdecken. Ich denke mal, du bist Musikerin. Wir Musiker leiden alle unter Alkoholismus. Oder irgendwelchen anderen Süchten. Schätze, das weißt du?«

Ich zucke mit den Schultern. »Ja, ich schätze, das weiß ich.«

»Was spielst du? Schlagzeug?«

»Nein! Klavier.«

Er pfeift durch die Zähne und grinst vor sich hin. »Klavier? Was richtig Rockiges! Deine Hände zittern. Wie willst du da spielen? Du musst das mit dem Kaffee echt sein lassen. Du musst clean bleiben. Alles klar? Sonst bist du bald ein Haufen Scheiße, der nichts mehr auf die Reihe kriegt.«

»Das hört gleich wieder auf«, sage ich und hoffe, dass

das auch tatsächlich stimmt. Vermutlich werde ich gleich vom Hocker kippen und mich von diesem Mann, dessen Namen ich nicht kenne, erstversorgen lassen müssen.

»Schätze, du hast gleich Unterricht?« Er legt seine sommersprossigen breiten Hände auf meine unruhige Hand. Er hat recht: Wir rothaarigen Menschen achten aufeinander. Wie Familienangehörige. Seine Hand ist warm und irgendwie stark. So, als hätte er in seinem Leben tausend Bäume gefällt, Wildpferde gezähmt und steile Berge erklommen. Diese Berührung hat nichts Seltsames. Eher etwas Tröstliches. Es ist in Ordnung. Absolut in Ordnung, weil er mit seinem restlichen Körper Abstand wahrt.

»Jep«, sage ich und fühle, wie es mir etwas besser geht. Trotzdem bin ich nicht clean. Weil ich ja trotzdem süchtig nach Tucker bin. Ich sage: »Ich habe morgen ein wichtiges Vorspiel. Ich bewerbe mich um ein Stipendium in Australien. Um dort an einem Musikcollege ein Jahr lang zu studieren. Mein Lebenstraum, seit ich sieben Jahre alt bin.« Aber jetzt, seitdem ich süchtig bin, hab ich mein Ziel aus den Augen verloren und …

»Seit du sieben bist, weißt du, was du studieren willst? Das ist jung. Verdammt jung.«

»Mein Opa hat mir das Meiste beigebracht«, höre ich mich sagen. »Er konnte sehr gut spielen und er hatte das weltschönste Lachen. Ich dachte, wenn ich spielen kann wie er, werde ich der glücklichste Mensch auf der Welt sein.«

Er lacht auch und zieht seine Hand zurück. »Cooler Traum! Ich hoffe, er geht für dich in Erfüllung. Vorausgesetzt es ist noch dein Traum. Träume können sich mit dem Alter ändern.«

Ein wichtiger Hinweis! Ich nicke nachdenklich.

Er sagt: »Meine Eltern haben mir ununterbrochen Platten von Johnny Cash vorgespielt. Kennst du den? Den größten Countrysänger aller Zeiten.«

Ich schüttele den Kopf. Nie gehört. Dafür ist mein Kreislauf inzwischen wieder einigermaßen stabil, und ich frage mich, ob ich an einem Traum festhalte, der gar nicht mehr mein Traum ist. Oder kann man auch zwei sich gegenseitig ausschließende Träume haben?

Er zieht seinen Hemdsärmel hoch und tippt mit dem Zeigefinger auf ein Tattoo, das einen fotorealistischen Männerkopf mit schwarzem Haar zeigt und sich auf der Innenseite seines Unterarms befindet. »Das ist er. Johnny-Legende-Cash. Hab ich mir kurz nach seinem Tod in Tennessee stechen lassen. Ich dachte, unter seinem Erfolg und Ruhm darf *ich* es nicht machen. Hat 50 Millionen Tonträger verkauft. 50 Millionen! Die halbe Welt hört seine Lieder! Weißt du, was für ein Druck auf mir Jungspund lastete? Ich habe mir die Finger wund gespielt, um irgendwelche Gitarrenriffs hinzubekommen. Bin auf Gemeindefesten aufgetreten. Habe Songs geschrieben und einen Plattenvertrag unterzeichnet. Ich hatte keinen größeren Wunsch, als so großartig zu werden wie er. Dann kam aber unerwartet was dazwischen.«

»Was denn?«, frage ich und bin wirklich interessiert. Vielleicht kann ich etwas übers Leben lernen, von dem Mann, dessen Namen ich nicht kenne. »Sie haben eine wirklich tolle Stimme. Also toll trifft es vielleicht nicht ganz. Eher außergewöhnlich.« Ich nehme noch einen winzigen Schluck Kaffee, obwohl ich es nicht sollte. Sofort wird mir übel. »Was ist dazwischengekommen? Ein neuer Traum?«

Er mustert mich von oben bis unten. Als wolle er sicher sein, dass er mir das Geheimnis verraten kann. Schließlich krempelt er seinen Hemdsärmel herunter, Johnny-Legende-Cash verschwindet wieder. Mit einem Blick, der aus dem Fenster in die Ferne schweift, sagt er ernst: »Ja, ein neuer Traum. Die wunderbarste Frau der Welt.«

Okay. Das reicht. Das wird mir gerade ein bisschen viel Parallele. Ich nippe noch mal am Kaffee und löffele eilig ein bisschen Sahne hinterher, um etwas im Magen zu haben. Wobei ich mir einen fetten Batzen auf mein T-Shirt kleckere. »Shit!«

»Du … Du hast da was«, sagt er und zeigt fürsorglich auf mein Kinn, nachdem ich die Vorderseite meines T-Shirts einigermaßen mit der verschwitzten Papierserviette abgewischt habe.

»Danke.« Ich tupfe an meinem Kinn herum. »Ist alles weg?«

Er nickt grinsend. »Das heißt, du musst nur noch die Aufnahmeprüfung schaffen und schon geht es ab nach Australien?« Er macht mit der Hand so eine Flugzeugbewegung und dazu ein sausendes Geräusch. »Wie groß sind die Chancen, dass du bestehst?«

Ich wiege den Kopf hin und her. »Einigermaßen mittelgroß. Das ist das Problem.«

»Wieso ist *das* das Problem?« Er trinkt seinen Kaffee aus und steckt sich die Zigarette in den Mund.

Gerade, als ich musterschülermäßig sagen will, dass man hier nicht rauchen darf, nimmt er die unangezündete Zigarette wieder aus dem Mund und bläst den imaginären Rauch aus. Also spare ich mir die lächerliche Belehrung. Ich sage: »Weil bei mir ein Junge dazwischengekommen ist.«

»Und nun ist er dein Traum. Klassiker.« Er klopft seine Zigarette über dem Boden ab. Natürlich fällt keine Asche runter.

Trotzdem erscheint gleich eine der Bedienungen und meint entrüstet: »Entschuldigen Sie, hier drinnen ist Rauchen verboten.«

»Oh, ich hoffe das. Nichts ist schlimmer als verqualmte Räume«, sagt der Mann. Er steckt sich seine Zigarette zwischen die Lippen und zwinkert verschmitzt.

Die Bedienung schüttelt den Kopf und verschwindet dann wieder hinter ihre Espressomaschine.

Er sagt: »Es ist gut, wenn die Leute für Ordnung sorgen. Es ist wirklich gut. Ihnen entgeht nichts. Das gibt mir ein Gefühl von Sicherheit.«

Ich weiß nicht genau, wie er das meint. Aber ich nicke, weil es irgendwie gut klingt. Ich frage: »Wie heißen Sie eigentlich?«

»Randy. Und du?«

»Franziska. Also: Franzi. Woher kommen Sie?«

»Ursprünglich aus Philadelphia, glaube ich. Danach bin ich ziemlich viel umgezogen. Wir Amerikaner ziehen ja oft um. Das liegt uns im Blut. Du weißt ja, unsere Vorfahren waren Pioniere, die einst über das Meer kamen und die Prärie besiedelt haben.«

Ich nicke wieder, so, als wüsste ich, dass den Amerikanern das Umziehen im Blut liegt. Seltsam, dass Randy nicht genau weiß, wo er geboren wurde. Vielleicht steht er darum so auf Sicherheit und Ordnung im Café.

»Okay, Franziska. Dir ist also ein Junge dazwischengekommen? Und jetzt möchtest du nicht mehr weg, weil du ihn sonst vermissen wirst. Richtig?«

»Irgendwie so«, sage ich, wobei das etwas hochtrabend klingt. Immerhin sind Tucker und ich nicht zusammen. Wir haben noch nicht mal miteinander gesprochen. Also, streng genommen, ist Tucker noch gar nicht dazwischengekommen. Ich habe ihn dazwischengeschoben. Und jetzt versuche ich, ihn professionell wieder rauszuschieben.

»Wenn ich dir einen Rat geben darf, prüf, wie sehr du diesen Jungen liebst. Auf einer Skala von eins bis zehn. Er muss für dich eine Zehn sein, sonst kannst du ihn gleich abhaken. Alles klar? Ist noch so ein Tipp von mir. Alles im Leben muss eine Zehn sein, sonst hat es keinen Zweck. Auch dein Traum nach Australien zu gehen.«

»In Ordnung.«

»Frag dich dann, ob du diesem Zehner-Jungen später übel nehmen wirst, dass du wegen ihm deinen Zehner-Lebenstraum an den Nagel gehängt hast – spätestens, wenn er mit einem anderen Mädchen abzieht …« Randy hebt entschuldigend die Hände. »Muss nicht passieren. Kann aber.«

»Ist Ihnen das mit Ihrer Frau passiert?«

Er nickt. »Ja, und ich habe lange gebraucht, es ihr zu verzeihen. Ehrlich! Bis heute weiß ich nicht, was schwieriger zu verzeihen war: dass ich wegen ihr meinen Lebenstraum aufgegeben habe, um zu ihr nach Berlin zu ziehen. Oder dass sie sich kurz darauf in einen anderen verliebt hat. Aber jetzt ist alles gut für mich. Jetzt würde ich sagen: Ich könnte kein besseres Leben haben.«

»Meinen Sie das ernst? Sie spielen in der U-Bahn-Station, um ein bisschen Geld zu verdienen.« Ich sehe ihn forschend an. Aber er scheint nichts zu verbergen.

»Ach, das mache ich nur, um nicht einzurosten. Meine Frau ist seit 1985 wieder bei mir und hat diesen anderen *Loser* in den Wind geschossen. Er war eben keine Zehn für sie. Hätte ich ihr gleich sagen können. Wie auch immer. Wir sind in die Uckermark gezogen, haben vier zauberhafte Kinder und drei Enkelkinder. Ich schreibe Songs, verkaufe sie an irgendwelche Popsternchen und habe mein Auskommen. Wir besitzen einen Bauernhof mit Ponys, Kühen und einem Schwein. Komm uns doch mal besuchen. Reitest du?« Er notiert seine Adresse auf einen Kassenbon, der weiter hinten auf dem Tresen liegt. »Hier. Lass dich blicken! Wir haben gerade Katzenjunge bekommen.«

»Danke.« Ich nehme den Zettel und falte ihn zusammen. »Das heißt, Sie brauchen das Geld gar nicht, dass die Leute Ihnen in den Hut werfen?«

Er zuckt die Schultern. »Nun ja.«

Ich bin einigermaßen empört. »Sie nehmen Leute aus!«

Er nippt an seinem Kaffee, dann sieht er mich ruhig mit seinen grauen hübschen Augen an. Okay, ich geb's zu, ich mag ihn. Er setzt seinen Becher ab und räuspert sich. »Pass auf. Jetzt lernst du noch etwas fürs Leben: Ich bettele nicht. Okay? Ich spiele aus Spaß an der Freude in der U-Bahn-Station. Wäre ich berühmt geworden, müssten die Leute mindestens Hundert Kröten hinblättern, um mich in einem ausverkauften Stadion zu erleben. Okay? Ich habe mich für meine Frau entschieden. Und ich würde es immer wieder tun. Ich liebe sie. Sie ist das Beste, was mir je passiert ist. Wenn du sie triffst, weißt du, was ich meine.« Er macht eine Pause. »Das war es wert.«

Ich sage: »Verstehe.«

Randy klopft auf den Tresen, so, als wolle er seinen bedeutungsvollen Worten noch mehr Gewicht verleihen. »Ich spiele für einen kleinen, exklusiven Zirkel von Fahrgästen, die täglich an mir vorbeihasten. Manche, so wie du, sind offen und bleiben stehen. Sie hören. Sie kriegen mit, was um sie herum passiert. Sie halten inne, egal, ob es da unten stinkt und stickig ist. Sie lassen sich von meinen Songs berühren. Was also ist falsch daran, wenn sie mir eine Zigarette, einen Kaugummistreifen oder ein paar Cent in den Hut werfen, um zu zeigen, dass es ihnen gefällt? Willst du nichts für das, was du anderen gibst? Verlangst du nie etwas zurück? Ist alles selbstlos?«

Ich sehe ihn an und weiß, dass er recht hat. Trotzdem sage ich: »Es wäre am besten, wenn wir alle bedingungslos geben würden, ohne etwas zu erwarten.«

»Wenn du so weit bist, tätowiere ich mir dein Gesicht auf den anderen Unterarm. Da ist noch Platz. Heilige Franziska!« Er grinst.

Ich grinse. »Ich arbeite dran.«

»Hat dein Opa deine Oma geliebt?« Er rutscht von seinem Hocker runter und trinkt den Rest seines Kaffees aus. »Wenn ja, war das bestimmt der Grund für sein schönes Lachen. Schon mal darüber nachgedacht?«

»Ich weiß es nicht.« Was für eine gewaltige Frage! Sie ist allumfassend und doch ganz simpel.

»Dann finde es verdammt noch mal heraus! Frag deine Eltern.« Randy haut mit der flachen Hand auf den Tresen. Ich zucke zusammen. »Dann weißt du definitiv, was zu tun ist.«

»Mach ich.«

Randy hängt sich seinen Gitarrenkoffer über die Schulter und blinzelt mir zu. »Du wirst die richtige Entscheidung treffen. Denn egal welche Entscheidung du triffst, es wird die richtige sein.«

Ich sage noch mal: »Okay.« Und: »Danke, Randy!«

»Nichts zu danken.«

Er verschwindet aus der Tür und ich bleibe sitzen. Ich glaube, ich habe so eine Art Koffeinschock. Draußen läuft Randy am Fenster vorbei und klopft noch einmal dagegen. Er hebt die Hand zum Gruß und macht dann das Daumen-hoch-Zeichen. Ich winke zurück und würde am liebsten weinen.

Durch Randy habe ich etwas verstanden, was mir vorher noch nicht so klar war: Wenn ich erwachsen sein will, muss ich Entscheidungen alleine treffen und die Konsequenzen tragen. Niemand sonst kann das für mich tun. Dabei geht es nicht um Kapuzenpulli oder Sommerrock. Sneakers oder Ballerinas. Offene Haare oder Pferdeschwanz. Einser-Abitur oder Autowerkstatt. Sondern um meine ganz persönliche Zukunft. Und das macht mir Angst.

Dreizehn

Der siebte Tag meines neuen Lebens

»Was tust du da?« Von hinten klopft jemand gegen meinen Helm. Kurz darauf taucht das Gesicht meines Vaters vor dem heruntergeklappten Visier auf. »Willst du die ganze Nacht hier draußen vor dem Haus verbringen? Auf dem Weg von der Garage zu dir bin ich von mindestens drei Mücken gestochen worden.«

Ich grinse halbherzig. »Ich komme gleich.« Noch habe ich keine einzige Mücke gesehen. Dabei bin ich nach der Klavierstunde von der U-Bahn-Station hierher und dann noch fünfmal um unser Viertel herumgekurvt, auf der Suche nach einem Ausweg aus meiner Verwirrung. *Tucker oder Australien. Tucker oder Australien. Tucker oder Australien.* Wieso kann ich nicht beides haben?

Seit meiner Begegnung mit Randy tritt in meinem Kopf ein heftiges Für und Wider aus Überlegungen gegeneinander an und liefert sich einen erbitterten Kampf um den Fortgang meines Lebens: Auch, wenn Tucker eine Zehn für mich ist; er ist traumatisiert! Ich kenne ihn nicht. Über sein vorheriges Leben weiß ich nur das bisschen, was ich auf Facebook oder von seinen Eltern aufgeschnappt habe: dass er mal vor einem Fußballstadion herumstand, aus dem Stand einen Salto beherrscht und kleine Lehmfiguren geknetet hat. Was, wenn ich meine Chance auf mein Austauschjahr sausen lasse, er irgendwann anfängt zu reden und ich merke, dass er doch keine Zehn ist, sondern ein besessener Fußballfan, der heimlich mit Knetmännchen redet und denkt, dass es seine Freunde sind? Wie soll dann bitte meine Zukunft aussehen? Ich, mit Hertha BSC-Schal inmitten von Lehmfigürchen, die *Kecki* heißen?

Ich werde ihn nicht küssen! Ich will ihn aber küssen! Ich habe ihm geholfen, ein kleines bisschen Schönheit zu sehen. Australien ist mein Lebenstraum. *Oh Kotzenhausen!* Woher soll ich wissen, welche Entscheidung die richtige ist?

»Ist alles in Ordnung, mein Schatz?« Mein Vater rührt sich nicht von der Stelle. Er steht mit einem Stapel Gesetzesbücher unter dem Arm und seiner Aktentasche in der anderen Hand zwischen mir und dem angefahrenen Buchsbäumchen, das schräg auf dem Rasen liegt.

Er mustert mich abwartend. Viel kann er nicht von meinem Gesicht erkennen. Denn mein Kopf steckt ja in dem Helm mit dem orangefarben getönten Visier.

»Ja, alles in Ordnung!« Ich hebe kurz die Hand zum Zeichen, dass ich trotzdem meine Ruhe haben will.

»Bist du sicher?« Er tritt von einem Bein aufs andere. Sein Bücherstapel scheint schwer zu werden.

»Jep.«

»Na dann.« Er zuckt mit den Schultern und geht aufs Haus zu. »Du weißt ja, wo du mich findest, wenn du reden willst.«

Die Haustür fällt hinter ihm ins Schloss und im Nacken fühle ich einen brennenden Insektenstich. Also doch! Obwohl sich die Hitze des Tages langsam in der Dämmerung auflöst, fange ich an, unter dem Helm zu schwitzen. Eilig klappe ich das Visier hoch, um nicht aufgrund einer Kohlendioxidvergiftung das Zeitliche zu segnen. Als ich noch einen Mückenstich über der Augenbraue spüre, gebe ich auf.

In der Küche sitzen Sina und Noah am Tresen. Sina wirkt irgendwie abgekämpft und Noah seltsam angespannt. Er klickt dauernd sein Handy an und wieder aus, als würde er ununterbrochen die Uhrzeit checken. Vor ihnen stehen diverse Schüsseln mit Salaten, hinter dem Tresen läuft meine Mutter mit gezücktem Klemmbrett und Kugelschreiber hin und her. Offenbar findet hier gerade das große Testessen für das Abiball-Buffet statt, dessen gesamte Organisation meine Mutter umgehend an sich gerissen hat. Dabei soll die Feier doch erst übernächste Woche steigen. Sie fragt: »Und? Welcher von meinen Salaten schmeckt euch am besten? Der mit Hühnchen und Stangensellerie? Oder lieber mit kleinen Klößchen und Erbsen?«

Noah zuckt mit den Schultern und wirft Sina einen flehenden Blick zu, wobei seine Knie unterm Tresen nervös rauf und runter wippen. Ich schätze, er würde am liebsten davonlaufen. Er sagt: »Die schmecken irgendwie alle super. Ich meine, bei uns gab's früher Nudelsalat von Aldi aus dem Plastikeimer.«

Meine Schwester nickt wie aufgezogen. »Ja, echt. Die schmecken alle super.«

Ich weiche einen Schritt zurück, weil ich bei der Nummer nicht mitmachen will. Aber Sina schiebt mir schon einen Stuhl hin. »Franzi, dein Urteil ist gefragt!«

Bevor ich überhaupt mein Einverständnis gegeben habe, rutscht Noah von seinem Stuhl, greift nach seinem Handy und erklärt: »Du schaffst das schon, Franzi. Ich hab noch in der Werkstatt zu tun.« Und zack, ist er aus der Küche.

Vielen Dank! Als hätte ich nicht schon genug Probleme damit, die richtige Wahl zu treffen. Ich hocke mich auf die Stuhlkante und steche mit der Gabel in jeden der Salate, die meine Mutter gezaubert hat, von der Vorstellung getrieben, die Menschheit glücklich zu machen. Jetzt gerade wünschte ich mir allerdings, meine Mutter würde zur Abwechslung auch mal Aldi-Nudelsalat im Plastikeimer kaufen. Dann hätten wir nicht ständig das Gefühl, ihr irgendetwas schuldig zu sein. Um die Sache abzukürzen, sage ich: »Alle werden betrunken sein, Mama. Niemand wird auf deine Salate achten. Die Mühe ist es nicht wert. Am Ende stecken Zigarettenstummel darin.«

»Aber …« Meine Mutter lässt das Klemmbrett sinken.

»Franzi hat recht! Mach dir nicht so viel Mühe, Mama«, pflichtet mir Sina zu meiner Überraschung bei und steht auch eilig vom Tresen auf. »Ich habe Noah versprochen, die Preistafeln zu zeichnen. Und: Die

Nudelsalate von Aldi sind nicht schlecht.« Und schon ist auch sie raus in die Diele verschwunden.

Meine Mutter sieht mich hilflos an. Über ihre Wange läuft eine einzelne Träne. »Wenn ich nicht mal mehr Friseurtermine und Salate für meine Töchter machen darf, was bleibt mir dann noch?«

Ich lächele wie Frau Doktor Simmer, wenn sie versucht, Vincent mit dem Teddy zu beruhigen. »Na, die Freundschaft zu deinen Töchtern.« Keine Ahnung, wo diese Weisheit jetzt herkommt. Aber sie klingt irgendwie vernünftig.

»Die Freundschaft?« Meine Mutter wischt sich mit dem Zeigefinger unter den feuchten Augen entlang. »Aber ich bin doch eure Mutter.«

»Ja«, sage ich. »Und das wirst du auch immer bleiben. Denn wir sind deine Töchter. Doch die eine von uns ist gestern in ihr Erwachsenenleben gestartet und die andere wird vermutlich auch bald nicht mehr so sehr viel zu Hause sein.«

»Oh bitte! Sag das nicht …« Meine Mutter tastet hinter sich nach dem hohen Hocker, um nach Halt zu suchen. Ich schätze, ich formuliere hier gerade etwas, was sie bisher erfolgreich verdrängt hat und nicht wahrhaben will. Dass Sinas und meine Kindheit unwiederbringlich vorbei ist. Meine Schwester und ich wollen nicht mehr bemuttert werden.

Ich sage: »Wir brauchen dich, damit du uns von Frau zu Frau erläuterst, was wir tun sollen, wenn *wir* nicht weiterwissen.«

»Aber das sage ich euch doch ständig.«

Ich nicke und lächele wieder wie Frau Doktor Simmer. »Ich meine andere Sachen. Keine Kindersachen. Sondern Erwachsenensachen!«

»Erwachsene Sachen? Was meinst du damit?«

»Zum Beispiel, ob Opa und Oma sich geliebt haben?«

»Opa und Oma?« Meine Mutter fährt sich über die Stirn. »Wie kommst du denn jetzt auf die beiden?«

»Es ist wichtig für den Fortlauf meines zukünftigen Lebens!«

»Oma und Opa? Na ja, ich weiß nicht. Du kennst sie doch. Sie haben sich miteinander arrangiert, würde ich sagen. Aber was hat deren Ehe mit deinem erwachsenen Leben zu tun? Willst du wie Oma den ganzen Tag Volksmusik hören?«

»Nein! Ich wollte wissen, ob Oma der Grund für Opas Lachen war«, sage ich ruhig. »Also, ob sie *sein* Traum war.«

»Nein. Sicher nicht!« Mutter schüttelt den Kopf. »Opas Liebe war die klassische Musik.«

»Wie ich befürchtet hatte.« Der Grund für Opas Lachen war nicht meine Oma, sondern sein Klavierspielen. Ich sage: »Ich gehe besser üben.« An der Tür drehe ich mich noch einmal um und ergänze mit fester Stimme: »Danke, Mama. Du hast mir gerade sehr geholfen.«

»Hab ich das?« Sie lächelt unsicher.

Ich nicke. »Ja, das hast du.«

Ich durchquere die Diele, Richtung Bücherzimmer, in dem es kein einziges Buch gibt. In den Glasvitrinen steht nur altes Porzellan mit Rosendekor von meiner Oma. Das Zimmer heißt so, weil unter dem Flügel ein flauschiger Teppich liegt, auf dem mein Vater mir und Sina früher immer Bilderbücher vorgelesen hat. Besonders gerne das Märchen von Dornröschen und ihrem hundertjährigen Schlaf. Mein Vater kann eine richtig bedrohliche Stimme kriegen, wenn es handlungstechnisch darauf ankommt.

Die hellen Gardinen vor den Erkerfenstern sind zugezogen, das rote Abendlicht schimmert sanft hindurch. Mein Platz ist der Klavierhocker mit dem durchgesessenen Polster. Er ist das einzig ramschige Möbelstück in unserem Haus. Mein Opa und ich haben ihn im Laufe der Jahre durchgesessen. Meine Mutter meint: »Der Schemel hat eine Schönheit, die man nicht kaufen kann.« Und dann kriegt sie so einen sehnsüchtigen Ausdruck, als würde sie sich wünschen, ihr Vater wäre noch immer bei uns.

Ich klappe den Deckel vom Flügel auf. 88 Tasten. 52 weiße, 36 schwarze. Unter jeder verbirgt sich ein perfekt gestimmter Ton. Rechts neben dem Notenheft liegt das letzte goldene Karamellbonbon. Seit Opas Tod bewahre ich es dort zur Erinnerung auf. Mit dem Bonbon auf dem Flügel ist es, als würde er mir beim Spielen zuhören. Ich nicke dem Bonbon zu und frage in Gedanken: »Wie geht's?«

Und das Bonbon sagt mit der Stimme von Opa: »Könnte nicht besser gehen. Leg los!!«

Meine nackten Füße berühren die goldenen Pedale. Ich schließe die Augen und lege meine Finger vorsichtig auf die Tasten.

In Gedanken sage ich zum Bonbon: »Mein Klavierlehrer ist ziemlich erleichtert, dass ich die Revolutionsetüde jetzt spielen kann.«

»Na, dann kann ja nichts mehr schiefgehen«, sagt das Bonbon.

Ich wiege den Kopf. »Ich kann sie nur wegen Tucker so gut spielen.«

»Tucker?«

»Ein schwer traumatisierter Junge aus der Klinik für psychisch kranke Jugendliche, in der ich gerade mein Schulpraktikum mache.«

»Er hat dir geholfen, das Stück fehlerfrei zu spielen? Wie hat er das denn angestellt?«

»Ich schätze, er hat mir das Selbstvertrauen und die nötige Ruhe gegeben.«

»Klingt nach einem tollen Typen.«

»Er ist ein ziemlich toller Typ«, sage ich zum Bonbon. »Und darum werde ich mich morgen eventuell wegen ihm verspielen, damit ich auf keinen Fall bestehe. Verstehst du?«

»Das würde ich nicht tun. Lass die Dinge passieren, die passieren wollen. Du machst sonst nur einen unnötigen Umweg. Sie werden sowieso früher oder später passieren«, sagt das Bonbon und klingt dabei wie mein Opa.

Ich sage: »Hm!« Und öffne die Augen. »Dann muss ich jetzt also gar keine Entscheidung treffen? Sondern nur abwarten, was passiert?« Praktisch!

Meine rechte Hand startet mit dem Fanfarenmotiv durch. *Tah!* Und schon renne ich mit den Fingern der linken Hand die Tasten hinunter. Dann wieder rechts:

Bahmbabam. Und gleich wieder mit der linken Hand runter. Jetzt wieder rechts. *Bahmbabam.* Und dann mit beiden Händen runter und wieder rauf. *Bahmbabam.*

Das Stück klingt noch lebendiger als gestern. Noch dramatischer. Noch drängender. Zwingender und dann wieder zaghaft, romantisch. Ich spiele es für Tucker und für mich. Und meinen Opa. Es ist, als würde uns das Stück miteinander verbinden. *Lass die Dinge passieren, die passieren wollen. Sie werden sowieso früher oder später passieren.* So ist es wohl. Niemand kann dem Schicksal entfliehen. In mir rieselt das Glück. Ich wünschte, Tucker könnte jetzt bei mir und dem Bonbon sein. Dann wüsste er, dass ich verstanden habe, worauf es ankommt: sich dem Fluss des Lebens anzuvertrauen. Nichts passiert ohne Grund. Alles hat seinen Sinn.

Willst du meine Heimat sein, Tucker Bär? Ich kann nicht schwimmen und du hast Angst vor dem Meer.

Ich will mutig sein. Für mich und das, was sein soll. Für meine Zukunft. Für das, wohin mich das Schicksal schickt. Für meinen Weg. Für meine Liebe. Für Tucker Beer. *Bahmbabam.*

Zeig mir, wie man schwimmt, Tucker Bär. Dann musst du nicht länger alleine schwimmen. Zeig mir, wie man liebt, damit wir gemeinsam lieben können. Lass uns herausfinden, wie man lebt. Wir haben nur dieses eine Leben. Ich werde mich hingeben. Ich lasse los. Ich strampele nicht widerspenstig um mich. Ich gleite mit dir dahin. Auf unserer Luftmatratze. Und immer will ich mein Bestes geben. Verspielen werde ich mich nicht.

Als der letzte Akkord verklungen ist, sehe ich mich

erstaunt im Bücherzimmer um, in dem keine Bücher sind. Die Gardinen wehen noch immer sanft in der frühabendlichen Brise. Das feine Porzellan meiner Großeltern klirrt wie stets leise in den Vitrinen. Im Nacken und über dem Auge jucken meine Mückenstiche. Doch irgendwie fühle ich mich befreit. Morgen früh werde ich Doktor Weinberg fragen, ob Tucker mich zum Vorspiel begleiten darf. Er hat mir geholfen, das Stück fehlerfrei zu spielen. Warum sollte er nicht dabei sein, wenn ich mich der Aufnahmeprüfung stelle? »Nur für zwei, drei Stunden«, werde ich zum Chef sagen. »Dann bringe ich ihn persönlich wieder zurück. Ganz professionell.« Nachdem ich ihn – ganz unprofessionell – auf dem Parkplatz unter der Birke auf die Wange geküsst habe.

Ich klappe den Flügel zu, stecke das drei Jahre alte Bonbon in die Hosentasche und verlasse schwebend das Bücherzimmer, um oben im Bad zu duschen. Als ich die Treppe hinaufgehe, weiß ich, dass sich alles fügen wird.

Als ich aus der Dusche komme, blinkt mein Handy lautlos auf dem Hocker unter dem Waschbecken. Zwei Anrufe von Nelli in Abwesenheit. Als würde sie spüren, dass ich eine Entscheidung getroffen habe, die ihr missfallen wird. Wenn es nach ihr ginge, sollte ich Tucker weiträumig aus dem Weg gehen, damit wir in Australien Surfer kennenlernen, die blonde ausgeblichene Haare und blaue Augen haben. Das klingt – nebenbei bemerkt – richtig nach Kitschroman. Aber was soll's. Jeder hat so seine Träume. Außerdem hat Nelli noch eine SMS geschickt:

»Miss Franziska, ich habe heute deinen Aschenbecher auf unserem Balkon eingeweiht. Er ist so schön hässlich! Ich liebe ihn! Er heißt jetzt Alfred – der Aschenbecher.« *(Brennende Zigarette. Smiley mit Heiligenschein)*

Ich grinse und rubbele meine Haare trocken. Dann sehe ich hoch in den Spiegel, der mit Schnappschüssen von Nelli und mir eingerahmt ist. Die unumstößlichen Dokumente unserer lebenslangen Freundschaft! Wir, Arm in Arm vor der Grundschule. Wir im Schneidersitz auf irgendeiner Party. Wir mit Knutschmund im Passbildautomaten. Wir als zwei Clowns beim Fasching im Kindergarten. Keine meiner Entscheidungen wird uns auseinanderbringen. Tucker nicht. Australien nicht. Nellis Widerwille gegen Probleme ebenfalls nicht. Sie wird merken, dass sie immer mit mir rechnen kann.

»Alfred! Super Name!«, tippe ich zurück. »Danke, dass du meine beste Freundin bist!« *(Betende Hände. Zwei Mädchen, die sich an den Händen halten)*

Und sie tippt zurück: »Jaaaa! Ich werde für dich da sein. Heute, morgen und für immer!« *(Smiley mit Herzaugen. Smiley mit Herzaugen. Smiley mit Herzaugen. Smiley, das küsst)*

Ich schicke zwanzig pinke Herzen als Antwort.

»Außerdem muss ich dir was erzählen …« *(Smiley mit Sonnenbrille)*

»Hast du den *Schoko-Happs*-Werbespot?« *(Daumenzeichen)*

»Von denen habe ich IMMER noch nichts gehört. *(Teufelchen)* Dafür gibt es andere GEHEIME Neuigkeiten. Erzähle ich dir morgen.« *(Smiley, das Zähne zeigt)*

Ich schicke noch mal zwanzig gelbe Herzen hinterher.

Was kann es sein, was Nelli mir erzählen will? Hat sie ihren Vater angerufen?

Was auch immer es ist, das Leben galoppiert voran und macht uns gerade beide glücklich. Es hält nicht an. Du kannst die Hürden nur mutig nehmen, ohne Umwege zu gehen. Die nächste Hürde kommt bestimmt. Geh geradeaus. So, wie mein Vater es immer sagt. Nur so kommst du ans Ziel.

Vierzehn

Der achte Tag meines neuen Lebens

»Guten Morgen!« Meine Mutter steht unten an der Treppe, als ich oben in Leggings, mit zwei Tanktops übereinander und bunten Perlenarmbändern – als Reminiszenz an Randy – am Absatz auftauche. Ihr zuliebe habe ich mir einen Pferdeschwanz gebunden und er steht mir überraschend gut. Sie sieht mir abwartend entgegen wie meine ganz persönliche *Let's Dance*-Jury. Aber im Gegensatz zu sonst gibt sie keine Bewertung über mein Erscheinungsbild ab.

Es ist seltsam. Obwohl mich ihre ständigen Verbesserungsvorschläge gestresst haben, fehlt gerade etwas. Ich schätze, meine Mutter und ich müssen uns erst an unser neues Kommunikationsmuster gewöhnen. Es ist ganz leise, als ich die Treppe hinunterkomme. Als ich vor ihr stehen bleibe, frage ich: »Ist Papa schon unten?«

Sie lächelt mich freundlich an, so, als sei ich ins Finale gekommen. »Du siehst hübsch aus. Er ist im Arbeitszimmer. Aber willst du nicht erst mal frühstücken? In der Küche steht schon ein frisch gepresster Orangensaft für dich. Ein paar Vitamine würden dir heute …«

Und da sind sie wieder: die alten Abläufe. Es ist eben schwer, sich weiterzuentwickeln. Ich gebe ihr grinsend einen Kuss auf die Wange und sage: »Ich komme gleich.«

»Ich habe Waffeln gebacken«, höre ich sie hinter mir sagen.

Ich drehe mich kurz überrascht zu ihr um. »Wirklich?«

Sie steht abwartend da, mit verletzlichem liebevollen Gesichtsausdruck.

»Danke, Mama.«

Auf der einen Seite freue ich mich über die Waffeln, auf der anderen Seite habe ich das Gefühl, meine Mutter will mich damit zurück ins Nest locken. Scheinbar muss ich noch ein bisschen Geduld haben, bis der Ablösungsprozess vollzogen ist. Aber ihren guten Willen, es zu versuchen, rechne ich ihr hoch an. Sie muss bestimmt gerade sehr tapfer sein. Ich drücke, ohne anzuklopfen, die Tür zum Arbeitszimmer auf und marschiere hinein.

Mein Vater steht im T-Shirt und in karierter Pyjamahose hinter seinem Schreibtisch, der sich unter der Last der Aktenordner zu biegen scheint. Er sucht in seinen Papieren. Über Nacht hat sich offensichtlich beim Schlafen sein Ehering in seine Wange gedrückt.

»Hallo Papa!« Ich bleibe auf der anderen Seite des Tisches stehen.

Er wirkt abwesend. »Franzi. Gut geschlafen?«

»Geht so.«

»Schon mächtig aufgeregt, was?«

»Geht so.«

»Du schaffst das. Immer einen Ton nach dem anderen. Dann kommt dabei ein ganzes Stück heraus.«

Ich nicke. Und mein Vater senkt wieder seinen Kopf.

Ich sage: »Könntest du mir einen Gefallen tun?«

»Klar. Jeden. Worum geht es?« Endlich hat er den Zettel gefunden, nach dem er gesucht hat. Damit lässt er sich in seinen Ledersessel fallen und tippt mit seinem Bleistift eine Nummer ein, die oben handschriftlich auf den Rand gekritzelt wurde. Dann hält er sich den Hörer ans Ohr und trinkt einen Schluck aus der Kaffeetasse, die er unter einer Schicht von Papieren hervorzieht. »Ich muss kurz Richter Stein anrufen. Du weißt schon. Den mit dem grauen Bart, der sich für *Dumbledore* hält.«

Ich sehe ihn streng an und er legt wieder auf.

»Entschuldige. Was denn für einen Gefallen?«

»Könntest du mich heute in der Klinik abholen? So gegen 14 Uhr? Vorher bin ich noch mit ein paar der Patienten auf dem Markt, Gemüse verkaufen.«

»Klar.« Er blättert in seinem Terminkalender, in dem mein Vorspiel mit rotem Stift quer über den Tag eingetragen wurde. Das heißt, er arbeitet zu Hause, nicht im Büro. Jetzt sieht er auf. »Aber wollte Mama nicht die heutige Fahrerei übernehmen?«

»Ja, schon. Aber ich möchte lieber, dass du mich abholst. Weil … weil vielleicht noch jemand aus der Klinik mitkommt.« Und Mama sich nicht mit ihrem Helfersyndrom an Tucker hängen soll, um ihn mit aller Gewalt zum Sprechen zu bringen.

»Es kommt noch jemand mit? Wer?« Plötzlich sieht mich mein Vater interessiert an. Und ich fummele verdächtig an meinen Armbändern herum. »Ein Junge – aber wahrscheinlich sowieso nicht.«

»Okay.« Mein Vater nimmt wieder den Hörer ab. Dieses Mal, um mich aus der peinlichen Situation zu entlassen. Dafür bin ich ihm ziemlich dankbar. Im Gegensatz zu meiner Mutter stellt er nie mehr als eine Frage. Was angenehm ist, wenn man alles für sich behalten möchte.

Ich sage beim Rausgehen: »Er heißt übrigens Tucker und ist schwer traumatisiert.«

»Sind wir das nicht alle?«, höre ich meinen Vater hinter mir murmeln.

Bevor ich losfahre, setze ich mich noch kurz zu meiner Mutter an den Küchentresen, esse eine von ihren Waffeln und trinke artig den frisch gepressten Orangensaft.

Ich sage: »Mehr schaffe ich einfach nicht. Ich bin zu aufgeregt.«

Sie nickt. »Das kann ich gut verstehen.« Und damit lässt sie mich gehen. Ohne weitere gute Ratschläge, Bedenken oder Warnungen. Wie einen selbstbestimmten Menschen.

Ich ziehe die Haustür auf, setze den Helm auf und heize los. Quer durch die Stadt. Vor der klingelnden Tram her, am Kanal unter den Kirschbäumen entlang, über die Brücke mit den bunten Vorhängeschlössern, die Verliebte aus aller Welt dort angebracht haben, weiter zwischen den hohen Büroglaskästen hindurch, durchs Brandenburger Tor und dann die breite Zufahrtsstaße am Tiergarten entlang in den vierspurigen Kreiselverkehr hinein.

Gleich werde ich Doktor Weinberg die vermutlich dümmste Frage meines Lebens stellen. Nie und nimmer wird er erlauben, dass Tucker mich begleitet. Doch versuchen muss ich es.

Nachdem ich zwanzig Minuten später meine Vespa unter den riesigen Rhododendren abgestellt habe, laufe ich eilig ums Klinikgebäude herum und die Stufen hinauf. Als ich mit Schwung die Glastür aufziehe, stoße ich mit Schwester Maggie zusammen. »Guten Morgen!«

»Franzi …« Ihr Blick ist seltsam leer. »Ich muss mit dir reden.«

»Hab ich etwas verbrochen? Ist Doktor Weinberg wütend, weil ich mit Tucker unter dem Wacholderbusch saß?«

»Nein.«

»Was denn?« Ich höre meinen eigenen Atem. Irgendetwas Entsetzliches ist geschehen. Ich sehe es in ihren Augen.

Anstatt zu antworten, zieht sie mich am Arm die sonnenbeschienenen Stufen wieder hinunter, quer über den Rasen, zur Schaukel.

»Setz dich.« Ihr Blick hält sich an mir fest, als hätte sie Angst, umzukippen. Der Schatten der Baumkrone hängt schwer und drückend über uns, wie der schwarze Umhang des Todes. »Tucker ist … Er ist …« Sie sucht nach den passenden Worten.

»Was ist mit Tucker?«, frage ich eigenartig ruhig. So, als wüsste ich, dass ich, egal, was gleich kommt, nicht die Nerven verlieren darf.

Sie streicht sich nervös eine herausgerutschte Haarsträhne hinters Ohr. »Seine Eltern haben in Ellies Zimmer einen Brief gefunden, als sie gestern ihre Sachen in Kartons verpackt haben. Er war hinter ihren Büchern versteckt.«

»Was denn für einen Brief?«

»Ellie hat ihn offenbar kurz vor ihrem Tod geschrieben.« Schwester Maggie zieht ein zerknittertes Blatt Papier hervor und hält es mir hin. »Darin steht, dass sie hundertdreißig Jahre alt werden will. Außerdem lag noch eine kleine Blechdose mit zerkleinerten Kräutern dabei.«

»Zerkleinerte Kräuter?« Ich überfliege die mit pinkfarbenem Filzstift geschriebenen Sätze einer Siebenjährigen. Was hat das zu bedeuten? Dann gebe ich Schwester Maggie den Brief zurück.

»Sie hatte sich wohl selbst so eine Art Zaubermittel hergestellt, mit der Absicht, damit hundertdreißig Jahre alt zu werden.«

»Okay?« Ich schwanke und es liegt nicht an der Schaukel.

Schwester Maggie seufzt. »Wegen diesem Brief sind Tuckers Eltern gestern den weiten Weg hergekommen. Um ihn Tucker aufs Bett zu legen.«

»Um ihn auf sein Bett zu legen? Wieso das denn?« Ich verstehe immer noch nicht, worauf sie hinauswill. »Was wollten sie damit bezwecken? Dass er sich richtig schuldig fühlt?«

Sie zuckt mit den Schultern. »Ich denke eher, sie wollten ihn damit aus der Reserve locken. Endlich irgendeine Reaktion von ihm bekommen. Keine Ahnung.

Ein hilfloser Versuch von hilflosen Eltern, die keine Geduld mehr haben und nicht noch ein Kind verlieren wollen. Tucker ist seit einem Jahr bei uns in der Klinik und bisher hat es ihrer Ansicht nach keine nennenswerten Fortschritte gegeben.«

»Aber er hat doch sogar gelächelt …«

»Davon wussten sie nichts, Franziska. Sie hofften bestimmt, mit diesem Brief zu ihrem Sohn vorzudringen. Wer will es ihnen verübeln? Allerdings hat Tucker es nicht gut verkraftet.« Schwester Maggie macht ein gequältes Gesicht. »Wir haben den Brief vorhin auf seinem Nachttisch entdeckt.«

»Ist Tucker wieder ganz in sich versunken?«

Sie macht eine winzige Kopfbewegung Richtung Seitenflügel, in dem sich die Intensivstation befindet. »Es ist ein Wunder, dass er das überlebt hat.«

Mein Kopf ist leer. Ich höre das Vogelgezwitscher, das Rauschen der mächtigen Baumkrone über mir. Dennoch scheint die Zeit stillzustehen.

Träge und schwer kommen die Worte über Schwester Maggies Lippen. »Heute früh hat er sich aus dem Geräteschuppen einen Sack mit Blumenerde besorgt und ihn runter in die Schwimmhalle geschleppt.« Ihre Stimme klingt rau, so, als wolle sie das alles nicht an sich heranlassen.

Ich nicke. Das Gras unter meinen Füßen flüstert.

»Unser Hausmeister Martin hat ihn glücklicherweise entdeckt. Weil eins der Mädchen gestern Abend bei der Aquagymnastik ihre Halskette im Pool verloren hatte. Martin ist sofort ins Wasser gesprungen. Es war ein heftiger Kampf gegen den Erdsack, den sich Tucker mit einem Seil umgebunden hatte. Kaum zu glauben, dass der alte Mann es geschafft hat.«

»Kann ich Tucker besuchen?«, frage ich und begreife immer noch nicht, was los ist.

»Ich kläre das mit dem Chef. Mach dir aber nicht zu viele Hoffnungen. Ich nehme an, dass alles von Tucker ferngehalten werden soll, was ihn zusätzlich aufwühlen könnte.« Schwester Maggie dreht sich um und verschwindet über die Wiese, Richtung Hauptgebäude. Sie ruft noch einmal zurück: »Vermutlich begleitest du uns heute Vormittag nicht auf den Markt?«

Der Himmel ist vollkommen wolkenlos.

Ein Tag, um federleicht zu sein.

Wie betäubt bleibe ich auf der Schaukel sitzen und pendele hin und her. Wie Tucker vor ein paar Tagen. Das Leben galoppiert voran. Nichts scheint von Bestand zu sein. Alles ist flüchtig. Gerade noch war alles gut – schon ist es grauenvoll.

Ob er mir je sagen wird, wie es wirklich in ihm aussieht? Treibe ich seine seelische Zerstörung voran oder halte ich sie auf? Ich dachte, ich hätte es geschafft, dass er das Schöne wieder sieht. Doch diese Lichtblicke waren nicht stark genug, um ihn davon abzuhalten, sich umbringen zu wollen. Ich glaube, ich habe gar keine wirklich Vorstellung von der Tiefe seines Traumas.

Es ist grauenhaft, tatenlos herumzusitzen. Das dachten bestimmt auch seine Eltern. Soll ich warten, bis Schwester Maggie zurückkommt und mir sagt, dass Doktor Weinberg mir den Besuch bei Tucker verbietet?

Das halte ich nicht aus. Er soll wenigstens wissen, dass ich gestern nicht einfach weggelaufen bin. Dass ich ihn nicht alleine lasse. Dass in mir dieser Sturm tobt. Genau wie in ihm. Und dass noch nicht alles zu Ende ist.

Weil ich irgendetwas tun muss, laufe ich den Trampelpfad zum Werkstattschuppen entlang. Ich drücke die Klinke herunter und schiebe mich durch den Türspalt in den Raum hinein. Wieder tanzen die Papierschmetterlinge im Luftzug.

Ich schließe die Tür und gehe um den großen Tisch herum bis zum Rollwagen, auf dem die gebrannten Kunstwerke der Patienten stehen. Die meisten von ihnen haben ihre Arbeiten inzwischen farbig glasiert. Inmitten der unförmigen Schmetterlinge steht Tuckers stürmisches Meer in Flaschengrün. Mit Schaumkronen auf den tosenden Wellen. Und darin zwei Männchen, die versuchen, sich über Wasser zu halten. Das Ruderboot ist verschwunden. Dafür hat das eine Männchen feuerrote Haare und das andere hellbraune. Sollen das etwa Tucker und ich sein? Ich beuge mich hinunter. Das sind wir! Wir beide! Wir zappeln in der stürmischen See des Lebens, ohne uns loszulassen.

Ich strecke meine Hand aus und streiche mit der Fingerspitze über beide Köpfe und flüstere: »Haltet durch!«

Wenig später sitze ich wieder auf der Schaukel und winke den ADHS-Kindern, Linn und noch ein paar anderen Mädchen zu, die mit Feldblumensträußen, Schubkarren und Körben die Lindenallee hinuntermarschieren, an deren Ende drei Mini-Busse stehen, die sie zum Markt bringen. Ich rufe: »Nächsten Freitag komme ich bestimmt mit!«

Danach liegt das Klinikgelände wie ausgestorben da. Ich fühle mich wie der letzte Mensch in dieser *Alice-im-Wunderland-Welt*. Es ist so viel Angst und Hilflosigkeit in mir und um mich herum, dass ich irgendwann von der Schaukel aufstehe und hinüber zum Seitenflügel gehe. Zuerst langsam, sodass Schwester Maggie oder Doktor Weinberg ausreichend Gelegenheit hätten, mich aufzuhalten, sollten sie aus dem Fenster gucken. Aber niemand ruft nach mir.

Also renne ich.

Ich weiß, dass es strenge Regeln für Praktikanten gibt. Ich weiß, dass diese Regeln alle vernünftig sind. Und ich weiß, dass ich sie gerade breche. Unter keinen Umständen sollte ich jetzt die Treppe zur Intensivstation hinaufrennen. Ich tue es trotzdem. Wäre ich mein zweites Ich, würde ich fassungslos rufen: »Du tust gerade etwas wirklich Unverantwortliches, Miss Franziska!«

Vermutlich würde ich mich sogar bei Doktor Weinberg anzeigen, um Schlimmeres zu verhindern. Aber mich gibt es eben nur einmal, und darum laufe ich jetzt den Gang hinunter, an den geschlossenen Zimmertüren entlang und spähe durch die Jalousien, die hinter den Fenstern heruntergelassen wurden.

Es ist nicht sonderlich schwierig, Tucker zu finden. Nur zwei Zimmer sind belegt. In dem ersten liegt Kirsten, das hauchdünne Mädchen, das künstlich ernährt wird und beschlossen hat, zu sterben. Im anderen liegt Tucker, der auch nicht mehr leben wollte.

Das Schwesternzimmer befindet sich am Ende des Gangs und offenbar haben die Schwestern gerade Kaffeepause. Jedenfalls ist außer mir sonst niemand auf der Station unterwegs. Ich drücke die Klinke herunter und schiebe mich zu Tucker ins Zimmer. Er liegt schlafend auf dem Rücken, während sich die Sonne durch die halb geschlossenen Vorhänge zwängt und eine leuchtende Schärpe quer über seine Brust wirft. Als sei er ein gefallener Krieger oder so.

Ich schließe die Tür hinter mir und setze mich auf den Stuhl neben seinem Bett. Vermutlich haben sie ihm etwas zur Beruhigung gegeben. Ich nehme seine kühle Hand und schiebe meine in seine. Sie passt perfekt hinein, so, als seien unsere Hände füreinander geschaffen.

»Hallo, Tucker«, sage ich und verdränge, dass gleich eine Schwester hereinkommen könnte. »Es tut mir leid, dass ich gestern weggelaufen bin. Ich wünschte, ich wäre bei dir geblieben, um zu wissen, wie es sich anfühlt, von dir geküsst zu werden.« Ich mache eine Pause und verrate ihm dann etwas leiser: »Ich hab mir dein Profil auf Facebook angesehen. Ich muss sagen: ziemlich interessant. Also das Video, wo du mit deinen Freunden auf den alten Bahnschienen herumspringst und einen Salto aus dem Stand machst. Mutig, jedenfalls. Außerdem habe ich dein Kinderfoto mit dem roten Spielzeugtraktor gesehen und gelesen, dass du früher den Spitznamen Nepomuk hattest.« Ich mache noch eine kleine Pause, bevor ich noch leiser weiterrede. »Und ich habe das Bild gesehen, auf dem du mit … mit deiner kleinen Schwester an der Hand einen Feldweg hinuntergehst und ihr beide so kleine selbst gepflückte Blumensträußchen in den Händen haltet. Ihr seht so glücklich und vertraut miteinander aus. Es ist euch anzusehen, wie sehr ihr euch geliebt habt. Und ein paar Leute von früher scheinen auf dich zu warten. Sie schreiben dir und sagen, dass du der beste Bruder der Welt warst und alles für deine kleine Schwester getan hast und dass du keine Schuld hast. Du sollst zurückkommen …«

Mehr kann ich nicht sagen. Es ist, als hätte ich tausend Stecknadeln verschluckt. Ich muss auf unsere Hände weinen, immer mehr Tränen, die zwischen unseren Fingern hindurchgleiten und sich in der dunklen Höhle zu einem salzigen, kleinen Ozean versammeln. In meiner Vorstellung zaubere ich eine winzige Luftmatratze hinein, auf die Tucker und ich uns legen und uns von den Wellen in nächtlicher Stille wiegen lassen. Ich flüstere: »Eigentlich hatte ich immer Angst vor dem Meer, Tucker Bär. Bis ich dich getroffen habe.«

Durch einen winzigen Spalt zwischen unseren Händen lasse ich das Tageslicht zu uns in die dunkle Höhle fließen, als sanfter Mondschein, der unseren Ozean erhellt. Unsere kleine Welt in unseren Händen. »Nichts kann uns passieren«, wispere ich. »Wir halten uns gegenseitig fest. Im stürmischen Meer des Lebens. Hörst du mich? Ich lasse dich nicht los. Lass du mich auch nicht los!«

Ich weiß nicht, wie lange ich dasitze und leise auf Tucker einrede. Ich berichte ihm von meiner Begegnung mit Randy und dass wir ihn ja vielleicht mal auf seinem

Bauernhof besuchen und Tucker mir zeigen könnte, wie man Kühe melkt. Ich erzähle ihm, dass meine Mutter meine Haare strohig findet und Angst hat, dass ich deswegen die Aufnahmeprüfung nicht schaffe. Die ich ja vielleicht auch gar nicht schaffen will, weil … »Weil ich Angst habe, dass ich dich dann in Australien vermissen werde. Tucker.« Nach einer langen Pause frage ich leise: »Wolltest du wirklich sterben?«

Plötzlich schlägt er die Lider auf und sieht mich an.

Ich halte seine Hand noch ein bisschen fester. Über sein Gesicht huscht ein winziges Ameisenlächeln.

Ich beuge mich über ihn und flüstere in sein Ohr: »Ich mag dich so gern.«

Die Tür fliegt hinter mir auf. »Was tust du hier?« Gleich darauf steht Doktor Weinberg im weißen Kittel neben mir und starrt mich wütend an.

Vor Schreck lasse ich Tuckers Hand los. Ich springe auf. Mein Mund geht auf, aber ich weiß nicht, was ich sagen soll. Tausend Sätze fliegen durch meinen Kopf. Aber keinen dieser sinnlosen Sätze kriege ich zu fassen.

»Wer hat dir gestattet, hierherzukommen?« Doktor Weinberg ist anzusehen, dass ihm so etwas wie ich noch nie untergekommen ist.

Ich flüstere fast unhörbar: »Niemand.«

Fünfzehn

Der achte Tag meines neuen Lebens

»Hier bin ich, Franzi!«

Als mein Name gerufen wird, blicke ich auf. Auf dem Klinikvorplatz steht mein Vater neben seinem Wagen und winkt mir zu. Erstaunlich, dass er mich überhaupt zwischen den Bäumen entdeckt hat. Ich sitze im Schneidersitz im Gras und rupfe seit Stunden die Halme um mich herum aus; seit dem zweiten Vier-Augen-Gespräch mit Chefarzt Doktor Weinberg, bei dem ich meinen Praktikumsplatz verloren habe. Ich arbeite mich in den Stand, und der Fleck, auf dem ich gesessen habe, sieht aus, als sei ein gefräßiges Riesenschaf mit Rasenmähergebiss darüber hergefallen. Es tut mir wirklich leid, dass ich hier in der Klinik nur zerstörte Felder zurücklasse. Offenbar eine Charakterschwäche von mir, von der ich bisher nichts wusste.

Ich klopfe mir meinen Po ab, die abgerissenen Grashalme rieseln zu Boden, und für einen albernen Moment hoffe ich, dass sie sich wie ein schlecht sitzendes Toupet über die ausgerupfte Stelle legen und verdecken, was ich angerichtet habe.

Ich bin total zerstört.

Mit Helm, Tasche und hängendem Kopf schlurfe ich auf meinen Vater zu, der mir entgegensieht.

Als ich bei ihm ankomme, hält er mir die Beifahrertür auf. »Na, dann wollen wir mal.«

Ich lasse mich auf den Sitz fallen, auf dem normalerweise meine Mutter sitzt, und mein Vater schlägt die Tür zu.

Er läuft vorne ums Auto herum und steigt dann neben mir ein. »Und? Wie war's heute Vormittag auf dem Markt?«

»Gut.« Ich blicke aus dem Seitenfenster. Wir fahren die lange Lindenallee hinunter, durch den Blütenstaub und die Schattenspiele, den ganzen zauberhaften Weg, den ich eigentlich mit Tucker auf der Rückbank hatte zurücklegen wollen und den ich nun nie wieder fahren werde. Ich dachte, ich kann cool am Abgrund stehen und daran reifen. Ich kann es nicht. Es fühlt sich an, als sei dies das Ende.

Ich kuschele mich in den Sitz meiner Mutter, und es ist tröstlich, dass der Anschnallgurt nach ihrem Parfüm duftet.

Mein Vater kratzt sich am Kopf und gibt einen kleinen Seufzer von sich. »Und? Viel Gemüse verkauft?« Er wirkt nervös. Weil er nicht weiß, was mit mir nicht stimmt. Vermutlich nimmt er an, ich habe Panik vor dem Vorspiel. Aber das ist nur ein Aspekt meines grauenvollen Tages.

»Ich bin nicht mitgegangen«, antworte ich heiser.

Wir fahren am See entlang. Die Wasseroberfläche

glitzert in der frühen Nachmittagssonne. Mir kommt es Jahre her vor, dass ich im Speisesaal neben Schwester Maggie gestanden habe und wir in andächtiger Stille auf den See hinausgesehen haben. Die Weiden lassen ihre langen Äste in der Brise fliegen und ihre Schönheit legt sich wie die brennenden Fangarme einer Feuerqualle um mein Herz. Ich habe heute alles verloren. Und ich kann nichts dagegen tun. Ich schlage die Hände vors Gesicht und in mir gurgelt die Trauer. Mein Körper wird von Weinkrämpfen geschüttelt und mein Vater fährt eilig rechts ran.

»Mein Schatz, was ist denn los?«

»Fahr weiter!«, rufe ich jammernd. Ich will aus dieser Gegend verschwinden. Ich will, dass all das Schöne dieser kleinen Parallelwelt verschwindet. Ich will diese einzigartige Welt hinter mir lassen. *Es tut weh. So weh!* Weil ich nie wieder hierher zurückkehren darf. Weil ich von Doktor Weinberg verbannt wurde. Es tut weh, die Rhododendren, die Linden, die Wiese, die Eiche, die Schaukel und den Werkstattschuppen zu verlassen, weil ich all das jetzt schon vermisse. All die Menschen, die ich hier getroffen habe. Linn. Beatrix. Natascha. Das hauchdünne Mädchen. Schwester Maggie. Schwester Ulla, den kleinen Vincent mit seinem einäugigen Teddy, sämtliche hibbelige ADHS-Kinder und all die anderen.

Und ganz besonders TUCKER.

Mein Vater gibt erschrocken wieder Gas und wir holpern über den Seitenstreifen zurück auf die Fahrbahn. »Sag mir doch, was los ist?«

»Ich hab alles falsch gemacht!«, schluchze ich in meine

Hände, und es ist ein Wunder, dass mein Vater mich überhaupt versteht.

»Was hast du falsch gemacht?«

Der Wagen schlingert die Straße hinunter und mein Vater ist solche Gespräche nicht gewohnt. Solche Gespräche führen geduldige Mütter oder beste Freundinnen. Es ist sicher eine riesige Herausforderung für ihn, sich um mich zu kümmern und gleichzeitig zu fahren. Aber wir müssen jetzt geradewegs zum Vorspiel. Sonst verliere ich auch noch mein Stipendium. Ich nehme die Hände herunter und suche im Handschuhfach nach Tempotaschentüchern, um mir die Nase zu putzen.

»Rede mit mir!«, bittet mein Vater. »Wo ist der Junge, der mitkommen wollte? Hat es etwas mit ihm zu tun?«

Ich nicke und bin ihm dankbar, dass er mir auf die Sprünge hilft. In meinem Hals lodert ein riesiger Feuerball. »Ja«, quäkt es aus mir heraus.

»Habt ihr euch gestritten?«

Er sieht mich bedrückt von der Seite an, als ich unwillkürlich lachen muss, während ich weiterheule. Gestritten? »Nein.« Undenkbar! Das wäre so schön! Das würde bedeuten, Tucker könnte sprechen und wäre zu impulsiven Gefühlsregungen fähig. Streit wäre so lächerlich, normal und klein. Dabei ist alles so ernst, extrem und entsetzlich schwer. »Wir haben uns nicht gestritten. Ich kann mich gar nicht mit ihm streiten.« Weil ich ihn liebe und … »Weil er nicht spricht.«

»Er spricht nicht?« Mein Vater starrt jetzt wieder auf die Straße und fährt etwas schneller, weil hinter uns schon Leute hupen. Er gibt sich alle Mühe, cool zu bleiben, aber er ist es nicht. Er ist vollkommen damit beschäftigt, seine Vaterrolle auszufüllen, von der er spürt, dass er sie nicht halb so gut draufhat wie die des Oberstaatsanwaltes. Er räuspert sich wieder. »Warum spricht er nicht? Ist er stumm? Ich dachte, er ist traumatisiert?«

»Er leidet unter *totalem Mutismus.* Das bedeutet, er hat in sich einen unüberwindlichen Widerstand zu sprechen. Dieser Zustand wurde durch ein traumatisches Erlebnis hervorgerufen«, erkläre ich und klinge wie ein verrückter Laie, der glaubt, irgendeine Ahnung zu haben von dem, was er da gerade erzählt. »Mehr kann ich dir dazu auch nicht sagen, weil ich nichts weiß.«

»Verstehe.« Mein Vater umklammert das Lenkrad. »Verstehe.« Wir lassen den See und das Klinikgelände hinter uns und kommen langsam in die Stadt zurück, in der bald nichts mehr an Tucker erinnert. Als wir an einer roten Ampel stehen bleiben, fragt mein Vater vorsichtig: »Du magst diesen Jungen, oder?«

»Ja.«

»Du wolltest ihn heute mitnehmen, aber die Klinikleitung hat es nicht gestattet?«

»Nein, er hat versucht, sich umzubringen.«

»Um Gotteswillen!« Mein Vater schlägt mit der flachen Hand aufs Lenkrad und vergisst loszufahren, als die Ampel auf Grün schaltet. Hinter uns wird schon wieder gehupt. Er fährt ruckend an und schleicht über die Kreuzung. »Warum?«

»Das ist eine lange Geschichte«, erkläre ich und fasse dann in Kurzform zusammen, was Tucker Furchtbares erlebt hat. »Jedenfalls bin ich unerlaubterweise zu ihm auf die Intensivstation gegangen, um nach ihm zu sehen.«

Mein Vater schweigt. Er nickt nur vor sich hin. »Da hat mich der Chefarzt erwischt, der mich gestern bereits verwarnt hat, dass ich als Praktikantin nicht versuchen soll, seine Patienten zu heilen.«

Mein Vater dreht mir ruckartig sein Gesicht zu und starrt mich an. Sagt aber nichts.

Ich murmele: »Ich weiß. Es ist genau so, als würde Nelli auf eigene Faust zu einem verbohrten Verdächtigen in Untersuchungshaft gehen, um während einer freundschaftlichen Plauderei die hochexplosive Wahrheit aus ihm herauszubekommen. Hab ich recht?«

Mein Vater seufzt. »Na ja. So ungefähr.«

»Aber wenn Nelli intuitiv weiß, dass sie aus irgendeinem seltsamen Grund sein Vertrauen hat und sie darum als Einzige die Möglichkeit hat, wirklich zu erfahren, was passiert ist, wäre es doch für alle hilfreich, wenn sie es tun würde. Vorausgesetzt, dem Oberstaatsanwaltschaft geht es in erster Linie um die Wahrheit und nicht um korrektes Vorgehen.«

Mein Vater nickt verhalten. »Das ist etwas komplizierter.«

Was erwarte ich? Er ist Oberstaatsanwalt, genau wie Doktor Weinberg Chefarzt ist. Und bestimmt geht es ihm auch um Heilung. Aber sie haben auch beide ihre strikten Regeln, an die sie sich offiziell halten müssen, wenn sie vorhaben, ihren Job zu behalten. Ich hingegen bin ein Mädchen, das impulsiv tut, was es herzmäßig am vernünftigsten findet.

»Ich vermute, Doktor Weinberg will dich nicht weiter als Praktikantin beschäftigen?« Er kuppelt und schlängelt sich durch den dichten Stadtverkehr.

»Jep.«

»Das tut mir leid. Auch, wenn ich seine Entscheidung absolut nachvollziehbar und gerechtfertigt finde. Es geht nicht, dass in seinem Betrieb Praktikanten auf eigene Faust …«

»Ich weiß, Papa.«

Er lächelt bemüht. So, als wäre er erleichtert, dass er uns beiden nicht die Standpauken-Langversion zumuten muss. »Dann holen wir morgen noch deine Vespa ab. Vielleicht übernimmt Sina das ja für dich. Oder Noah. Wahrscheinlich willst du erst einmal nicht mehr zur Klinik zurück.«

Ich nicke und bin überrascht, wie feinfühlig mein Vater ist. »Danke. Und bitte sag Mama nichts davon. Sie macht sich sonst nur Sorgen oder denkt, sie hat mich falsch erzogen.«

»Ich finde, sie sollte wissen, wie es dir geht.«

»Okay. Aber nicht heute.«

Wir schieben uns eine Zeit lang schweigend durch den Stau. Ich sollte mich allmählich gedanklich auf mein Vorspiel einstimmen. Aber mir ist das Vorspiel egal. Meinetwegen muss es nicht mehr stattfinden. Von mir aus verbringe ich mein restliches Leben im Bett. Ich bin müde und will aufgeben. Dabei sind mit meinem Rauswurf die idealen Voraussetzungen geschaffen, dass Australien meine Rettung wird. Doktor Weinberg hat mir unmissverständlich klargemacht, dass ich mich für alle Zukunft von Tucker fernzuhalten habe. So, als sei in der letzten Woche nichts Weltbewegendes mit ihm und mir passiert. Das alles war nur ein wunderschöner, seltsamer Traum, von dem nur noch die Erinnerung übrig ist.

Mein Vater kratzt sich wieder seufzend am Kopf. »Und du meinst also, du kannst diesem Jungen helfen?«

»Sonst wäre ich nicht zu ihm gegangen.«

»Verstehe.«

Ich sage: »Doktor Weinberg meint, dass ich mich da in etwas hineinsteigere. Dass nur Profis wissen, was zu tun ist.«

»Das würde er vielleicht gerne glauben«, sagt mein Vater plötzlich mit so einem gewissen Unterton, den ich nicht genau deuten kann. »Als Oberstaatsanwalt sage ich dir: Die Praktikantin Franzi hat sich unverantwortlich verhalten. Als Vater sage ich dir: Ich bin stolz auf deinen Mut!«

»Danke, Papa.«

Doktor Weinberg hat es leider nicht geschafft, in mir mehr zu sehen als *die* Praktikantin. Wie zum Hohn hat er mir als Abschiedsgeschenk eine Broschüre über *totalen Mutismus* in die Hand gedrückt, damit ich mich mal mit dem Krankheitsbild vertraut mache. Dass ich nicht lache! Er hat versucht mir einzureden, dass ich Mitleid mit Zuneigung verwechselt habe und mir das in ein paar Tagen schon noch aufgehen wird! Er meinte: »Du bist jung, lebenshungrig, du stehst auf der Sonnenseite des Lebens, du hast alles noch vor dir. Was willst du mit einem traumatisierten Jungen?« Allerhand Klischee-

Zeug. Und zum Schluss der wohlgemeinte Ratschlag: »Vergiss Tucker.«

Am Ende bin ich mit der Broschüre rausgegangen und dachte, dass ich wahnsinnig werde und mich eigentlich gleich selbst einweisen lassen könnte. Für einen winzigen Augenblick war ich von irrer Hoffnung erfüllt, dass das *die* Möglichkeit wäre, weiterhin Zeit mit Tucker zu verbringen. Was sollte die Klinik dagegen haben, wenn sich die Patienten untereinander verstehen?

Mein Vater sieht mich aufmunternd an. »Das Leben geht weiter.«

Ja, ich weiß. Und ich soll die Dinge geschehen lassen, die passieren wollen, weil sie sowieso passieren werden. Keine Umwege nehmen. Lauter schlaue Ratschläge! »Gibt's auch einen konkreten Tipp bei akutem Herzschmerz?«

Mein Vater blinkt und lenkt uns an den hohen Geschäftshäusern vorbei, mit den Banken und Restaurants unten drin. Er seufzt: »Damit kenne ich mich nicht so aus. Ich für meinen Teil habe jedenfalls die Theorie, dass die Menschen, die füreinander bestimmt sind, durch nichts und niemandem aufgehalten werden können. Aber ich bin, was das anbelangt, natürlich auch kein Profi. Ich bin nur ein verheirateter Mann, der seine Frau zum Glück schließlich davon überzeugen konnte, dass er der Richtige ist.«

»Dann war das also auch nicht so einfach?«

Mein Vater grinst vielsagend, und wir fahren an der U-Bahn-Station vorbei, in der Randy seine Songs für einen Kaugummistreifen, eine Zigarette und ein bisschen Kleingeld spielt und in der es für ihn *okay* ist, dass sich sein Zehner-Lebenstraum nicht erfüllt hat, weil ihm *die wunderbarste Frau der Welt* dazwischengekommen ist. Vielleicht geht es den meisten Liebenden wie Romeo und Julia. Wir alle müssen um unsere Liebe kämpfen, um sie ein Leben lang wertschätzen zu können. Mein Vater sucht nach einem Parkplatz an der Musikschule. Während die Einparkhilfe piepst, flüstere ich mit belegter Stimme: »Ich hoffe, du hast recht mit deiner Theorie.«

Sechszehn

Der achte Tag meines neuen Lebens

»Miss Franziska! Dein großer Ta-hag!« Nelli zwinkert übertrieben mit ihren Augendeckeln, als sie mit kleinem Blumensträußchen durch die Drehtür der Musikhochschule rauscht. Sie duftet nach ihrem *Oh, Lola!*-Parfüm und trägt ein dunkelblaues Kostüm mit hohen Schuhen, als wäre sie bereits die Top-Scheidungsanwältin, die sie werden möchte. Sie flüstert: »Hab mich extra für dich schick gema-hacht.«

Sie winkt meinem Vater kurz zu, der mit meiner Mutter drüben am Pförtnerhäuschen steht und umständlich klärt, wo wir zum Vorspiel hinmüssen, obwohl hier im Foyer überall Papierschilder kleben, auf denen »Vorspiel, 3. Etage, Raum 293« steht. Aber egal, so haben sie was zu tun. Außerdem glaube ich, dass mein Vater heimlich versucht, meiner Mutter zu verklickern, dass es mir dreckig geht.

Sina und Noah sitzen weiter hinten auf den Treppenstufen und essen mit Salat und Gurke belegte Knäckebrote, die meine Mutter in einer Kühltasche mitgebracht hat – hauptsächlich für mich, damit ich mich stärken kann. Die haben Nerven. Aber mir ist es recht. So muss ich jetzt nichts essen und keinen Small Talk mit ihnen führen, von dem ich Magenkrämpfe kriege, weil mich gerade jedes gesprochene Wort überanstrengt.

Vor Anspannung kann ich kaum atmen. Aber nicht wegen des Vorspiels, sondern weil ich platze, wenn ich hier nicht sofort rausstürme und immer weiterlaufe, bis ich in der Zukunft ankomme und weiß, dass alles gut wird. Aber ich muss cool bleiben. Schon meinem toten Opa zuliebe. Ich fühle das goldene Bonbon, an das ich mich in meiner Sweatshirtjacke klammere. Ich werde das Vorspiel hinter mich bringen. So gut ich es in meinem angeschlagenen Zustand kann. Normalerweise würde ich sagen, von schwerster Trauer und Abschiedsschmerz niedergerissen, spielt es sich nicht so gut. Aber in diesem Fall gilt das nicht. Für die Revolutionsetüde sind das die besten Voraussetzungen. Wäre Chopin nicht grauenhaft vom drohenden Verlust seiner Heimat zerrieben gewesen, hätte er das Stück nie komponiert.

Glücklicherweise redet Nelli ununterbrochen auf mich ein, sodass ich gar nicht dazu komme, ihr von Tucker zu erzählen. Es tut so gut, ihrem fröhlichen Geplapper zuzuhören. Es geht um irgendeinen sexy Jurastudenten mit dem seltsamen Namen Theo-Nelson. »Er absolviert in der Abteilung deines Vaters ein Volontariat. Ich bin mit ihm heute *alleine* rüber ins Gericht gegangen, um dem Richter *Unterlagen zu bringen!*« Was Nelli unglaublich aufregend findet. Ihre Wangen glühen. »Er ist unfassbar witzig und höflich. Gestern hat er in der Kantine sogar mein Mittagessen bezahlt, und heute hat er mir sein Lieblingsbuch mitgebracht: *Der Fremde* von Albert Camus. Darin geht es um die Aufklärung eines Mordfalls oder so. Jedenfalls hat er vorne als Widmung reingeschrieben: ›Nicht von mir. Aber trotzdem gut.‹ Ist das nicht witzig? Wir sind für Sonntagabend verabredet. Findest du das verwerflich? Ich meine: Er arbeitet in der gleichen Abteilung wie ich! Normalerweise soll man ja nicht mit seinen Kollegen ausgehen. Das gilt als hochgradig unprofessionell. Aber er ist so unfassbar sexy.«

Ich starre auf ihren Mund, der auf- und zugeht.

»Hallo?!« Sie winkt mit ihrer Hand vor meinem Gesicht herum. »Findest du das irgendwie verwerflich?«

»Nein.« Ich schüttele weggetreten den Kopf.

»Sag bloß deinem Vater nichts davon. Ich will nicht in seinem Ansehen sinken.« Sie dreht sich kurz zu meinen Eltern um. »Versprichst du es mir?«

»Ja.« Ich nicke wie aufgezogen.

»Perfekt.« Sie kommt näher zu mir heran. »Bevor ich mit ihm ausgehe, muss ich mir noch heiße Unterwäsche kaufen. Berätst du mich?«

Ich nicke immer weiter, ohne hundertprozentig zu verstehen, wozu ich gerade mein Einverständnis gebe.

Sie zeigt mir ein verwackeltes Handyfoto, das aussieht, als hätte sie es heimlich aus der Hüfte geschossen. »Wie findest du ihn?«

»Toll!« Aber ich gucke gar nicht richtig hin. Ist er die *geheime* Sache, von der sie in der SMS geschrieben hat und zu der sie meine Einschätzung haben will? Braucht sie doch sonst auch nicht, wenn sie einen Jungen für einen One-Night-Stand klarmachen will. »Wirklich toll!«

An uns laufen irgendwelche internationalen Musikstudenten mit wichtigen Mienen und Instrumenten auf dem Rücken vorbei: Cellos, Violinen, Gitarren, Kontrabass. Sie alle machen den Anschein, als sei das Musikstudium für sie die wichtigste Sache der Welt. Wie kann das sein? Lieben sie niemanden?

Als Nelli ihr Handy checkt, lehne ich mich gegen einen Pfeiler, an dem ein halb abgerissenes Plakat zu einem Sommerkonzert hängt, damit ich nicht umkippe. Ich schätze, so fühlt man sich, kurz bevor man stirbt. Ausgehöhlt. Hoffnungslos und einsam. Mit unglaublich schwerem Herzen und Gummiknien.

»Ich bin so froh, dass ich an deinem großen Tag dabei sein darf!« Nelli steckt ihr Handy wieder weg, umarmt mich und möchte mich am liebsten nicht mehr loslassen. »Du wirst sie von den Stühlen hauen, Miss Franziska! Australien wartet auf dich. Mal ganz zu schweigen von den gebräunten Surfer-Jungs. Klimper-Klimper!«

Gut, dass sie nichts von meiner letzten Planänderung hinsichtlich Tucker und meiner Liebe weiß. Sonst müsste ich ihr jetzt erklären, dass es schon wieder eine Planänderung gibt und er so gut wie tot ist. Ich würde auf der Stelle anfangen zu weinen und wäre nicht mehr fähig, mein Klaviervorspiel zu absolvieren, was für alle anderen schlimmer wäre als für mich.

Zumindest denke ich das jetzt gerade. Aber vermutlich werde ich irgendwann auch wieder anders darüber denken. Irgendwann wird dieser Tag der totalen Vergangenheit angehören. Irgendwann werde ich Tucker – wie Doktor Weinberg prognostiziert – vergessen haben und froh sein, dass ich keinen Freund habe, der nicht spricht. Ich werde genau wie all die Studenten hier mit wichtiger Miene herumlaufen und niemanden mehr lieben, weil das australische Musikcollege, die Strandpartys, die hübschen Surfer-Jungs und meine unbeschwerte Jugend das Wichtigste auf der Welt für mich sein werden.

Yeah!

Vorhin habe ich Tuckers Hand genommen und sie gehalten, während ich in sein bleiches Gesicht gesehen habe. Er hat mich angesehen und seine Wimpern machten einen kleinen Schwung auf seinen Wangen. Seine Lippen waren so hübsch. Und dabei sah er aus, als wolle er tot sein. Genau wie das hauchdünne Mädchen.

Hat er schon öfter versucht, sich umzubringen?

Ich hätte den Chef danach fragen können, wo ich schon mit ihm in seinem Büro saß. Ich hätte ihn fragen können, ob todessehnsüchtige Jugendliche immer wieder versuchen, sich umzubringen. Und der Spezialist hätte vermutlich gesagt: »In vielen Fällen: ja! Aber damit das nicht passiert, gibt es ja uns.«

Und ich hätte gesagt: »Obwohl es *Sie* gibt, hat ein Jugendlicher es beinahe geschafft, sich in *Ihrer* Klinik das Leben zu nehmen.«

Daraufhin hätte Doktor Weinberg nichts mehr sagen können, und es wäre klar gewesen, dass er und sein Team nie werden verhindern können, dass sich die Jugendlichen in seinem Reich umbringen, wenn sie es wirklich wollen.

So oder so werde ich Tucker nie wieder sehen. Es ist, als wäre er jetzt schon tot. Nur noch schlimmer.

Unterm Dach der Musikhochschule ist es unerträglich heiß. Und die Stimmung ist nicht annähernd so feierlich, wie ich es mir in meinen jahrelangen Träumen ausgemalt habe. Ich setze mich vor den aufgeklappten Flügel, lege das drei Jahre alte Karamellbonbon neben meine Noten und starre in den Raum.

Um das Instrument herum sitzen im Halbkreis meine Eltern, Sina mit übergeschlagenen Beinen, Noah breitbeinig, in einem T-Shirt, sodass man seine tätowierten Unterarme bewundern kann, und Nelli mit ihrem andächtigen Gesichtsausdruck und dem kleinen Blumensträußchen auf den Knien. Und dann noch die drei Juroren. Ein Typ in komischem Karoanzug und mit peppig hochgestellten Haaren, ein älterer Herr mit langem grauen Bart und eine Frau mit kurzen Haaren und strengem Gesicht, die mich anschaut, als ginge es hier um meine Verurteilung. Eben haben die drei ihre Namen und ihre Funktionen verraten, aber ich habe sie sofort wieder vergessen.

Ein paar Schritte vom letzten freien Stuhl entfernt, zappelt mein Klavierlehrer Roman herum, der ein angespanntes Dauergrinsen aufgesetzt hat, als könne er mich allein damit durch die Aufnahmeprüfung bringen. Er richtet jetzt ein paar bedeutungsschwangere Worte über meinen Werdegang an die Juroren, wobei er immer wieder in die Hände klatscht und mich aus irgendeinem Grund »Friederike« nennt. Keine Ahnung, wie er auf diesen Namen kommt. Wegen Frédéric Chopin? Schätze, die Aufregung hat ihn kurzfristig dumm gemacht.

Er sagt: »Friederike spielt seit ihrem siebten Lebensjahr Klavier. Ihr Großvater hat ihr die ersten Melodien beigebracht. Mit acht Jahren gewann sie ihren ersten Klavierwettbewerb und spielte mit zehn Jahren erstmals vor öffentlichem Publikum.«

Dass es sich dabei um eine der Wohltätigkeitsveranstaltungen meiner Mutter gehandelt hat, verschweigt er natürlich.

Er sagt: »In den folgenden Jahren erhielt Friederike weitere Preise bei diversen Jugendwettbewerben wie zum Beispiel den goldenen Preis der Sparkassenstiftung.«

Das Ganze klingt irgendwie nicht nach mir. Es klingt ausgedacht und nebensächlich. Als würden bedeutungslose Ereignisse plötzlich zu unglaublichen Meilensteinen aufgeblasen. Ich mache ein teilnahmsloses Gesicht, obwohl ich aus den Augenwinkeln sehe, wie meine Mutter mit ihren Zeigefingern die Mundwinkel hochschiebt, zum Zeichen, dass auch ich ein Dauergrinsen aufsetzen soll, um meine Chancen zu verbessern. Aber ich sage mir: »Chopin war auch nicht immer fröhlich. Scheiß drauf!«

Die Ansprache meines Klavierlehrers endet mit einem missglückten Händeklatscher und dem Verweis auf seine bedeutungsvolle Wenigkeit: »Seit fünf Jahren nun kann ich mich glücklich schätzen, Friederike zweimal in der Woche zu unterrichten und sie bei ihrem großen Ziel zu unterstützen, schon bald für ein Jahr nach Australien zu gehen, um dort an einem renommierten Musikcollege zu studieren. Möge ihr Traum in Erfüllung gehen.«

Die Juroren verziehen keine Miene. Bestimmt haben alle Bewerber den gleichen Lebenslauf und den gleichen

Traum vom Musikstipendium im Ausland vorzuweisen. Also nichts Besonderes. Im Raum ist es ganz still. Wenn Nelli nicht gerade ihr Handy aus der Hand auf den Boden fallen würde. Sie bückt sich eilig und streicht sich peinlich berührt die Haare aus der Stirn. Ich grinse ihr kurz zu, dankbar für die kleine Unterbrechung dieser steifen Ernsthaftigkeit. Dann starre ich wieder auf die Tasten. Draußen im Flur pfeift irgendein nerviger, total von sich überzeugter Musikstudent. Ich habe die Befürchtung, dass alle Musikstudenten ständig fröhlich pfeifen. Oder mit Stiften auf Tischkanten herumklopfen. Damit alle wissen, dass sie Musik und Rhythmus im Blut haben.

Ich habe mir so viele Male dieses alles entscheidende Vorspiel vorgestellt. War aufgeregt, hatte Angst davor, dachte, dass die Welt aufhören würde, sich zu drehen, und alle nur gespannt auf mich sehen würden. Aber irgendwie ist es ein Tag wie jeder andere auch. Er hat auch nicht mehr als 24 Stunden. Nur hat ein Junge, den ich liebe, versucht, sich umzubringen. Mich überzieht eine niederdrückende Traurigkeit und unerträgliche Sehnsucht. Ich muss mich zwingen, mit meinen Gedanken hier zu bleiben und nicht damit zu Tucker zu wandern, der ganz allein in seinem Bett auf der Intensivstation liegt und vermutlich noch immer sterben will. So, wie Chopin seine Heimat an die Russen verloren hat, verliere ich Tucker an die Klinik. So, wie Chopin aus lauter Verzweiflung darüber die Revolutionsetüde komponiert hat, werde ich sie jetzt spielen.

Nicht für die Juroren. Nicht für meine Zukunft. Nur

für Tucker, damit er nicht an den Tod verloren geht. Für die Schönheit und das Leben. Für all die ungeküssten Küsse. Für unser Händehalten und die stürmische See. Wenn es so ist, dass jeder jemanden braucht, der ihn rettet, warum war ich es nicht, die Tucker gerettet hat – sondern Martin der Hausmeister?

Immerhin hat ihn überhaupt jemand gerettet.

Gerade rettet mich Nelli ein kleines bisschen, die verstohlen von mir ein Foto mit ihrem Handy macht. Sie grinst vor sich hin und macht dauernd das Daumenhoch-Zeichen. Irgendwie ist es gut und süß zu wissen, dass sie furchtbar aufgeregt ist. Sie hat sogar dieses kleine Blumensträußchen mitgebracht, das auf ihren Knien liegt. Für sie ist dieser Tag noch immer so besonders, wie er für mich einmal war. Sie sitzt glamourös da, wie Herzogin Kate. Ganz und gar elegant, mit zur Seite gelegten Beinen.

Meine Mutter hat ihre Lippen fest zusammengepresst und versucht, ohne Atmen durchzukommen. Ab und an stößt sie einen kleinen Seufzer aus und starrt auf die Türklinke schräg hinter mir. Mein Vater hat sein Jackett zugeknöpft, obwohl es tierisch heiß in diesem Raum ist. Aber er will wohl ebenfalls ernsthaft und seriös rüberkommen. Noah sitzt neben ihm und kaut unauffällig ein Kaugummi. Und daneben meine Schwester mit diesen funkelnden Augen, die sie immer bekommt, wenn es ums Ganze geht. Ich sehe es ihrem stechenden Blick an, dass sie sich kampfbereit macht, falls die Juroren mich nicht gewinnen lassen. Ich lächele und denke: Noch ist nichts entschieden, Schweinebacke! Beruhig dich!

»Bist du so weit, Friederike?« Plötzlich steht Roman dicht neben mir und beugt sich zu mir runter. Er hätte das mit dem schweren Aftershave lassen sollen. Er riecht, als würde er einen anderen unguten Geruch überdecken wollen.

»Jep.«

»Prächtig. Dann leg mal los. Viel Glück!« Er klopft mir auf die Schulter und kehrt dann mit steifen Schritten zurück zur Stuhlreihe, wo er sich neben die Professorin setzt, die aussieht, als hätte sie keine Freunde im Leben und auch keine Vorliebe für schwere Moschus-Herrendüfte. Sie kritzelt etwas in ihre Unterlagen, dabei habe ich noch nicht mal angefangen zu spielen. Vielleicht eine Bemerkung zu meinen strohigen Haaren?

Ich sehe zum goldenen Karamellbonbon und höre meinen Opa ruhig sagen: »Einatmen. Konzentrieren. Augen schließen. Augen öffnen. Leg los!«

Ich atme tief ein. Meine Füße berühren die goldenen Pedale. Ich hebe meine rechte Hand, halte sie kurz oben und lasse sie dann auf die Tasten sausen. *Tah!* Und als die ersten Töne erklingen, höre ich endlich auf zu denken. Ich versinke in der Musik, und während ich spiele, wünsche ich mir, dass ich nie wieder daraus auftauchen muss. Die Musik ist mein Wasser. Die stürmische See des Lebens, in der ich eng umschlungen mit Tucker versinke, während über uns die Wellen tosend zusammenschlagen. Wir werden zu Geschöpfen des Meeres, zu Walen. Ich spiele heftiger und heftiger, um den grünschwarzen, salzigen Ozean über uns richtig zum Tosen zu bringen, während wir schwerelos darin schweben.

Tah-Ta-Tah!

Ich will nicht wissen, wie ich von außen aussehe, wenn ich alles gebe. Vermutlich ziehe ich furchtbare Grimassen. Wahrscheinlich stoße ich sogar seltsame Laute aus. Ist mir egal. In diesem Wasser, in diesem bewegten Meer, von dessen Wogen Tucker und ich mit einem Mal emporgehoben und auf unsere Luftmatratze geworfen werden, bin ich geborgen und sicher. Nach und nach beruhigt sich die See, der Sturm flaut langsam ab. Klitschnass gleiten wir in der Sonne dahin. Unter uns schwappen die sanften Wellen, sie wiegen uns in einen süßen Schlaf. Wir halten uns locker an den Händen und wissen, dass wir auf einer paradiesischen Insel stranden. Dort werden wir uns einen Baumhüttenkomplex zwischen die Palmen bauen, dessen Räume mit Wackelbrücken miteinander verbunden sind. So wie in *Die Insel der Abenteuer*. Da werden wir jeden Tag Bananen essen und nachts am Strand aneinandergekuschelt liegen, während wir dem Rauschen der Wellen lauschen und hinauf in die Sterne sehen und wissen, dass alles gut ist.

Als das Stück leider doch irgendwann zu Ende ist, lege ich meine Hände in den Schoß und gucke wieder auf die Tasten. Das Meer hat sich zurückgezogen. Keine Brandung umspült meine Füße. Keine Palmen wiegen sich über mir. Mit einem Schlag ist alles wieder da. Der Raum, die Hitze, meine strohigen Haare und meine Sehnsucht nach Tucker.

Die paradiesische Insel ist weg. Es gibt keinen Strand, an dem wir landen können. Keine Palmen mit Kokosnüssen. Nichts dergleichen. Nur dieses Leben hier, in dem die Dinge so laufen, wie sie gerade laufen wollen. Beschissen.

Roman springt von seinem Stuhl auf und applaudiert begeistert los. Meine Eltern, Sina, Noah und Nelli machen mit, die Juroren raffen nur ihre Mappen zusammen.

Roman lächelt tapfer in die Runde. »Danke, Friederike.«

»Franziska!«, sagen Noah, Sina und Nelli wie aus einem Mund und werfen Roman strafende Blicke zu.

Meine Mutter erledigt die Richtigstellung auf ihre höfliche, indirekte Art. Sie kommt auf mich zugelaufen und ruft: »Das war wunderschön, FRANZISKA-Schatz! Wunderschön!«

Eigentlich dachte ich, die Juroren sagen mir sofort, ob ich bestanden habe. Aber als die beiden Professoren und die Professorin aufstehen, mir die Hand reichen und total emotionslos sagen: »Du bekommst von uns Post«, macht mir das auch nichts aus. Sie verlassen den Raum, als sei nichts gewesen. Sie sagen nicht einmal: »Auf Wiedersehen.«

Meine Mutter guckt sich aufgeregt um. »Wie? Das war's? Meine Tochter gibt alles und sie verlassen einfach *so* den Raum? Das geht doch nicht! Was glauben diese Leute, wer sie sind?«

Meine Schwester drängt sich an ihr vorbei und legt den Arm um mich. »Du warst toll! Lass dich von den Miesepetern bloß nicht ins Bockshorn jagen!«

Und auch Noah umarmt mich, wobei er mich fast zerquetscht. »Gratuliere! Genial! Du hast diese arroganten Staubsaugerbeutel aus den Schuhen gehauen!«

Mein Vater drückt mich ebenfalls an sich und lächelt verklärt. »Mein großes Mädchen.«

Roman nickt zufrieden und klopft mir auf die Schulter, während er uns alle mit seinem Moschuduft benebelt. »Gut gemacht. Du kannst zufrieden sein. Sie waren begeistert!«

Wenn er es sagt. Er wird es einschätzen können. Er tupft sich mit einem Taschentuch den Schweiß von der Stirn und strahlt in die Runde. Irgendwie muss er uns ja das Gefühl geben, dass er eine gute Investition war.

Nelli wirft sich an meinen Hals, wobei ich den Blumenstrauß ins Gesicht bekomme. »Ich bin soooo stolz auf dich! Du bist eine Wunderpianistin! Ich hatte richtig Gänsehaut.«

»Danke!« Ich gebe ihr ein Küsschen auf die Wange und bin froh, dass ich das Vorspiel hinter mir habe. Vor mir liegt das große Nichts. Ich bin froh, dass Nelli und ich später sexy Unterwäsche kaufen gehen. Dann hat wenigstens eine von uns Spaß im Leben.

Siebzehn

Der achte Tag meines neuen Lebens

»Los, komm mit rein!« Nelli packt mich am Arm und zerrt mich zu sich in die H&M-Umkleidekabine. Sie steht in einer schwarzen Spitzenkorsage vor mir. »Miss Franziska, wie findest du die?« Sie stellt ihre Hüfte aus und legt sich ihre nussbraunen Haare adrett über die Schulter. Dann schürzt sie die Lippen. »Hm?«

Ich zucke mit den Schultern. »Keine Ahnung.«

»Macht dich das heiß?«

»Hä? Nein!«

»Ich meine, wenn du ein circa zwanzig Jahre alter Jurastudent mit dem wohlklingenden Namen Theo-Nelson wärst.« Sie lässt locker die Arme hängen und legt ihren Kopf neckisch zur Seite. Wie ein Model. »Los! Sag!«

»Schon möglich.« Über meine Arme gleitet zu meinem Entsetzen ein leichtes Frösteln. Es ist, als müsste ich eine Expertise über eine Sache abgeben, die mich gar nichts angeht. Ich gucke zu Boden, wo ein abgerissenes Etikett liegt. Außerdem will ich mit dem Thema Sex momentan nichts zu tun haben. Es macht mich noch trauriger und hoffnungsloser.

»Mann!« Nelli stampft mit dem Fuß auf und kriegt den kurzen Zappelanfall, den sie immer kriegt, wenn sie etwas haben möchte, was sie nicht bekommt. Dabei wäre es an mir, jetzt endlich die Nerven zu verlieren. Sie hat ja ihren Theo-Nelson. »Jetzt imaginier dich doch mal ganz kurz in einen Typen rein, der später Anwalt werden will. Ist diese Spitzenkorsage zu heiß für ihn? Zu aufdringlich? Zu nuttig? Oder meinst du, weil er später für Recht und Ordnung sorgen will, steht er privat auf verbotenes Zeugs? So wie diese ganzen Politiker?«

»Schon möglich«, sage ich wieder und kann mich beim besten Willen nicht in einen Jurastudenten hineinfühlen, der von meiner besten Freundin flachgelegt werden soll. Aber da Nelli meine beste Freundin ist, die mich heute zum Vorspiel begleitet hat, und ich ihr zum Dank mit Rat und Tat zur Seite stehen will, setze ich mich auf den Hocker in der Kabinenecke, schlage die Beine übereinander und sage: »Na gut. Gib mir eine Sekunde.«

»Danke.« Nelli stellt sich vor mich, jetzt in einer anderen aufreizenden Pose und lässt sich von mir eingehend betrachten. Aber ehrlich gesagt, schweife ich mit meinen Gedanken sofort wieder ab. Meine Augen sind auf den beinahe nackten Körper meiner besten Freundin gerichtet, aber eigentlich ruhen sie auf Tucker, der in meinem Inneren auf seinem Intensivstation-Bett liegt, die Augen aufschlägt und mich weich ansieht. In Gedanken sage ich: »Du fehlst mir. Ich wollte dich doch nur ein einziges Mal küssen.« Zu Nelli sage ich: »Hast du jetzt eigentlich den Casting-Job bekommen?«

»Ich weiß es nicht. Die haben sich noch nicht gemeldet. Ich habe schon dreimal in der Agentur angerufen. Aber die wissen auch noch nichts.« Sie verschränkt die Arme vor der Brust. »Also? Was sagst du? Mir wird langsam kalt.«

»Entschuldige!« Ich setze mich aufrecht hin und gebe mir alle Mühe, bei Nelli und ihrer Spitzenkorsage zu bleiben, auch wenn mich die Sehnsucht zu Tucker zurückzieht, wie eine Muschel von der Ebbe ins offene Meer gezogen wird. Dagegen kann die Muschel gar nichts tun. Der Sog der Gezeiten ist stärker als sie. Ich kralle mich an diesem Moment fest und schaffe es tatsächlich zu fragen: »Darf ich erfahren, was du genau für diesen Jungen empfindest?« Die Frage könnte ich mir auch sparen, weil Nelli aus Prinzip natürlich nichts für ihn empfindet, aber so hat Nelli wenigstens den Eindruck, dass ich voll bei ihr bin.

»Na ja.« Sie formt einen Kussmund und sieht sich im Spiegel an. Dann wandert ihr Blick langsam zu mir zurück und dann wieder zum Spiegel. »Das ist es ja, was ich dir die ganze Zeit sagen will. Irgendetwas ist mit mir passiert. Es macht mir Angst. Aber ich finde ihn nett.«

»Du findest ihn nett?« Ich ziehe die Augenbrauen hoch. Das ist schon verdammt viel. Der Typ kann sich echt was drauf einbilden, von Nelli *nett* gefunden zu werden. Sie läuft minimal rot an.

Von außen klopft ein Typ an die Kabinentür und fragt, ob wir noch lange brauchen.

»Noch sehr lange«, antwortet Nelli und hält mir einen Spitzen-BH am Bügel hin. Pink und Push-up. »Oder besser der hier?«

Ich sage: »Beides nicht.«

»Findest du, ich sehe zu fett darin aus?« Sie dreht sich und besieht sich mithilfe des zweiten Spiegels von hinten. »Das Licht in den Kabinen ist immer so schlimm, dass ich heulen könnte. Mein gesamter Körper ist voller Cellulite. Sogar mein Rücken.«

»Du siehst bezaubernd und nuttig darin aus«, sage ich. »Aber wenn du diesen Theo-Nelson nett findest, solltest du dich nicht wie eine *Bitch* anziehen, weil er sonst denkt, dass du eine *Bitch* bist und ihn nur ins Bett zerren willst. Und dann zerrt er dich ins Bett, und wenn ihr euch am Montag wieder im Büro seht, wird es richtig blöd, weil es ein Riesenmissverständnis war. Denn eigentlich willst du ja mehr von ihm als nur Sex. Aber dann ist es schon zu spät, weil er in dir nur noch die *Bitch* sieht. An deiner Stelle würde ich mir morgen Abend nicht die Beine rasieren und ausgeleierte Unterwäsche anziehen, damit du überhaupt nicht auf die Idee kommst, gleich mit ihm zu schlafen. Das würde ich mir fürs übernächste Mal aufheben. Oder übernächsten Monat.«

»Guter Tipp.« Nelli sieht mich an. »Ich habe keine ausgeleierte Unterwäsche.«

»Kannst du von mir haben.«

Nelli seufzt. »Sehr lieb von dir. Du hast vermutlich recht! Aber was ist, wenn ich merke, dass ich ihn nicht nur nett finde, sondern mich in ihn verliebt habe, weil wir einen ganzen Abend lang miteinander gesprochen und uns besser kennengelernt haben? Dann werde ich Opfer meiner Gefühle und bin so richtig am Arsch.«

»Ja! Dann hast du ein gewaltiges Problem.« Ich grinse. »Pass bloß auf, dass dir das nie passiert!« Ich stehe vom Hocker auf, obwohl mir bereits die Tränen in die Augen schießen. Dies ist ein eigenartiger Moment. Ein schöner Moment. Ein großartiger Moment. Ich freue mich für Nelli und ihre zarte Liebe. Gleichzeitig erinnert sie mich an meine Liebe zu einem Jungen, den ich nie wieder sehen werde. Ich umarme meine beste Freundin Nelli in ihrer Spitzenkorsage und halte sie ganz, ganz fest. Ich weine in ihre langen, seidigen Haare hinein, die wie immer gut nach Shampoo duften. Mein Köper zittert, und ich wimmere: »Du wirst dich vor der Liebe nicht verstecken können. Wie sehr du es auch versuchst. Sie findet dich.«

»Alles klar.« Nelli streicht mir über den Rücken. Wir stehen in der H&M-Kabine und umarmen uns ganz fest. Ich in Leggings und Tanktops und Nelli in schwarzer Spitzenkorsage. Ich bin dankbar, dass Nelli und ich am gleichen Punkt im Leben stehen. Wir lieben beide einen Jungen, und wir haben beide Angst, dass uns diese Tatsache zerstören wird.

»Hallo?« Die Kabinentür wird sacht von außen aufgezogen. »Ist bei euch alles in Ordnung?« Eine Verkäuferin sieht besorgt zu uns rein. Ich lasse Nelli wieder los und wische mir schnell mit dem Handballen über die Augen.

»Ja, alles bestens.«

»Sie haben wirklich eindrucksvolle Kabinen«, sagt Nelli und klopft mit den Fingerknöcheln gegen die Seitenwand. »Absolut gute *Vibes*!«

»Das freut mich.« Die Verkäuferin lächelt und zieht die Tür wieder zu.

Nelli und ich stehen in diesem Umkleidekabinen-Killerlicht etwas herum und Nellis tiefschwarze Wimperntusche ist über ihre Wangen verschmiert. Wir gucken uns im Spiegel an und müssen lachen.

»Wir sehen richtig scheiße aus.« Sie holt ihr Handy aus der Tasche, wir stellen uns Arm in Arm dicht nebeneinander, und sie macht ein Selfie von uns. »Zur Erinnerung an einen großen, wichtigen Tag in unserem Leben, an dem mich meine beste Freundin von der Schönheit der Liebe überzeugt hat«, sagt Nelli. Dabei weiß sie noch nicht mal, dass Tucker versucht hat, sich umzubringen, und ich meine Praktikumsstelle verloren habe.

Ich verschwinde aus der Kabine, damit Nelli sich umziehen kann. So lange streife ich durch die Unterwäscheabteilung und suche mir ein Dreierpack schwarzer Schlüpfer mit winzigen gelben Schleifchen aus. Es ist das erste Mal in meinem Leben, dass ich mir Schlüpfer in Gedanken an einen Jungen kaufe. Es fühlt sich gut und schmerzlich zugleich an, weil ich weiß, dass er sie nie sehen wird. Um mich zu trösten, stelle ich mir vor, wie er mich eines Tages in Australien besucht. Ich hole ihn vom Flughafen ab, habe Nellis sonnengebräunte Beine und diese Schlüpfer an. Er kommt nur mit einem Rucksack und schüchternem Lächeln aus dem Gate. Wir umarmen uns zur Begrüßung, mit Küsschen rechts und links, fahren mit dem Bus zum Strand, wo Tucker uns ein Lagerfeuer entfacht, weil die Sonne schon am Horizont untergeht. Ich habe eine flauschige Wolldecke dabei, die wir um uns legen, bevor Tucker mir endlich unseren lang ersehnten ewigen Kuss gibt. Danach zieht er mir meine Hotpants aus, und im flackernden Schein des Lagerfeuers spricht er seinen ersten Satz mit seiner warmen, sexy Stimme: »Du hast einen wirklich süßen Schlüpfer an.«

»Kaufst du die Teile?« Nelli steht hinter mir und hängt die Spitzenkorsage und den Push-up-BH an einen der Ständer.

»Jep.«

»Für Tucker?« Sie fragt es ganz freundlich. So, als sei es das Normalste von der Welt, für einen schwer traumatisierten Patienten einer psychiatrischen Klinik Schlüpfer bei H&M zu kaufen, und als hätten wir uns neulich nicht darauf geeinigt, dass ich ihn besser abschreibe. Vielleicht, weil Nelli inzwischen gemerkt hat, dass man Jungs, die man *nett* findet, nicht einfach abschreiben kann. Weder wenn sie seelisch zerstört sind noch wenn sie in der gleichen Abteilung wie man selbst Praktikum machen.

»Er hat versucht, sich umzubringen«, presse ich statt einer Antwort hervor, und mir laufen schon wieder die Tränen über die Wangen.

»Was? Oh mein Gott!« Nelli schlägt sich die Hand vor den Mund. »Wann?«

»Heute Morgen.« Mit brennenden Augen blicke ich zur Seite, auf so einen riesigen Doppel-D-BH. Ich schlucke, aber der Kloß in meinem Hals bewegt sich keinen Millimeter. Ich fiepse: »In der Schwimmhalle. Er hat sich einen Sack mit Blumenerde umgebunden.«

»Warum?« Nellis Augen werden immer größer.

Ich zucke mit den Schultern und der Schmerz und die Wut über all die Ungerechtigkeit brechen wie eine gewaltige Zwölf-Meter-Welle über mir zusammen. Ich könnte alles zusammentreten. Die bekloppten BH-Kleiderständer, die Wühltische mit den Tanga-Slips und die Aufsteller mit den Silberkettchen und Ohrringen. Alles für die Schönheit und die Liebe. Die Tränen fließen heiß und salzig. Ich strecke den Kopf hoch, ich kriege keine Luft mehr. »Er … Er …«

»Komm mit!« Nelli hakt mich unter und zerrt mich hinüber zu dem Drehständer mit den Frottee-Bademänteln im Leopardenlook. Da stellen wir uns mittenrcin, sodass wir vollkommen eingehüllt sind in diese flauschigen Teile und es sich so anfühlt, als würden uns unzählige Krümelmonster mit Leopardenplüschfell umarmen. Ich kann nicht mehr aufhören zu weinen. Es tut so weh.

»Miss Franziska!« Nelli fasst mich an den Schultern, ihre Stimme ist voller Mitgefühl. Als hätte sie gerade gar nichts gegen Schwäche und Hilflosigkeit. »Das ist entsetzlich! Das tut mir so leid! Wie geht es ihm? Wo ist er jetzt? Lebt er noch?«

»Ja! Vielleicht.« Ich nicke und wische mir immer wieder über die verquollenen Augen.

Nelli reicht mir einen Bademantelärmel. »Hier! Wisch dir dein Gesicht ab und putz dir die Nase.«

Ich gehorche. »Danke.«

»Hör zu. Du musst dich beruhigen. Okay?«

Ich nicke und wische noch mal mit dem Bademantelärmel über meinen feuchten Hals. »Danke.«

»Bedank dich nicht dauernd. Sag mir erst mal, wo Tucker ist.«

»Auf der Intensivstation«, heule ich wieder los, und es tut noch mehr weh, als ich Nelli seinen Namen aussprechen höre.

»Darfst du ihn besuchen? Wollen wir hinfahren?«

Ich bin froh, dass Nelli bei mir ist und mich festhält, weil ich eigentlich nicht mehr stehen kann. Ich schüttele den Kopf und heule noch ein bisschen lauter. »Ich darf ihn nicht mehr sehen, hat Doktor Weinberg gesagt.«

»Wer ist dieser Doktor Weinberg? Soll ich ihn verklagen?« Nelli zieht aus ihrer Tasche einen Notizblock und einen Stift.

Ich lache und heule gleichzeitig. »Er ist der verdammte Chefarzt der verdammten Klinik, in der 18-jährige Jungs versuchen, sich umzubringen, und es ihnen beinahe auch gelingt.«

»Das ist eindeutig ein Fall für die Rechtsabteilung«, sagt Nelli und macht sich tatsächlich ein paar Notizen. »Wir werden das prüfen.«

»Danke«, sage ich mit einem Liter Tränen in den Augen. Mir ist kalt, und ich bin trotz Trauer so erfüllt von Dankbarkeit, dass Nelli es immer wieder schafft, mich zum Lachen zu bringen.

Sie kichert. »Wir werden diesem Doktor Weinberg die Klinik unterm Arsch wegreißen. Dann kann er dir gar nichts mehr verbieten.«

»Klingt gut.« Ich atme tief ein und aus, wobei mein gesamter Körper erschaudert.

Plötzlich teilen sich die Bademäntel, es wird heller

um uns, und die Verkäuferin von vorhin steckt wieder ihren Kopf zu uns herein. »Braucht ihr wirklich keine Hilfe, Mädels?«

Nelli und ich schütteln die Köpfe. »Wir haben's gleich. Danke!«

»Sicher?« Die Verkäuferin sieht uns zweifelnd an.

Also nimmt Nelli entschlossen die beiden Bademäntel, in deren Ärmel ich mich geschnäuzt habe, hängt sie sich über den Arm und erklärt: »Diese flauschigen Freunde haben den Belastungstest bestanden. Wir kaufen sie.«

»Gut zu wissen. Vielleicht kauf ich mir auch einen.« Die Verkäuferin ist wirklich nett. Sie scheint emotionale Notsituationen zu kennen. Sie zwinkert uns zu und verschwindet dann zwischen den Kleiderständern.

Nelli lächelt mich liebevoll an, so, als hätte sie verstanden, dass nicht allen Ereignissen mit Zähigkeit und Härte begegnet werden kann, sondern dass manchmal nur noch Mitgefühl hilft. Sie streicht mir die Haarsträhnen aus der feuchten Stirn. »Wir gehen jetzt eine rauchen, dann Nagellack kaufen, und währenddessen erzählst du mir genau, warum Tucker versucht hat, sich umzubringen.«

»Danke«, flüstere ich.

Nelli wirft mir einen strafenden Blick zu. »Lass das mit diesem beknackten Danke! Sag mir nur noch eins: Nach unserem Gespräch von neulich Nacht hast du es nicht geschafft, deine Gefühle für Tucker abzustellen, oder?«

»So ähnlich.«

»War ja auch ein blöder Tipp von mir.« Nelli zieht die Luft durch die Zähne ein. »Lass mich raten: Die Sache hat sich bis zu Doktor Weinberg herumgesprochen, und du wurdest vom Praktikum suspendiert, richtig? Weil du dich nicht an die Regel gehalten hast, dich nicht mit den Patienten anzufreunden?«

»So ungefähr«, quetsche ich hervor.

Nelli nickt. »Klassiker. Tu mir nur einen Gefallen: Erzähl deinem Vater wirklich nicht, dass ich mich übermorgen Abend mit Theo-Nelson treffe. Ich will mein Praktikum nämlich noch zu Ende bringen.«

»Kein Ding!« Ich packe die schwarzen Schlüpfer mit den kleinen gelben Schleifchen auf den voluminösen Bademantelhaufen in Nellis Arm, in dem meine Trauer hängt, und wie zwei Gestrandete wanken wir zu den Kassen, um unsere Beute zu bezahlen.

Achtzehn

Der zehnte Tag meines neuen Lebens

»Du musst etwas essen!«

Das hat meine Mutter noch nie zu mir gesagt. Am nächsten Vormittag steht sie mit einem Tablett voller Laugenbrötchen mit Frischkäse und Marmelade vor meinem Bett und sieht auf mich herunter. Aber nicht wie sonst besorgt, sondern eher entschlossen.

Ich kauere in meinem neuen Leoparden-Bademantel in der Ecke, zwischen meinen Kissen, umarme meine rosa Lillifee-Nackenrolle mit den pinken Troddeln, die ich von meinen Eltern vor Urzeiten zur Einschulung bekommen habe, und starre, so gut es geht, aus meinen verquollenen Augen, die sich anfühlen, als hätten rechts und links zwei Bienen reingestochen. Ich sage fast unhörbar: »Ich hab aber keinen Hunger.«

Ich wusste bisher nicht, dass es tatsächlich möglich ist, keinen Hunger zu haben. Sogar, wenn meine Mutter wie eine Fata Morgana mit einem Haufen Laugenbrötchen vor mir steht und mir das aufzwingt, was sie mir sonst verbietet.

»Na, dann vielleicht später.« Sie stellt das Tablett auf

meiner Matratze ab und setzt sich auf die Bettkante. Mutig streckt sie die Hand nach meinem Bein aus, das in einer alten Jogginghose von Sina steckt. Als ich es nicht wegziehe, streicht sie darüber, während hinter dem Fenster der Regen niederprasselt und die Welt in gleichmäßig nebliges Grau hüllt. »Kann ich sonst etwas für dich tun?«

Ich zucke mit den Schultern und ziehe den Bademantel enger um mich. Ich fühle mich, als wäre ein scharfes Messer in mir Amok gelaufen. Ich habe die halbe Nacht durchgeweint, weil ich mir immer wieder vorstellen muss, dass Tucker bald wieder versucht, sich umzubringen, und dass ihn niemand in der Klinik daran hindern wird. Er weiß ja nicht mal, warum ich plötzlich nicht mehr da bin! Ich fühle mich so machtlos! Ich kann nichts tun. Obwohl ich etwas tun sollte. Ich habe zehn verschiedene Pläne gemacht, wie ich mich doch heimlich hinter den Büschen zu Tucker schleiche, Doktor Weinberg auf Knien anflehe, mich zu ihm zu lassen, oder Schwester Maggie überrede, dass sie ein gutes Wort für mich einlegt – was sie nicht tun wird, weil sie bestimmt richtig enttäuscht von mir ist.

Und dass Nelli sich heute Abend ohne Spitzenkorsage mit Theo-Nelson trifft und meine Schwester in Noah ihre große Liebe gefunden hat und nur darauf wartet, dass ich mit ihr ein Abiball-Kleid aussuche, macht es nicht besser.

Ich meine: Ich bin die Fürsprecherin der Liebe! Warum darf ausgerechnet *ich* dann nicht lieben? Diese Ungerechtigkeit macht mich wahnsinnig! Ich fühle mich wie lebendig begraben! Ich dachte, es wird besser, wenn ich mir auf Facebook noch mal alle Fotos von Tucker ansehe und mir durchlese, wie sehr ihn seine Freunde vermissen. Damit ich nicht die Einzige bin. Das hat aber alles nur noch schlimmer gemacht. Besonders das süße Bild mit seiner kleinen Schwester und den Feldblumensträußen! Ich wünschte, ich hätte ihn nie getroffen.

Meine Augen wandern zum Schreibtisch, wo meine Schulbücher rumfliegen. Dazwischen lose Arbeitsblätter, bekritzelte Zettel mit Praktikumsnotizen für den Bericht und eine Schüssel mit getrockneten Rosenblüten. Die letzten Reste vom Rosenstrauß, den ich von Nelli zu einem meiner Klavierkonzerte bekommen habe. Daneben ein ziemlich modriger Gummibaum im Blumentopf, an dem gelbe Schaumbananen an grünen Fäden baumeln. Ein Motivationsgeschenk von Roman, als Symbol für meinen Traum, nach Australien zu gehen. Ich wusste gar nicht, dass die da unten Bananengewächse haben. Aber egal. Den Wink habe ich natürlich trotzdem verstanden: immer schön *dran*bleiben. Genau wie die tapferen Schaumbananen, die inzwischen steinhart sein dürften. Neben dem Schreibtisch steht meine Kleiderstange mit den leeren Bügeln, weil sämtliche Jacken und Pullover über den Boden verteilt liegen. Dann kommt das Fenster, und an der Wand daneben hängen alte Weinkisten, die mir Noah im letzten Herbst drangedübelt hat. In die Kisten wollte ich eigentlich mal meine T-Shirts und Leggings und Bücher einräumen, aber das hat sich überraschend schnell als furchtbar umständlich erwiesen. Die Sachen stapeln sich jetzt wieder als Haufen unter meinem Schreibtisch.

Neben den Weinkisten ist die Badezimmertür, und daneben steht mein breites Bett, auf dem ich seit gestern Abend bewegungslos hocke oder liege. Meine Mutter sitzt bei mir und lässt ebenfalls ihren Blick durch mein Zimmer schweifen, ohne etwas zu sagen. Das braucht sie auch gar nicht, weil ich über die spektakuläre Gabe verfüge, ihre Gedanken zu lesen. *Hier sieht es aus wie im Saustall!*

Jetzt blickt sie mich wieder an und mit aller Macht scheint sie den Satz mit dem Saustall in den Hinterkopf zu verschieben. Sie lächelt liebevoll und fragt: »Willst du mit mir darüber sprechen, was dich bedrückt?«

Ich zucke noch mal mit den Schultern.

»Papa hat mir heute Morgen erzählt, was gestern in der Klinik passiert ist. Es tut mir unendlich leid um diesen Jungen. Hörst du? Er hat Furchtbares durchgemacht, und es war bestimmt ungerecht von Doktor Weinberg, dich aus der Klinik zu werfen, obwohl du nur helfen wolltest!«

Mein Blick schwebt zu meinen nackten Füßen. Sie sind ausgesprochen hübsch. Ich würde sogar behaupten, sie sind die beiden hübschesten Körperteile an mir. Blöd, dass sie die meiste Zeit meines Lebens in Schuhen stecken und Tucker sie darum nie sehen konnte. Ich hätte ihn mit meinen Füßen gern ein bisschen nervös gemacht. Was für ein Versäumnis! Ich sage: »Ich mag ihn so gerne. Aber Doktor Weinberg sagt, das bilde ich mir nur ein. Ich soll ihn vergessen.«

»Wenn das so einfach wäre!«

Meine Mutter rückt näher zu mir heran, wobei das Tablett mit den Laugenbrötchen, der Marmelade und dem Tee gefährlich wackelt. Sie schüttelt ihre Hausschuhe von den Füßen und dann sitzen wir eine Weile lang wie beste Freundinnen zwischen meinen Kissen. Ich rieche ihr Parfüm, und wieder erinnert es mich an früher, als ich noch auf ihrem Schoß saß und wusste, dass ich beschützt bin.

Schließlich sage ich: »Gut, dass du immer das gleiche Parfüm benutzt.«

»Hat mir Papa damals zur Verlobung geschenkt.« Meine Mutter macht eine Pause, als würde sie sich gerade zurückerinnern. Dann fährt sie fort: »Er hat mir das Fläschchen in einem süßen, kleinen Karton überreicht. Mit rosa Schleife. Zuerst dachte ich: Wenn er mich jetzt fragt, ob ich ihn heiraten will, werde ich leider ›Nein‹ sagen müssen.«

Ich gucke meine Mutter überrascht an. »Warum das denn?«

»Warte! Lass mich die Geschichte erzählen.« Sie macht eine kurze Spannungspause, bricht eins der Laugenbrötchen in zwei Hälften und reicht mir eine davon. Dann fährt sie fort: »Ich habe die Schleife aufgemacht, den Deckel abgenommen und das kleine Fläschchen gesehen. Doch kein Verlobungsring! Ich war natürlich furchtbar enttäuscht.«

»Enttäuscht? Ich dachte, du wolltest Papa nicht heiraten?!«

»Warte! Aus Höflichkeit habe ich trotzdem daran

gerochen, und dann war es plötzlich, als hätte dein Vater ein Fläschchen gefunden, in dem ich flüssig enthalten bin. Ich kann es nicht besser beschreiben. Aber in diesem Augenblick wusste ich, dass er mich so erkannt hat wie nie zuvor ein Mensch. Dass ich ihn heiraten muss!« Sie sieht mich an und über ihr Gesicht huscht so etwas wie glückliche Freude. »Obwohl so viel dagegensprach.« Meine Mutter lächelt, und es ist, als wäre sie gerade noch einmal dort in der Vergangenheit. Sie und mein Vater, vor so langer Zeit.

»Was sprach denn nun gegen Papa?«, frage ich und knabbere an meiner Brötchenhälfte.

»Er war angehender Staatsanwalt, der eine Menge Krimineller hinter Gitter bringen wollte, die davon wenig begeistert sein würden. Und ich war das ängstliche Mädchen, das dachte: Was, wenn sich all die Gangster an ihm rächen? Ich dachte: Wir werden immer in Gefahr schweben. Ich sollte ihn besser vergessen und mir jemanden suchen, der einen weniger riskanten Job macht.« Meine Mutter streckt sich hinüber zum Marmeladenglas und kleckst uns beiden etwas Erdbeermarmelade auf die Brötchen.

»Aber auch damit hattest du recht. Einer von ihnen hat sogar auf dich geschossen«, gebe ich zu bedenken und esse das Brötchen zu meiner Verwunderung ganz auf. Langsam finde ich wieder Verbindung zur Welt und zu meiner Mutter.

Sie steckt sich ebenfalls ihr restliches Brötchenstück in den Mund und bricht gleich das nächste in zwei Hälften. Schließlich kommt es selten genug vor, dass wir uns so ein *gefährliches* Weißmehlprodukt gönnen. Sie nuschelt mit vollem Mund: »Das konnte mich aber letztendlich nicht davon abhalten, deinen Vater zu lieben. So sehr ich mich auch dagegen gewehrt habe. Ich wusste: Wir sind füreinander bestimmt. Was bringt es, mit einem Menschen das Leben zu verbringen, der einen nicht im tiefsten Inneren erkennt? Es ist, als wärest du gar nicht da.«

Ich nicke. »Ja. Ich glaube, ich weiß genau, was du meinst.«

»Ich liebe dich, mein Schatz. Ich will, dass du glücklich bist! So wie ich mit deinem Vater.« Meine Mutter legt ihren Arm um mich und zieht mich eng an sich. Ich lege meinen Kopf auf ihre Schulter, umhüllt von ihrem Duft. Es ist, als würde ich sie einatmen, und mit einem Mal weiß ich, dass von nun an alles gut zwischen uns sein wird. Mit all den Krümeln auf unseren Beinen und der Liebe in unseren Herzen.

Sie gibt mir einen Kuss auf die Stirn. »Du wirst mir fehlen, wenn du in Australien bist.«

»Vielleicht gehe ich ja gar nicht«, sage ich.

»Wieso solltest du nicht gehen?« Meine Mutter rückt ein Stück von mir ab. »Du hast fantastisch gespielt. Du wirst das Stipendium bekommen. Da gibt es überhaupt keine Zweifel. Oder hast du es dir anders überlegt?«

»Wegen Tucker.«

»Du bist noch so jung. In einem Jahr bist du zurück. Ihr habt noch so viel Zeit. Lass sich die Dinge entfalten.«

»Das ist es ja gerade«, flüstere ich. »Ich habe das Gefühl, er braucht mich, um sich wieder zu entfalten.« In meinem Hals brennt es wie Feuer. »Ich will ihn nicht alleine lassen. Er ist so lieb, und er hat es nicht verdient, dass ihm so etwas passiert ist. Er hat es einfach nicht verdient!«

Ich weine immer heftiger, und es ist, als würde die Welt mit mir einmal untergehen und dann mühsam wieder auftauchen. Wie ein schlaffer Wasserball, aus dem beinahe alle Luft entwichen ist.

Meine Mutter streicht mir die Locken von der feuchten Wange. Ihre Stimme klingt ganz ruhig und irgendwie tiefer als sonst. »War es denn gerechter, was uns im letzten Jahr passiert ist? Wir haben uns diese Frage nie gestellt. Es ist uns einfach passiert. Nicht wahr? Es war furchtbar. Aber auch seltsam schön. Dieser Moment, in dem alles zu Ende zu sein schien, war der Neuanfang für unsere Familie. Wir haben plötzlich verstanden, was das Wichtigste ist: dass wir uns haben. Dass wir eine Familie sind. Dass wir uns lieben und alles füreinander tun würden. Alles hat einen tieferen Sinn. Man muss ihn nur erkennen.«

»Ich erkenne ihn bei Tucker nicht. Er ist so allein.«

»Vielleicht war der Sinn, dass ihr euch begegnet.«

»Aber ich darf ihn ja nicht mehr sehen!«, schluchze ich. »Soll ich einfach so tun, als gäbe es ihn nicht? Das kann ich nicht!«

»Mein Schatz, das tut mir so leid.« Wir starren gegen meine Zimmertür, wo ich als Kleinkind mal mit einem schwarzen Stift einen winzigen Kringel gemalt und erklärt habe, dass das mein bester Freund Schlamma ist – bis meine Mutter mich plötzlich loslässt, vom Bett rutscht und hinüber zu meinem Schreibtisch geht. Unter den Heften und Büchern sucht sie etwas.

Als sie meine alte Bastelschere mit den quietschgrünen Griffen gefunden hat, sieht sie zu mir herüber. »Lass dich nicht hängen, sonst vertrocknest du wie diese alten Schaumbananen. Vertrau darauf, dass es auf unserer Welt so etwas wie Gerechtigkeit gibt. Dein Vater kämpft jeden Tag dafür!«

Sie schneidet einen Faden nach dem anderen durch, bis alle Schaumbananen auf meine Hefte geplumpst sind. Von wegen: dranbleiben. Nicht hängen lassen, scheint jetzt der Leitsatz zu sein. Sie sagt: »Wenn es Liebe zwischen euch ist, dann passiert vielleicht noch ein Wunder!«

Ich lächele aus tränennassen Augen. Mich rührt es, wie sehr sich meine Mutter ins Zeug legt, um mir Mut zu machen, dass noch alles möglich ist. Aber mein altes Leben hat mich längst wieder. Ich muss den Tatsachen ins Auge blicken. Ich habe nur einen winzigen Ausflug von einer Woche in die *Alice im Wunderland*-Welt unternommen und dort einen Jungen getroffen, der jenseits meiner Welt lebt und der mich braucht. Aber bei dem ich nicht sein darf. Nun bin ich zurückgekehrt und unser stummes Märchen ist unwiederbringlich vorbei. Ich bin wieder da, von wo aus ich vor sieben Tagen losgezogen bin. Nichts hat sich verändert, nur mein Blick darauf.

Es klopft außen an die Zimmertür und mein Vater

steckt seinen Kopf zu uns herein. So, als hätte er nur auf seinen Einsatz gewartet. Er hält unser schnurloses Telefon in der Hand. Mit der anderen hält er die Sprechmuschel zu und flüstert: »Die Klinik ist dran.«

Neunzehn

Der zehnte Tag meines neuen Lebens

»Setz dich.«

Doktor Weinberg schließt hinter mir seine Bürotür und zeigt auf den freien Stuhl vor seinem Schreibtisch. Da saß ich gestern erst drauf, um mir seine Standpauke anzuhören. Was will er jetzt noch von mir? Sosehr ich mich auch anstrenge, eine Antwort darauf zu finden, ich habe keine Idee. Mehr als mich suspendieren, kann er schließlich nicht tun. Oder will er mich verklagen, so wie Nelli ihn? Seine Sekretärin hat am Telefon nur darum gebeten, dass ich herkomme. Um was es geht, wollte sie nicht sagen.

»Danke.« Ich hocke mich auf die Stuhlkante und versuche, cool zu bleiben. Meine Mutter wartet draußen in der Eingangshalle. Sie hat mich hergefahren, worüber ich echt froh bin. Ich rolle den Stoffgürtel meines dunkelblauen Sommerkleides auf meinen Finger, dann wieder ab. Dieses Mal musste meine Mutter noch nicht einmal darauf drängen, dass ich mir etwas *Passendes* anziehe.

Der Chef setzt sich mir gegenüber, räumt ein paar

Hefter zur Seite und sagt völlig unvermittelt: »Hübsches Kleid.«

»Danke.« Ist es wirklich so leicht, die Leute mit entsprechender Kleidung zu besänftigen? Erschütternd!

Er holt tief Luft. »Tucker ist jetzt wieder hier auf der Station.« Dabei sieht er mich vielsagend an, als gäbe es noch etwas hinzuzufügen. Nur: Er sagt nichts weiter.

Ich nicke und gucke nervös zur Seite, wo ein grinsender Stehaufmännchen-Plastikclown auf der Fensterbank steht. »Okay?«

Mein ehemaliger Vorgesetzter klackert nervös mit seinem Bleistift auf der Tischplatte herum, bis er endlich fortfährt. »Ich habe dich hergerufen, um dich um einen *unorthodoxen* Gefallen zu bitten.« Er zieht die Augenbrauen hoch, so, als müsste ich jetzt schon schnallen, was er von mir will.

Ich sage wieder: »Okay?«

Er lächelt versteinert und knöpft den oberen Knopf seines frisch gebügelten Hemdes auf. »Wie du weißt, haben wir hier in der Klinik klare Richtlinien, wie mit Trauma-Patienten therapeutisch verfahren wird.«

»Ja, ich weiß«, sage ich. »Darum haben sie mich ja gefeuert.«

»Richtig.« Wieder macht er eine Pause und sieht mich an, so als hoffe er, dass ich seine Ansprache endlich zu Ende führe, damit er nicht aussprechen muss, worum er mich unorthodoxer Weise bitten möchte. Den Gefallen kann ich ihm nicht tun, weil ich immer noch nicht weiß, worauf er hinauswill. Also sitze ich gespannt auf der Stuhlkante und sehe ihn abwartend an.

Er räuspert sich und erklärt umständlich: »Wir Ärzte und Therapeuten studieren jahrelang, um zu wissen, wie man Krankheiten, Störungen oder Verletzungen heilt. Wir haben unsere Bücher, Diplome und Zertifikate. Doch in seltenen Fällen stehen wir vor einem Patienten, den wir mit all unserem angelernten Wissen nicht heilen können.« Wieder macht Doktor Weinberg eine bedeutungsvolle Pause. Er lehnt sich in seinem Schreibtischstuhl vor, stellt die Ellenbogen auf und faltet die Hände vor seiner Nase. »Verstehst du?«

Er sieht mich durchdringend über seine Lesebrille hinweg an und ich nicke. Er will mir tatsächlich gerade mithilfe schwammiger Andeutungen einen geheimen Auftrag erteilen, um später keinen Ärger dafür zu bekommen.

»Was ich damit sagen will: Als Klinik haben wir einen Ruf zu verlieren. Wenn wir hier nicht anerkannte Methoden anwenden, kann uns das ganz schnell ruinieren.«

Ich sage brav: »Genauso ist es bei meinem Vater. Als Oberstaatsanwalt muss er sich auch an gewisse Regeln halten, um nicht seine Glaubwürdigkeit zu verlieren.«

Doktor Weinberg lächelt erleichtert. »Na, dann weißt du ja, mit welchen Schwierigkeiten wir zu kämpfen haben. Doch dein Vater und ich haben auch als junge Männer einen Eid geleistet, und zwar der Menschheit unter allen Umständen zu dienen. *Das* ist unsere oberste Priorität. Und darum geben wir nicht eher auf, bis wir unsere Aufgabe erfüllt haben. Egal, wie aussichtslos das Unterfangen auch sein mag. Und darum müssen wir manchmal vergessen, was wir während des Studiums gelernt haben, und uns nach Alternativen umsehen.« Doktor Weinberg stockt und auf seiner Stirn glänzen Schweißperlen.

Also tue ich ihm den Gefallen und bringe sein Gestammel endlich auf den Punkt. »Und nun wollen Sie mich bitten, Tucker mit *unorthodoxen Methoden* zu helfen?«

Er atmet auf. »So in die Richtung. Schwester Maggie hat mir heute früh ausführlich berichtet, wie ungewöhnlich gut du mit ihm auskommst und dass er dir offenbar vertraut, sodass es quasi dumm wäre, diesen Vorteil nicht … nicht zu nutzen.« Doktor Weinberg räuspert sich. »Ich weiß, gestern klang ich noch ganz anders. Aber nach eingehender Beratung mit den Kollegen, denke ich, dass deine Methode momentan die vielversprechendste ist. Also, was sagst du? Sind wir Partner?«

»Ich weiß nicht.« Ich komme mir komisch vor. Ich habe keine Methode. Mein Interesse an Tucker ist echt. Sie ist frei von Berechnung. Ich mag ihn einfach. Aber hier mit Doktor Weinberg über ihn zu sprechen, als sei er ein seltenes Tierchen, das aus seiner sicheren Behausung gelockt werden soll, ist, als würde ich ihn verraten. Als sei ich ein Geheimagent der Klinik. Ein Undercover-Ermittler. So wie diese beiden Jungs von *21 Jump Street*, die sich als angebliche Schüler in eine Highschool einschleusen und an ihre Mitschüler heranmachen, um herauszufinden, wer ihre Drogendealer sind.

Doktor Weinberg scheint meine Zweifel wahrzunehmen. Er ist eben ein Top-Psychologe! Er sagt:

»Schwester Maggie hat mir von deinen Fähigkeiten vorgeschwärmt, Tucker aus der Reserve zu locken. Ich wäre sehr erleichtert, wenn wir dich zurückgewinnen könnten und du mir vergibst, dass ich einen Fehler gemacht habe.«

Schwester Maggie muss sich vor Doktor Weinberg mächtig für mich eingesetzt haben. Das ist mutig! Sie ist also gar nicht mehr sauer auf mich?

Der Chefarzt lächelt gequält. »Du bist unsere Chance, an Tucker heranzukommen. Wir müssen verhindern, dass er noch einmal versucht, sich etwas anzutun.«

Da gebe ich ihm recht. Er ist für Tuckers Schutz verantwortlich! Ich sehe ihn streng an. Trotz seiner Einsicht bin ich immer noch wütend auf ihn, dass er mich gestern derartig zusammengefaltet hat. Andererseits muss ich ihm zugutehalten, dass er aus seinen Fehlern lernt und bereit ist, *unothodoxe* Wege zu gehen, wenn dies nötig ist. Und das bedeutet, dass ich Tucker wiedersehen kann. Um ehrlich zu sein: Ich kann mein Glück kaum fassen! Das darf ich mir natürlich nicht anmerken lassen, weil Doktor Weinberg und ich ja jetzt *Partner* sind.

»Tucker braucht jemanden, der ihn an der Hand nimmt und sich mit ihm den Weg aus seinem Schmerz freikämpft.« Doktor Weinberg sieht mich flehend an, und mit einem Mal habe ich das Gefühl, dass es ihm nicht nur um den guten Ruf seiner Klinik geht, sondern um Tucker. Genau wie mein Vater scheint er seinen Beruf aus Leidenschaft auszuüben, um denen zu helfen, die in Not sind. Was ja absolut Robin-Hood-mäßig ist.

»Du bist seine Rettung, Franziska!«

Also sage ich: »Ich kann's versuchen.« Wobei ich nicht mal weiß, was ich tun werde. Ich stehe vom Stuhl auf und mache einen Schritt zur Tür, bevor ich mir noch weiter Doktor Weinbergs Ausführungen über Tuckers inneren Zustand anhören muss. Ich will Tucker nicht wissenschaftlich durchleuchten. Er ist der Junge mit dem Ringelshirt, der auf Sneaker steht und mir die nötige Ruhe gegeben hat, um meine Aufnahmeprüfung zu bestehen. Er ist meine Sehnsucht – nicht mein Patient.

»Das rechne ich dir hoch an.« Doktor Weinberg steht auch auf und reicht mir die Hand. »Ich bin froh, dass du noch ein bisschen bei uns bleibst.«

»Bis zum Ende der Woche«, gebe ich zu bedenken und bezweifele, dass er sein Vorgehen wirklich durchdacht hat.

Er hält meine Hand fest und sagt mit gesenkter Stimme: »Damit eins klar ist: Unser Experiment wird nicht in sieben Tagen vorbei sein. Das ist ein Langzeitprojekt. Wenn du das hier wirklich willst, musst du dich darauf einstellen, dass du einiges an Zeit investieren musst.«

»In Ordnung.« Er scheint sein Vorgehen doch durchdacht zu haben. Ich soll mich nur an Tucker heranwagen, wenn ich am Freitag nicht einfach Leine ziehe und mich nie wieder blicken lasse, weil mein aufregendes Teenagerleben schon wieder meine gesamte Aufmerksamkeit fordert. Ich soll tatsächlich eine Freundschaft zu Tucker aufbauen. Obwohl ich eine Praktikantin bin.

Der Chef hält noch immer meine Hand fest. Was mir etwas unangenehm ist. Aber ihm scheint es sehr ernst zu sein. »Es kann sehr hart werden. Du wirst Rückschläge einstecken müssen. Er wird dich vielleicht wegstoßen. Dich nicht sehen wollen. Nichts von sich preisgeben, während du um die kleinsten Gemütsregungen kämpfst. All das darfst du nicht persönlich nehmen. Traust du dir das zu?«

»Ja«, sage ich voller Überzeugung. Damit habe ich mich in diesem Augenblick gegen Australien und für einen traumatisierten Jungen entschieden, wie mir gerade klar wird.

Er sagt noch einmal: »Gut, Franziska. Toll.« Endlich lässt er meine Hand los.

Mein Herz klopft. »Also dann …« Ich fühle mich, als würde ich gleich meine ganz persönliche Weltraumrakete besteigen und als erster Mensch auf einen neu entdeckten Planeten geschossen werden. Vor mir liegt eine spannende, abenteuerliche Reise, von der ich nicht weiß, ob ich zäh genug dafür bin. Oder ob ich mich auf der Mitte der Strecke frage, wie ich mich jemals auf diesen Trip habe einlassen können. Aber ich werde diese Reise antreten, weil ich kein Feigling bin.

»Also dann …« Doktor Weinberg hält mir die Tür nach draußen auf, wo schon Natascha in ihrem ausgeleierten T-Shirt und den abgewetzten Röhrenjeans auf dem Flur steht und darauf wartet, bei ihm in die Familientherapiesitzung zu gehen.

Mit gesenktem Blick und strähnigem Haar drängt sie an mir vorbei. Ihre Eltern folgen ihr ebenfalls mit gesenktem Blick, so, als würden sie sich für den Zustand ihrer Tochter die Schuld geben. Vermutlich geben sich alle Eltern die Schuld an den Zuständen ihrer Kinder.

Ich lächele Nataschas Eltern aufmunternd zu, weil ich von ihrer Zimmerkameradin Jessi weiß, dass Natascha heimlich vor dem Badezimmerspiegel tanzt und total fröhlich ist, wenn ihr niemand zusieht, und gehe den Gang hinunter in die Empfangshalle, wo meine Mutter neben einer großen Topfpflanze steht und selbstvergessen verwelkte Blättchen abzupft.

Als sie mich kommen sieht, wirft sie die Blättchen schnell in den Pflanzenkübel und kommt auf mich zu. »Alles in Ordnung, mein Schatz? Hast du noch mehr Ärger bekommen? Will er mit deinem Lehrer sprechen?«

»Im Gegenteil.« Ich umarme sie fest. »Doktor Weinberg hat mich gebeten, mich offiziell um Tucker zu kümmern.«

»Was? Wirklich?« Meine Mutter starrt mich kurz erstaunt an. Dann klatscht sie in die Hände. »Das ist ja wunderbar!«

»Aber dieses Kümmern beschränkt sich nicht nur auf die letzte Praktikumswoche. Das ist mehr so eine generelle Sache.«

»Eine generelle Sache?« Meine Mutter wirkt plötzlich leicht alarmiert. »Was soll das denn heißen?«

»Dass ich auch nach dem Praktikum weiterhin für Tuckers Gesundung zuständig bin.« Ich grinse unverfänglich, in der Hoffnung, dass meine Mutter nichts dagegen einzuwenden hat. Wegen meiner musischen Laufbahn und so.

»Mein Kind.« Sie legt mir ihre Hände auf die Schultern und sieht mich verklärt an. »Wenn es das ist, was du tun willst, ist es genau das Richtige! Weil du mein kleines Mädchen mit dem großen Herzen bist. Weißt du noch, als wir ganz früher im Herbst einen Spaziergang am See entlang gemacht haben? Vor uns ging eine alte Frau, die plötzlich über eine kleine Unebenheit gestolpert und hingefallen ist. Du bist, ohne zu überlegen, losgerannt, hast dich neben sie gekniet, ihre Hand genommen und versprochen, dass sie keine Angst zu haben braucht, weil deine Mama da ist und wir ihr helfen werden.«

»Ja, das weiß ich noch«, sage ich. Meine Mutter und ich sind uns ähnlicher, als ich es in letzter Zeit wahrhaben wollte. »Wir wollen beide, dass es allen gut geht.«

Sie nimmt mich noch einmal in den Arm und flüstert: »Ich bin so stolz auf dich.«

»Danke, Mama.«

»Ich mache uns heute Abend was Schönes zu Essen.«

Das ist ihr Satz. Den hat sie früher immer gesagt, wenn irgendwas passiert war. Ein aufgeschlagenes Knie. Kindergartenstreit mit Nelli. Kotze auf meinem rosa Lackschuh. Verbrannte Haare am vierten Advent.

Ich nicke und flüstere: »Bitte Spaghetti Carbonara!«

Ich sehe ihr nach, wie sie in ihren sportlichen Jeans und dem weißen Poloshirt durch die Eingangstür und die Treppen hinunter zum Parkplatz verschwindet. Ich bleibe noch etwas in der Halle stehen, um zu begreifen, was alles passiert ist. Bis plötzlich von weit hinten ein schwarzer Leichenwagen langsam die Lindenallee herunterkommt. Ich gehe näher an die offen stehende Tür heran und nach und nach versammeln sich immer mehr Patienten um mich herum. Kleine und große. Vincent mit seinem einäugigen Teddy hängt an meinem Rockzipfel. Das dicke Mädchen mit der Zahnspange und das kurzhaarige Mädchen mit der bipolaren Störung stehen dicht bei uns. Beatrix mit den bandagierten Armen taucht neben mir auf und flüstert mit belegter Stimme: »Kirsten hat es tatsächlich geschafft, zu sterben.«

»Ja«, sage ich. »*Sie* hat es geschafft. Still und leise.« Das hauchdünne Mädchen im langen Nachthemd.

Doktor Weinberg weiß, dass er nichts dagegen tun kann, wenn einer seiner jungen Patienten es sich wirklich vorgenommen hat. Er kann nur versuchen, es mit allen orthodoxen und unorthodoxen Mitteln zu verhindern. Dafür hat er mich zurückgerufen. Damit es bei diesem einen Leichenwagen bleibt.

Für einen Moment verschwimmt alles vor meinen Augen und mitten unter all den Mädchen und Jungen werde ich mir meiner besonderen Verantwortung bewusst.

Schließlich gesellt sich auch Linn mit den gelben Gummihandschuhen zu uns. Als der Leichenwagen über den Vorplatz Richtung Intensivstation rollt, murmelt sie: »Der Tod ist der beste Freund der psychisch Kranken. Mit ihm kannst du dich an allen rächen, die du für deine Angst, deine Traurigkeit und Leere verantwortlich machst. Er zeigt ihnen, wie schlimm es dir wirklich ging. Wie groß die Qual ist, die du meinst in dir zu tragen. Für diesen kleinen, süßen Moment willst du sterben, um zu triumphieren. Nur blöd, dass dir keiner sagt, dass es dann für den Triumph zu spät sein wird.« Sie schnäuzt sich in ein Taschentuch, und all die Patienten und Schwestern, die um mich herumstehen, wir alle sehen dem schwarzen Wagen nach, bis er vom riesigen Schatten der Eiche verschluckt wird.

»Gott hab unseren zarten, magersüchtigen Engel selig und pass gut auf ihn auf.« Beatrix seufzt und legt den Arm um Vincent, der seinen Teddy fest an sich drückt. Sie flüstert tränenerstickt: »Ich hasse Beerdigungen! Vermutlich bin ich darum auch nicht gestorben. Ich hätte diese ganze Zeremonie gehasst. Alle sitzen auf Stühlen und heulen. Nur man selbst liegt im Sarg, während die Eltern das angebliche Lieblingslied spielen, was schon längst nicht mehr das Lieblingslied ihres Kindes war. Ich sage euch, meine Eltern hätten mich mit *One Less Lonely Girl* von Justin Bieber unter die Erde gebracht!«

Ich grinse beklommen und freue mich, als Schwester Maggie sich dazwischendrängt, nach meiner Hand greift und erleichtert sagt: »Schön, dass du wieder bei uns bist.«

Da es erst in einer Stunde Kaffee und Kuchen gibt und alle Patienten in der Lobby mit Kirstens Verlust zu tun haben und ihre Köpfe bestürzt zusammenstecken, sich umarmen und weinen, beschließe ich, direkt zu Tucker zu gehen, der auf der anderen Seite der Empfangshalle in Gang B stationiert ist. Ich habe einen Auftrag, der mich ablenken wird. Auf dem Weg dorthin spreche ich leise ein Gebet für Kirsten. Dann stehe ich vor Tuckers Tür.

Ich klopfe. Ich warte. Nichts passiert.

Also drücke ich die Klinke herunter und schiebe mich durch den Türspalt ins dämmrige Zimmer. Über dem Bett liegt eine hellbraune Decke mit blauen Streifen. Daneben steht ein Nachtschränkchen mit einem Bilderrahmen darauf. Das Bild kann ich nicht erkennen. Es ist zur Wand gedreht. Auf dem Boden liegt ein bunt gestreifter Läufer. Definitiv keine Klinikware. Bestimmt haben ihm seine Eltern den von ihrem Öko-Hof mitgebracht, damit er es heimeliger hat. An der Wand gegenüber klebt tatsächlich ein Fotoposter mit einem schwarz glänzenden, gewaltigen Orca drauf, der majestätisch aus dem Meer emporspringt. Ist das nicht schon wieder erstaunlich? Genau so einer ist mir neulich beim autogenen Training als Begleiter erschienen. Gefährlich und sanft zugleich. Ich frage mich, was Tucker an diesen Killerwalen mag. Das Gefährliche oder das Sanfte? In jedem Fall ist der Orca schon wieder ein magisches Puzzleteil mehr, das uns miteinander verbindet.

Tucker hockt auf der Fensterbank, die Knie angezogen, und sieht mir entgegen. Weiß er noch, was ich ihm gestern gestanden habe? Sein Blick verrät nichts. Er hat die Jalousien heruntergelassen, sodass nur etwas Tageslicht zwischen den Lamellen hindurchsickert.

Ich schließe hinter mir die Tür und merke, wie meine Stimme ganz leicht zittert. »Hallo.«

Ich setze mich auf die Bettkante und halte mich unauffällig daran fest. Ich komme mit einem gewaltigen Vorhaben. Für mich. Für Tucker und irgendwie auch für seine Eltern, die sich nach der Briefaktion bestimmt furchtbare Vorwürfe machen und denken, dass ihr Sohn jetzt erst recht nie wieder der Alte wird. Da bin ich im Vorteil. Ich kenne den *alten* Tucker nicht. Ich kann mir nur wünschen, dass sich der jetzige Tucker mehr und mehr entfaltet. Wie diese zusammengepressten Handtücher bei *NANU-NANA*, die nicht größer als Brühwürfel sind. Man wirft sie ins Wasser und plötzlich wachsen sie zur nie geahnten Größe heran.

Ich gucke zum Poster mit dem Orca und sage so locker wie möglich, wobei mir fast meine Stimme wegbricht: »Neulich ist mir beim Autogenen Training auch so einer erschienen. Meinst du, es war der gleiche?«

Inzwischen fixiert Tucker seine weißen Sneaker und rubbelt mit dem Zeigefinger ein bisschen an einer erdigen Stelle an der Sohle herum. Erinnert er sich überhaupt noch an meinen Besuch auf der Intensivstation? Dass ich ihm versprochen habe, dass wir im stürmischen Meer des Lebens nicht untergehen werden?

»Ich hätte es nicht im Schwimmbad tun sollen.«

»Hm?« Ich hebe meinen Kopf ruckartig an.

Hat er eben gesprochen? In meinen Ohren rauscht es. Kamen die Worte von ihm? Ich starre ihn mit offenem Mund an. Das Zimmer dreht sich um mich. Vielleicht verliere ich gerade selber den Verstand. Er kann nicht gesprochen haben. Das ist unmöglich. Oder?

»Ich hätte es nicht im Schwimmbad tun sollen«, sagt Tucker wieder mit dieser Stimme, die mir einen Schauer über den Rücken jagt. Er blickt mich ganz ruhig an und legt seine Arme um die Knie. Ich kann nicht glauben, was hier gerade passiert. Tucker, der Junge, der seit einem

Jahr schweigt, hat tatsächlich etwas gesagt. So, als sei es das Normalste von der Welt.

Dabei ist es ein Wunder. Ein gewaltiges, großes, unermessliches Wunder. Tucker redet! Ohne, dass ich überhaupt etwas gemacht habe. Nach einem Jahr! Und so selbstverständlich, als hätte er nie damit aufgehört. Mama! Nelli! Papa! Sina! Ich gebe ein keuchendes Geräusch von mir, das ein bisschen wie Lachen klingt. Soll ich jetzt gleich zu Doktor Weinberg rasen?

Ich stehe von der Bettkante auf. Ich setze mich wieder hin. Mein Herz wummert. Alles in mir wummert. Tucker hat geredet. Endlich. Ich habe seine Stimme gehört. Mit meinen Ohren.

Ich zwinge mich, ruhig zu bleiben. Mir meine Aufregung nicht anmerken zu lassen. Nur keinen Druck erzeugen. Ich will nicht, dass das Wunder wieder verschwindet. Wie eine Welle, die in der Weite des Ozeans für immer vergeht.

So, wie Tucker in seinem Ozean versunken ist. Mach Wellen, denke ich. Sprich mit mir. Tucker Bär. Mach Worte! So viele du kannst.

Ich frage vorsichtig: »Was hättest du nicht im Schwimmbad tun sollen?«

»Versuchen, mich umzubringen.« Er antwortet mir! Das ist unglaublich!

Ich nicke und sage möglichst unaufgeregt: »Allerdings.« Ich mache eine Pause und fahre dann zögernd fort: »Das hättest du überhaupt nicht tun sollen. Wegen dir habe ich gestern zwei Slim-Line-Zigaretten von meiner Freundin Nelli geraucht. Obwohl ich gar nicht rauche. Und mir diesen hässlichen pinken Nagellack mit Goldglitter gekauft.« Ich halte meine zitternden Hände mit den lackierten Nägeln hoch, die aussehen, als gehörten sie nicht zu mir. Er sieht gar nicht hin.

»Ich hätte es woanders tun sollen.«

»Wieso?« Ich sitze da und gucke ihn an. Plötzlich ist mir kalt. »Was meinst du?«

Er zuckt kaum merklich mit den Schultern. Seine Stimme ist so leise. »Wäre ich vom Klinikdach gesprungen, dürfte ich jetzt schwimmen gehen. Aber nun werden sie mich nie wieder in den Pool lassen.«

»Wärst du vom Klinikdach gesprungen, wärst du jetzt tot.« Ich stehe auf und gehe ganz langsam zu ihm. Es sind nur ein paar Schritte und doch kommt es mir so weit vor. »Warum wolltest du sterben?«

Seine Lippen zucken, als wolle er noch etwas sagen. Aber er blickt mich nur an.

Ich bleibe neben ihm stehen und nehme alles überdeutlich wahr. Seine Schulter unter dem T-Shirt-Stoff. Seine nackten Arme, die auf seinen angewinkelten Knien liegen. Seine gefalteten Hände. Seine Wangen. Seine Nase und seine Augen, die fragend blinzeln. Auch wenn ich ihn gerne berühren würde, lasse ich meine Arme nach unten hängen und sage: »Wärst du wirklich lieber tot?«

Zwanzig

Der zehnte Tag meines neuen Lebens

Seit zwei Stunden sitze ich auf Tuckers Bettkante und habe keine Ahnung, was ich machen soll. Mit einem Mal ist er wieder still und tut auf seiner Fensterbank so, als hätte er nie etwas gesagt. War es das jetzt schon wieder für die nächsten zwölf Monate? Ein kurzer Augenblick Normalität? Es ist kaum auszuhalten. Ich weiß, er ist traumatisiert und das alles. Aber haben Traumatisierte kein Mitgefühl? Will er mich quälen, oder was? Ganz kurz denke ich, dass er sich und seine Gefühle ein bisschen wichtig nimmt. Vermutlich dürfte ich das nicht mal denken, aber ich fühle es ja auch eher.

Soll ich Tucker anflehen, dass er sich zusammenreißen soll, weil draußen ein super Tag ist und er mir eigentlich das Schwimmen beibringen könnte? Im Gegensatz zu ihm wäre ich nämlich bereit dazu, einen solch mutigen Schritt zu gehen. Stattdessen reiße *ich* mich zusammen und unterdrücke meinen Frust. Ich schätze, das ist der Grund, warum eigentlich nur Profis Traumatisierte behandeln dürfen. Die nehmen dieses Verhalten nicht persönlich. Die verdienen damit ihr Geld, dass sich die

Traumatisierten mit ihrer Heilung schön viel Zeit lassen. Diese Zeit und diese Geduld kann ich aber nur schwer aufbringen. Vorsichtiges Antasten liegt mir nicht über einen längeren Zeitraum, wie ich gerade besorgt feststelle. Irgendwann will ich Fakten sehen. Ich vermute, das habe ich von meinem Vater. Fakten sind sein Leben. Er sagt: » Hast du keine Fakten, hast du keinen Fall.«

Na gut. Tucker hat vorhin gesprochen. Wir sind definitiv schon mal einen entscheidenden Schritt weiter. Doch anstatt mutig seinen nächsten Schritt zu tun, gibt er sich wie das Orakel von Delphi. Also, hübsch mysteriös. Und ich finde, über diesen Punkt sind wir längst hinaus. Wir müssen uns nichts mehr vormachen. Wir können einfach echt sein. Oder sträubt sich sein Unterbewusstsein dagegen? Wir mögen uns doch. Oder?

»Es gibt da so eine stillgelegte Brücke«, probiere ich es erneut. »Auf die kann man sich nachts legen und den Jumbos beim Starten und Landen zusehen. Ich würde da gerne mit dir hingehen. Anstatt mit Nelli, die dabei eine Slim Line nach der anderen wegqualmt, sodass nichts mehr vom Sternenhimmel zu sehen ist.«

Tucker rührt sich nicht.

Auch nach zehn Minuten nicht. Ich sehe zu ihm hinüber und sage tapfer: »Du könntest mir aber auch das Schwimmen beibringen. Falls du dich traust. Das ist nämlich ziemlich gefährlich bei mir. Mein Vater hat sofort wieder aufgegeben, nachdem ich ihn beim ersten Versuch volle Wucht getreten habe.«

Ich kichere hilflos.

Tucker verzieht keine Miene auf seiner Fensterbank.

Plötzlich fühle ich mich seltsam nackt. So, als würde ich mich ihm immer mehr zeigen, während er sich immer mehr zurückzieht.

Ich falte die Hände im Schoß und flüstere: »Das *Mich gibt es nicht mehr*-Spiel ist schrecklich, Tucker.«

Kein Mucks von der Fensterbank.

Ich atme tief durch und sage: »Das funktioniert nicht, Tucker.«

Er rührt sich nicht. Als hätte ich mir seine Worte nur eingebildet. Und würde ich das Zimmer jetzt verlassen, würde es mir wahrscheinlich bald selbst so vorkommen, als hätte ich es mir eingebildet. Ein schöner, flüchtiger Traum. So weit lasse ich es nicht kommen.

Darum erkläre ich entschlossen: »Ich werde hier auf der Bettkante sitzen bleiben, bis du wieder mit mir sprichst. Und wenn es Jahre dauert. Ich weiß, dass du da irgendwo in deinem Körper bist und mich beobachtest.«

Er reagiert nicht.

»Also schön. Dann werde ich auch nicht mehr reden. Du verpasst spannende Geschichten aus meinem aufregenden Leben. Ich könnte dir von meinem Klaviervorspiel in der Musikschule erzählen, zu dem ich dich eigentlich mitnehmen wollte. Vielleicht willst du ja wissen, ob ich die Revolutionsetüde hinbekommen habe? Oder du könntest mich fragen, ob ich einen Freund habe oder was meine Eltern beruflich machen. Ich könnte dir von meinem geheimen Kumpel Schlamma erzählen, der aussieht wie ein kleiner Filzstiftkringel. Aber das alles scheint dich leider nicht zu interessieren. Denn sonst würdest du mich ja fragen.«

Ich rolle mich auf seinem Bett zusammen. So, dass ich ihm den Rücken zukehre. Ich weiß nicht, ob es Doktor Weinberg recht ist, wenn ich seinen traumatisierten Patienten derart unter Druck setze. Aber ich mache mir eben Sorgen. Obwohl ich bei Tucker bin, handeln seine einzigen Worte davon, dass er noch immer tot sein möchte!

Damit sich meine Mutter nicht fragt, warum ich noch nicht zu Hause bin, schicke ich ihr eine Nachricht, dass ich über Nacht in der Klinik bleibe und morgen die Spaghetti Carbonara esse. Dann schalte ich das Handy ab und schiebe es unter das Kopfkissen. Ich weiß nicht, wie viel Zeit vergeht, während ich Tuckers und meinem Atem lausche. Irgendwann blinzele ich noch einmal müde hinüber zum Orca-Poster an der Wand. Im Zimmer wird es immer dunkler, bis das Bild im Schwarz der Nacht verschwindet und ich wegdämmere. Im Traum sitze ich mit einer Gruppe von Psychologie-Koryphäen um einen großen Konferenztisch. Wir diskutieren über Tucker und alle geben mir eine Menge guter Ratschläge. Es sind auch ein paar von Tuckers alten Freunden dabei, die vorschlagen, man solle ihm einfach seine Lieblingsmusik vorspielen.

Tuckers Sneakersohlen quietschen, als er sich auf dem Fensterbrett bewegt. Schläfrig öffne ich die Augen und mit einem Mal ist es mondhell im Zimmer. Ich drehe mich leise um. Sein Blick geht hinaus in den nächtlichen Sternenhimmel, hoch zum Vollmond, der die Bäume und das Zimmer mit milchig-silbrigem Licht überzieht. Dieses stille wehmütige Bild brennt sich für ewig in mein Gedächtnis ein. Ich drehe mich wieder um. Er hat gar nicht gemerkt, dass ich wach bin. Mein Herz klopft. Wäre ich nicht so müde, würde ich jetzt aufstehen und gehen. Irgendwie ist mir meine Hoffnung abhandengekommen.

Ich wache davon auf, dass er sich hinter mich legt und mich umarmt. So, als würden wir gemeinsam auf einer schmalen Luftmatratze liegen.

»Schlaf gut.« Seine warme Stimme streift über meine Wange und verirrt sich in meinem Haar.

Ich fühle mich ganz kurz vollkommen.

Die Wellen tragen uns.

Und ich wünschte, seine Eltern könnten uns so sehen.

Ich streichele über seine Hand. »Du auch, Tucker Bär.«

In unseren Träumen kommen die Orcas. Wie mächtige glänzende Schatten schwimmen sie im Mondschein neben uns her durchs lakritzschwarze Wasser und geleiten uns sicher durch die Nacht.

Als ich am Morgen die Augen aufschlage, fließt die Sonne über mich. Tucker sitzt vor mir im Schneidersitz. In seinem ausgewaschenen T-Shirt und Jeans. Er hat mich mit seinem Sweatshirt zugedeckt, das für mich ganz leicht nach Lagerfeuerrauch duftet.

Ich sehe ihn an.

Er streckt vorsichtig seine Hand aus und streicht mir eine Locke aus der Stirn. *Wie kann man nur so schön sein, wie er es ist?* Ich werde mich an ihm nie sattsehen können. Nie.

»Guten Morgen«, sagt er leise.

Draußen im Flur ist Geschrei zu hören. Vermutlich Natascha. Hat irgendjemand wieder eine ihrer unzähligen unsichtbaren Grenzen überschritten? Beatrix meint, sie ist mal missbraucht worden. Aber Linn sagt, das würde sie sich nur einbilden. Dann ist es wieder still.

Ich richte mich auf und ziehe mir Tuckers Sweatshirt über. Ich geb's zu. Ich bin befangen, mir ist kalt, und ich kann ihm nicht in die Augen sehen. Gerade komme ich mir nicht wie seine unorthodoxe Therapeutin vor, sondern wie ein Mädchen, das zum ersten Mal bei ihrem neuen Freund übernachtet hat, sich dringend die Zähne putzen will und sich fragt, ob ihre Wimperntusche verschmiert ist. Bevor ich hinüber ins Bad huschen kann, beugt er sich zum Nachttisch, und ich denke, er will mich küssen. Ich werde ganz steif, tausend Gedanken schießen mir durch den Kopf. Wie lange beobachtet er mich schon? Sehen meine Haare aus wie ein Vogelnest? Hört er gleich wieder mit dem Sprechen auf? Ist er gesund? Oder will er immer noch sterben? Ist das erst der Anfang? Oder schon wieder das Ende? Sind wir jetzt zusammen? Aber anstatt mich zu küssen, zieht er den Brief seiner Schwester aus der Schublade. Damit richtet er sich wieder auf, und ich sehe seine gebräunten Arme, seine flatternden Hände, die den zusammengefalteten Brief halten.

Er blinzelt, als wolle er etwas sagen.

Aber er schafft es nicht, sich zu überwinden. Es kommt nur ein tiefes Seufzen. Also halte ich mir den Ärmel seines Sweatshirts vor die Augen, damit er sich nicht so beobachtet fühlt. »Was?« Ich linse minimal daran vorbei.

Er sieht hinunter auf den Brief und räuspert sich ein paar Male. »Sie ... sie wollte hundertdreißig Jahre alt werden.« Er lacht hilflos, als hätte er nur darauf gewartet, mir endlich davon zu erzählen. »Hundertdreißig, wie eine Schildkröte oder so.«

Ich nehme langsam den Arm herunter und fasse zaghaft nach seiner Hand.

Er hält sich an meiner Hand fest, als brauche er Sicherheit, um überhaupt sprechen zu können. Als sei so viel Schmerz und Schuld in ihm. Als könne ihn das, was er sagen will, augenblicklich wie eine gewaltige Bombe zerfetzen. Seine Stimme ist belegt, als er fortfährt: »Sie wurde nur sieben.«

Er faltet vorsichtig den Brief auseinander und streicht ihn andächtig zwischen uns auf der Überdecke glatt. Pinkfarbener Filzstift, ein paar Notizen in Mädchenschrift auf Karopapier. Darunter eine Menge Pflanzennamen. Alle mit einem roten Häkchen versehen. Das müssen die Zutaten für das Kräuterpulver sein, von dem Schwester Maggie erzählt hat. Tucker tippt auf den untersten Namen. Hinter dem der rote Haken noch fehlt. »Die Braunalge. Die brauchte Ellie noch.«

»Die Braunalge?«

Er sieht mich herzerweichend an. »An der Ostseeküste gibt es eine Algenfarm, dort züchten sie die Pflanzen an Netzen unter der Wasseroberfläche. Das hatte ich für Ellie herausgefunden.«

Tucker atmet tief ein. Ich sehe, dass er mit den Tränen kämpft. Aber er will sie nicht kommen lassen. Er schluckt und presst hervor: »Damals dachte ich noch, es … es sei ein Spiel … Aber dann wollte Elli wirklich raus aufs Meer.«

Ich nicke und sage eilig: »Du musst es mir nicht erzählen, wenn es dir schwerfällt.«

»Sie hat mich angebettelt, sie zu den Algen zu bringen. Sie dachte, ihr Leben hängt davon ab.« Er schüttelt den Kopf und flüstert: »Wie dumm ich war! Das war doch nur eine Kinderangst! Ihr langes Leben. Ich habe es zum kürzesten Leben überhaupt gemacht. Wir sind hinausgepaddelt und plötzlich waren da überall diese Netze.«

Ich streiche über sein Knie, bis er schließlich seine Hand auf meine legt und sie festhält.

»Es war ein Samstag im Sommer. Wir sind mit der Bahn bis ans Meer gefahren. Meinen Eltern haben wir gesagt, wir machen einen Ausflug. Die waren froh, weil sie so viel auf den Feldern zu tun hatten.« Er schnieft und ich sehe ihm beim Weinen zu. Jetzt kann er es nicht mehr zurückhalten. Die Tränen fallen und die rosa Kinderschrift wird an immer mehr Stellen unlesbar. »Überall Netze. Das ganze Meer voller Netze. Ich habe versucht, zurückzupaddeln. Ich habe gesagt: Sitz still, Ellie! Hörst du! Sitz still! Ich wusste, was gleich passieren würde.«

»Tucker!«

Er atmet aufgeregt. »Sitz still, hab ich gesagt. Aber sie hat sich vorgebeugt. Einfach über den Schlauchbootrand. Hat ihren kleinen Arm ausgestreckt und wollte nach den Algen greifen … Das Wasser kam rein. Immer mehr … Ich wusste, dass es passieren würde. Aber ich habe sie nicht rechtzeitig zurückgezogen.«

»Du hast das getan, was du konntest.«

Tucker schluchzt auf. »Nichts hab ich getan. Ich habe sie sterben lassen.«

Er heult auf und klammert sich fest an meine Hände. Sein Körper bebt so heftig. Es dauert, bis der schlimmste Schmerz vorüber ist. Als Tucker sich etwas beruhigt hat, wispert er: »Ich bin an allem Schuld.«

»Du hast sie geliebt. Du wolltest alles für sie tun. Darum bist du mit ihr ans Meer gefahren. Darum bin ich hier. Weil ich all das Schöne in dir sehe. Weil ich nicht will, dass du wieder in dir versinkst. Weil die Netze, die dich hinunterziehen, verschwinden sollen. Weil du unschuldig bist.«

Er schüttelt den Kopf.

Es ist so still um uns herum. In diesem Klinikzimmer. An diesem Tag in unserem Leben.

Wir sitzen schweigend da und folgen unseren Erinnerungen, Hoffnungen und Schmerzen. Er flüstert ein letztes, klägliches Mal: »Ich hätte sie nie dorthin bringen dürfen.«

Plötzlich geht die Tür auf. Schwester Maggie steht im Zimmer, die Hand noch auf der Klinke. Tucker und ich schrecken zurück und wir sehen uns alle für ein paar Sekunden in die Augen.

»Oh, entschuldigt«, sagt sie schließlich und streicht

sich mit einem Seitenblick zu mir ihren Kittel glatt. »In … in der Halle ist eine Nachricht für dich, Tucker.«

Dann zieht sie die Tür wieder hinter sich zu. Tucker räuspert sich und wischt mit dem Handballen über seine geröteten Augen.

Eine Nachricht für ihn? Von wem? Bekommt er öfter Nachrichten in die Halle? Hoffentlich nicht der nächste hilflose Rettungsversuch von seinen Eltern. Ich erhebe mich vom Bett und gebe ihm sein Sweatshirt zurück. »Ich komme morgen wieder.« Ich beuge mich hinunter und gebe ihm einen Kuss auf die Stirn. Vielleicht ist die Stirn eine komische Stelle für den ersten Kuss. Doch für mich ist sie genau richtig.

Er lächelt zaghaft. »Du bist mir so nah.«

Und ich verspreche leise zurück: »Und du mir.«

Im Gang ist das frühe Nachmittagslicht so hell. Ob ich jetzt gleich bei Doktor Weinberg Meldung über Tuckers Zustand machen muss? Zum genauen Prozedere hat er gestern keine Angaben gemacht. Vermutlich, weil er in Wahrheit nie damit gerechnet hat, dass Tucker mit mir sprechen würde.

Mein Bein ist eingeschlafen. Ich humpele den Gang hinunter, wie jemand, der nach langer Zeit heimkehrt und nicht mehr derselbe ist. Schwarze Schleifen zieren alle Fenstergriffe. In der Empfangshalle hängt das Treppengeländer voller schwarzer Bänder. Die sind bestimmt alle für Kirsten, die für immer von dieser Welt verschwunden ist. Ich muss raus vor die Tür. Ich brauche dringend frische Luft.

An der Eiche pendelt die Schaukel einsam vor sich hin, in der Brise wehen schwarze Seidenbänder, die um die Sitzfläche gewickelt wurden. Eine Gruppe von ADHS-Kindern marschiert mit großen Feldblumensträußen über die Wiese in Richtung Kapelle. So sieht es also aus, wenn eine Patientin dieser Klinik beschließt, tot zu sein. Überall flattern schwarze Fähnchen, die Lindenallee hinunter. Die *Alice im Wunderland*-Welt trägt Trauer.

Ich stehe einfach nur da und sehe in den seltsam orangeroten Himmel, der sich langsam schwarz färbt. Am Horizont zuckt ein Blitz auf und der erste Regentropfen landet auf meinem Kopf. Es werden immer mehr Tropfen, bis es in Strömen regnet und es von allen Seiten blitzt und donnert. Ich renne zurück ins Gebäude, die Treppe hinauf, in den leeren Speisesaal. Flankiert von zwei langen Tischen sehe ich hinaus auf den See, auf dessen graue Oberfläche Milliarden glitzernder Tropfen prasseln. Am Ufer entlang bauschen sich die Bäume silbrig im Wind und alles in allem ist es ein wunderschönes Zusammenspiel. Eine einzigartige Komposition. An diesem Tag.

Als das Gewitter donnernd und peitschend über uns hinweggezogen ist und nichts als friedliche Stille zurückgelassen hat, ziehe ich mein Handy aus der Tasche, um Nelli anzurufen. Ich will nichts mehr, als mit ihr zur Brücke fahren, Gummibärchen essen und ihr von den letzten Ereignissen erzählen. Doch bevor ich sie anrufen kann, leuchtet auf dem Display schon ein Selfie von ihr auf, das sie im letzten Sommerurlaub von sich und ihrer Tante vor dem Weißen Haus gemacht hat. Die beiden haben riesige Ameisen-Sonnenbrillen auf und grinsen, als würden sie *cheese* sagen.

»Nelli? Ich wollte dich gerade anrufen, um dir zu erzählen, dass …«

»Wo bist du?«

»In der Klinik. Stell dir vor: Doktor Weinberg, den du verklagen willst, hat mich gestern hierhergerufen und gefragt, ob ich mich um Tucker kümmere, weil er befürchtet, dass …«

»Schön für dich. Ich habe vorhin meinen Vater gesehen«, unterbricht sie mich mit Druck in der Stimme. »Nach genau achtzehn Monaten und sieben Tagen.«

»Was?«

Mit dem Telefon wechsele ich quer über den Flur, in den Raum für Autogenes Training, um ungestört zu telefonieren. Erst in einer Stunde kommt die nächste Gruppe hier rein. Ich hocke mich hinter den Mattenstapel und höre Nellis aufgeregte Stimme.

»Mit seiner neuen Blödmann-Freundin, für die er meine Mutter verlassen hat. Sie ist total hässlich!«

»Wie das? Ich meine, habt ihr euch verabredet?« Ist Nelli meinem Rat gefolgt und hat Kontakt zu ihm aufgenommen?

»Nein! Rein zufällig! Auf der Straße. In der Nähe vom Gericht, als ich mir gerade etwas zum Mittag holen wollte.«

»Hast du mit ihm geredet?« Mir ist irgendwie kalt. Ich wünschte, ich hätte noch Tuckers Sweatshirt an. Ich merke, wie meine Kräfte nachlassen, und eigentlich hätte ich gerne Nelli einfach nur von Tucker erzählt, aber dies scheint gerade nicht der geeignete Zeitpunkt zu sein.

»Spinnst du? Ich habe mich sofort hinter einem Altkleidercontainer versteckt, damit er mich nicht sieht.« Nelli klingt atemlos, als würde sie laufen. Im Hintergrund höre ich Vogelgezwitscher.

»Wo bist du?«

»Im Wasserbettengeschäft. Wo sonst? Heute ist Montagnachmittag.«

»Und warum höre ich Vogelgezwitscher?«

»Das ist eine Entspannungs-CD. Meine Mutter denkt, dass dieses Gefiepe die Kunden kaufwilliger macht. Wir haben auch noch Walgesänge und so einen komischen Dschungelwasserfall. Von dem Geplätscher muss meine Mutter aber ständig aufs Klo.«

»Hast du ihr schon gesagt, dass du deinen Vater gesehen hast?«

»Hallo? Sie hat genug Stress mit der anstehenden Inventur und dem Aufbauen von neuen Bett-Modellen. Gestern Nacht hat sie zehn Bettgestelle zusammengeschraubt, bis sie auf einem eingeschlafen ist. Nur, um die Teile heute gleich im Angebot zu haben. Früher war mein Vater dafür zuständig! Aber er hat ja jetzt Besseres zu tun.« Nelli senkt ihre Stimme ab. »Ihn zu sehen hat mir so was von den Rest gegeben. Es war wie eine Warnung, mich doch besser nicht in Theo-Nelson zu verlieben. Auch, wenn er sich ideal dafür eignen würde und ich gestern ganz kurz davor stand.«

»Meinst du nicht, du steigerst dich da gerade in etwas hinein?«, sage ich. Da waren wir neulich in der H&M-Umkleide definitiv schon mal weiter.

»Ich steigere mich in überhaupt nichts rein. Ich nehme die Warnsignale ernst. Wie wir an meiner Mutter sehen können, geht es total nach hinten los, wenn du dich in die Hände eines Mannes begibst, der dich angeblich *so* liebt. Er verspricht dir das Blaue vom Himmel, haut ab, sucht sich eine Jüngere und du bleibst auf den Trümmern deines gemeinsamen Lebens sitzen.«

»Hast du das auch schon Theo-Nelson gesagt? Damit er weiß, auf was für eine komplett verdrehte Person er sich einlässt?«

»*Er* ist komplett verdreht, wenn er glaubt, dass aus uns etwas werden könnte. Will ich mich ruinieren? Solange du dich auf niemanden einlässt, kannst du auch nicht zerstört werden. Obwohl unser Abend gestern unvergesslich war.« Nelli schnieft. »Er hat mir sogar eine Rose bei so einem Rosenverkäufer gekauft. Total peinlich und extrem süß!« Ich weiß nicht, ob sie weint. Jedenfalls putzt sie sich die Nase und sagt dann: »Sie ist schwanger.«

»Wer?«

»Na, seine beknackte Freundin.«

»Von Theo-Nelson?«

»Nein! Die von meinem doofen Vater! Der Verräter startet noch mal voll durch. Mit neuer Familie und allem. Ich musste mir mit angucken, wie er diese *Bitch* umarmt und auf ihrem fetten Bauch rumtatscht. Dabei hat er so affektiert gelacht und einen auf übertrieben jugendlich gemacht. Ich hätte direkt kotzen können, wie man so verlogen sein kann. Er war die große Liebe von *meiner* Mutter! Ich hasse ihn, dass er meiner Mama so wehtut. Ich hasse diese Frau. Ich hasse dieses Baby.« Nellis Stimme wird immer wütender.

Ich versuche, beruhigend auf sie einzuwirken. »Das Baby kann am allerwenigsten was dafür.«

»Punkt für dich. Na gut, ich hasse das Baby nicht. Aber ich check's nicht. Hat er kein Gewissen? Wir waren seine Familie! Ich bin *auch* sein Kind! Hat er mich vergessen?« Nelli schluchzt wieder. Heute scheint der internationale Wein-Tag zu sein. Bei dem ich definitiv nicht mitmachen werde. Einer muss ja bei der Stange bleiben.

Ich sage: »Natürlich hat er dich nicht vergessen.«

»Wie kann er mit dieser Frau ein Kind kriegen? Er hat meine Mutter geheiratet! Er hat ihr ewige Treue geschworen! Er hat uns einfach verlassen! Wie eine McDonald's-Filiale oder so. Wenn dein eigener Vater zu so etwas fähig ist, wie willst du da je einem anderen Mann trauen? Das ist unmöglich! Dieser Verräter.«

Bevor Nelli sich richtig in Rage reden kann, sage ich: »Pass auf. Ich fahre hier gleich los und bin sofort bei dir. Dann reden wir über alles.«

»Ich werde sein neues Haus noch heute in Brand stecken. Ich habe mir schon heimlich seine Adresse aus den Akten meiner Mutter rausgesucht.«

»Kannst du damit bitte noch kurz warten? In einer halben Stunde bin ich bei dir. Als angehende Juristin weißt du ja, was mit jugendlichen Brandstiftern passiert …«

»Sekunde«, unterbricht mich Nelli. Es raschelt, und wie durch Watte höre ich, wie sie einen Kunden mit fröhlicher Stimme begrüßt: »Herzlich willkommen im Wasserbetten-Paradies.« Und ihn dann zur *Deluxe*-Abteilung hinüberschickt. »Machen Sie es sich bequem. Ich komme gleich zu Ihnen. Wir haben tolle neue Angebote, die Sie umhauen werden!« Es raschelt wieder, und Nelli flüstert in den Hörer: »Alles klar, ich muss auflegen, Miss Franziska. Ich wollte dir nur sagen, dass es ein Traum ist, dich zur Freundin zu haben, und ich bereit bin, mit meinem Vater abzurechnen. Ich habe schon viel zu lange gute Miene zum bösen Spiel gemacht. Jetzt, wo klar ist, dass er nie zurückkommen wird, gibt es für mich keinen Grund mehr, ihn zu verschonen. Ich werde ihn zerstören.«

»Tolles Vorhaben. Ich bin stolz auf dich«, sage ich und weiß, dass ich mich beeilen sollte, wenn ich Nelli noch im Wasserbettengeschäft erwischen will.

»Hasta la vista, Baby.« Nelli legt auf, und ich hocke noch für ein paar Sekunden hinter dem Mattenstapel, um neue Kräfte zu sammeln. Wird das ab jetzt bis zu meinem Lebensende so weitergehen? Dass ständig etwas Existenzielles passiert und einer den anderen retten muss?

Einundzwanzig

Der zehnte Tag meines neuen Lebens

»Und was willst du zu deinem Vater sagen?«, rufe ich in den Fahrtwind hinein, als Nelli eine halbe Stunde später hinter mir auf der Vespa sitzt. Auf ihrem Kopf der Erdbeer-Helm, den ich ihr zum letzten Geburtstag geschenkt habe, damit wir zusammen *cruisen* können.

Sie brüllt: »Das, was ich ihm schon seit einem Jahr sagen will, mir aber verkniffen habe, für den Fall, dass er doch noch zu uns zurückkommt.«

»Und das wäre?«

»Dass er verflucht sein soll bis in alle Ewigkeit!«

Wir kurven die breite Einkaufsstraße runter, durch dichten Feierabendverkehr, an Starbucks, H&M, Zara und Media Markt vorbei und biegen dann auf eine zweispurige Straße ab, die zwischen ehemals herrschaftlichen Wohnhäusern und noch älteren Bäumen in das beliebte Familienwohngebiet mit Spielplätzen und verkehrsberuhigten Straßen führt, in dem Nellis Vater offenbar jetzt mit seiner neuen, schwangeren Frau wohnt.

Ich habe keine Ahnung, wie das gleich genau ablaufen wird. Ich wünschte, wir hätten einen vernünftigen Plan.

Denn ich bin mir ziemlich sicher, dass Nelli vorhat, alles in Klump zu treten. Gleichzeitig klammert sie sich wie ein hilfloses Kind an mir fest, als sei ich so etwas wie ein muskelbepackter Superheld, an den man sich problemlos klammern kann, weil klar ist, dass er die Macht hat, alles wieder geradezubiegen. Auf der einen Seite fühlt es sich gut an, dass Nelli mit einem Mal bereit ist, sich vollkommen in meine Hände zu begeben. Das ist schon mal ein gewaltiger Schritt in Richtung Vertrauen. Auf der anderen Seite habe ich so meine Bedenken, dass unsere Aktion von Erfolg gekrönt sein wird. Ich kenne ihren Vater. Er ist ein Vollpfosten. Einer, der nicht bereit ist, Fehler einzugestehen. Erst recht nicht, wenn seine vollkommen aufgelöste Tochter mit einem imaginären Baseballschläger vor ihm steht und von ihm hören will, dass er ein unwürdiger Wurm ist, der ihr Leben zerstört hat.

Nellis Knie zittern an meinen Oberschenkeln, und ich schätze, dass sie mit den Nerven ziemlich am Ende ist. So am Ende, dass sie mich bisher weder gefragt hat, warum genau ich wieder in der Klinik bin, noch, ob sich die Musikhochschule schon bei mir gemeldet hat.

Ich halte an der roten Ampel und die Abendsonne breitet sich über uns wie eine glühende, tröstende Decke. Das warme Orange fließt über den Asphalt, die Häuser, die Dächer, unsere Arme, die Helme und die hohen Bäume.

Als die Ampel wieder auf Grün springt, zeigt Nelli nach rechts. Ihre Stimme klingt hart, wobei es in ihr drinnen bestimmt butterweich aussieht. »Ich glaube, da in den Zaunkönigweg müssen wir rein.«

Wir holpern eine schmale Kopfsteinpflasterstraße hinunter, die von Häusern, Büschen und Bäumen gesäumt ist, bis wir vor einem frisch renovierten Einfamilienhaus mit Spitzdach, Jägerzaun, Apfelbäumen im großen Garten und Garage halten.

Nelli steigt ab und nimmt den Erdbeer-Helm runter. »War ja klar!« Sie wirft dem Haus böse Blicke zu, als wäre es ein feindliches Raumschiff. »Hier lebt er also. In Kleinmachnow, im Grünen. So, wie es sich meine Mutter immer gewünscht hat. Aber damals wollte er lieber mittendrin wohnen, weil er meinte, in so einer Gegend hier könnte man sich gleich lebendig begraben lassen. Sie hat immer von einem großen Garten mit Apfelbäumen und Hängematte zum Entspannen geträumt und …«

»Nelli«, unterbreche ich sie und nicke einem alten Mann mit Rollator zu, der aus seinem Garten geschlurft kommt. »Vergiss es.«

»Was soll ich vergessen?« Sie starrt noch immer das Haus an und macht tastende Schritte darauf zu. Gleich streckt sie noch die Hand aus und befummelt den Gartenzaun, wie diese Forscher in den Alien-Filmen, die auf dem Mars eine seltsame Entdeckung machen. Und tatsächlich! Sie streckt die Hand aus und legt sie auf den Jägerzaun, als wäre er aus Kryptonit oder so. Echt abgefahren.

Ihre Stimme leiert ein wenig, als sie noch einmal fragt: »Was soll ich vergessen?«

Ich zucke mit den Schultern. »Ich meine, es spielt keine Rolle, dass er damals nicht in so einem Haus wohnen wollte und jetzt eben doch. Das kann viele Gründe haben. Zum Beispiel, dass er älter geworden ist. Ich habe auch irgendwann mit dem Reiten aufgehört, weil ich plötzlich nicht mehr so auf süße Ponys stand. Vielleicht stand er irgendwann nicht mehr auf überteuerte Dachgeschosswohnungen in der Innenstadt.«

»Schon klar.« Nelli nickt, ohne mich anzusehen. Ich weiß nicht mal, ob sie mir zugehört hat. Wie eine Blinde hangelt sie sich am Gartenzaun entlang bis zur Pforte. Sie beugt sich hinunter und drückt die Klinke nach unten. »Das wirkt alles so fremd. Obwohl da drinnen doch mein Vater wohnt.«

Ich sage: »Ich für meinen Teil könnte hier nicht leben. Ich finde auch: Da kannst du dich gleich lebendig begraben lassen. Hier ist kein Mensch in unserem Alter auf der Straße. Vermutlich wohnen hier nur Familien mit Babys oder Leute über hundert.«

Nelli geht wie ferngesteuert den schmalen Plattenweg zwischen den Büschen auf die Haustür zu. Es ist ganz still. Nur die leichte Abendbrise flüstert durch die Bäume. Und ein paar Amseln zwitschern. Ich bleibe an der Pforte stehen und bin froh, dass Nelli mich offenbar nicht mehr als Stütze braucht, um die Sache durchzuziehen. Sie sagt mit drohendem Unterton: »Ich werde ihn und seine Freundin fertigmachen.« In ihrem schicken Anwältinnen-Hosenanzug steigt sie die drei Treppenstufen hinauf und drückt, ohne zu zögern, auf die Klingel. Ich bete, dass niemand da ist. Auch, wenn ich eigentlich diesen Moment der Aussprache zwischen Nelli und ihrem Vater herbeigesehnt habe. Aber ich stehe nun einmal nicht so auf impulsive Auseinandersetzungen von existenzieller Bedeutung an der Haustür. Ich hatte eher an ein gut geplantes Gespräch unter Erwachsenen gedacht.

Drinnen im Haus rührt sich nichts. Also macht Nelli einen auf Sturmklingeln. Endlich geht die Tür auf und eine schwangere Frau in Jeans-Latzhosen steht auf der Türschwelle. Sie ist überhaupt nicht hässlich! Nur sehr blass.

»Ja, bitte?« Sie muss sich am Türrahmen festhalten, um nicht zusammenzusacken.

Anstatt die Frau anzubrüllen, fragt Nelli besorgt: »Geht es Ihnen nicht gut?«

Die schwangere Freundin ihres Vaters, deren Namen ich leider nicht kenne, lächelt freundlich und streicht sich ihre verstrubbelten Haare aus der Stirn. »Mein Kreislauf macht mir gerade etwas zu schaffen. Diese Julihitze den ganzen Tag …«

Entschlossen gehe ich den Vorgartenweg hinunter, die Treppenstufen hinauf. Irgendetwas sagt mir, dass sie gleich ohnmächtig wird. Sie schwankt. Nelli und ich strecken gleichzeitig die Arme aus. Dann fällt sie nach vorne um.

»Oh je!«, keucht Nelli und sieht mich hilflos an.

»Du sagst es.« Ich bin voll in meinem Element. Wie gesagt: In meinem Leben bin ich schon öfter auf Menschen getroffen, die gestürzt sind. Ich greife der namenlosen Schwangeren unter die Arme und sage zu Nelli: »Nimm ihre Füße.«

Ich hoffe, keiner der Nachbarn beobachtet uns. Es könnte sonst so aussehen, als hätten wir eine wehrlose

Schwangere k.o. gehauen, um sie auszurauben. Mit Mühe und Not schleppen wir sie zurück ins Haus, in dem es köstlich nach Lasagne riecht, und Nelli stößt die Eingangstür mit dem Fuß zu. »Geradeaus. Da steht ein Sofa.«

Ich wanke rückwärts durch den Flur, in dem große, gerahmte Fotos von Venedig hängen, darauf bedacht, dass ich nicht stolpere. Ich trage eine fragile, aber tonnenschwere Fracht. Schließlich stoße ich mit dem Rücken gegen einen Türrahmen.

Nelli stöhnt. »Etwas nach links.«

Ich mache einen Seitwärtsschritt, und dann sehe ich aus dem Augenwinkel ein rotes Sofa, über dem ein gerahmtes Bild von einer nackten, dicken Frau hängt, die Weintrauben isst. Na ja. Wir betten die bewusstlose Frau vorsichtig auf die roten Polster. Nelli legt fürsorglich ihre Beine über die Lehne.

Ich frage leise: »Weißt du, wie sie heißt?«

Nelli schüttelt den Kopf. »Ich glaube, Alice.«

Ich knie mich auf den Teppich und nehme ihre kalte Hand. »Alice?«

Alice rührt sich nicht. Sie verzieht nur ihr Gesicht, als hätte sie Schmerzen. Ich hoffe, dass nichts Ernstes mit ihr ist.

Ich sehe zu Nelli auf und sie hat Tränen in den Augen. »Meinst du, sie ist wegen mir umgekippt?«

Anstatt zu antworten, stelle ich eine Gegenfrage: »Kannst du ein nasses Handtuch aus der Küche holen?«

Sie nickt und dreht sich um. Ich streiche über Alices Hand mit dem zarten Verlobungsring. Sie ist sehr hübsch und höchstens zehn Jahre älter als Nelli und ich. Ihr blondes Haar, das sie sich zu einem losen Zopf gebunden hat, fällt über ihre Schulter. Ihr Bauch steht nach oben, und ich kann mir nicht vorstellen, dass da ein klitzekleines Baby drin ist. Hauptsache, dem Ungeborenen geht es gut.

Ich klopfe Alice auf die Wangen und sage etwas strenger: »Alice, bitte wachen Sie auf! Aufwachen.« Und als sie sich immer noch nicht rührt, nur immer mehr kalter Schweiß auf ihrer Stirn steht, brülle ich: »Alice! Aufwachen!«

Endlich schlägt sie die Augen auf und gibt ein jammerndes Geräusch von sich. Wie ein kleines Kind, das sich im tiefen, dunklen Wald verirrt hat und nicht weiß, wie es nach Hause kommen soll. Verwirrt starrt sie erst mich an. Und dann Nelli, die mit einem nassen Küchenhandtuch zurückkommt und hinter mir stehen bleibt.

Alice versucht, sich aufzurichten. Ihre Stimme klingt, als würde sie aus einem schlimmen Albtraum in einen noch schlimmeren Albtraum aufwachen. »Wer seid ihr?«

Um sie zu beruhigen, sage ich schnell: »Keine Sorge, wir tun Ihnen nichts.«

Ihr Blick fliegt durchs Wohnzimmer, bis zum Wintergarten, der hinaus in den Garten führt. Vermutlich ist sie auf der Suche nach einer ihr bekannten Person. Aber hier ist niemand außer uns und der dicken liegenden Frau, die Weintrauben isst.

Nelli kommt näher heran und reicht mir das karierte

Küchenhandtuch, das ich Alice vorsichtig auf die Stirn lege. Ehrlich. Sie ist höchstens Ende zwanzig. Heftig, für einen knapp fünfzigjährigen Mann!

Nelli sieht auf sie herunter und sagt todesmutig: »Ich bin Nelli. Ihr Verlobter ist mein Vater.«

Alice starrt Nelli mit offenem Mund an. »Wie bitte? Was soll der Blödsinn?«

»Das ist leider kein Blödsinn. Ich wünschte, das wäre es. Ich bin die Tochter vom Vater Ihres ungeborenen Kindes.«

Ich sage zur Beruhigung: »Ich bin nur Nellis Freundin.«

Nicht, dass Alice glaubt, vor ihr stünden gleich zwei Töchter.

Sie hält sich an meiner Hand fest und flüstert: »Die Tochter von Christian? Meinem Christian?«

Nelli und ich nicken. »Ja.«

»Ich … Ich … Bist du sicher?«

Wir nicken wieder. Das ist natürlich eine etwas seltsame Frage. Aber nicht so seltsam, wenn man an Alices Stelle ist. Sie kann nicht aufhören, Nelli anzustarren. Offenbar hat sie von nichts gewusst. Ich hoffe, dass sie diese Nachricht gut verkraften wird. Sie macht einen krass erschreckten Eindruck. Beinahe so, als hätten wir ihr gerade offenbart, dass sie in Wahrheit nicht auf der Welt lebt, sondern auf dem Mond. Irgend so einen Knaller, der alles in einem völlig neuen Licht erscheinen lässt.

Nelli sieht sich kurz um. »Ist er hier?«

Alice schüttelt den Kopf. »Er ist heute Nachmittag

nach Norwegen zu seinen Geschäftspartnern geflogen. Er kommt erst übermorgen wieder.« Dann fügt sie leise hinzu: »Ich wusste nicht, dass Christian bereits ein Kind hat. Wirklich!«

Nelli zuckt lapidar mit den Schultern. »Das habe ich mir gedacht. Er ist ein absoluter Vollpfosten. Aber bevor wir ins Detail gehen: Ich glaube, im Ofen verbrennt gerade Ihre Lasagne.«

Zweiundzwanzig

Der elfte Tag meines neuen Lebens

»Er hat mit dir geredet. Oder?« Am nächsten Tag legen Schwester Maggie und ich im Raum für Autogenes Training die Matten auf einen Stapel. Es ist kurz vor Mittag, und die ersten hungrigen Bulimie-Patienten versammeln sich draußen im Flur vor dem Speisesaal und warten darauf, dass sich endlich die Türen öffnen.

»Ja«, sage ich. »Danke, dass du Doktor Weinberg davon überzeugt hast, dass ich mich weiter um Tucker kümmern sollte.« Ich bleibe neben dem Mattenstapel stehen und fühle, wie mein Herz klopft. Ich habe Tucker heute noch nicht gesehen, weil er gerade Familiensitzung bei Doktor Weinberg hat.

Schwester Maggie lächelt. »Ich habe damals gleich gewusst, dass ihr euch gut verstehen würdet.« Sie sieht mich irgendwie stolz an und legt die letzte Matte auf den Stapel. »Er vertraut dir.«

»Trotzdem hat er versucht, sich umzubringen. Ich will nicht, dass er es wieder tut.«

»Franzi, er war verzweifelt, als er den Brief von seiner kleinen Schwester gesehen hat.«

»Er ist immer noch verzweifelt. Er gibt sich so sehr die Schuld an Ellies Tod. Ich glaube, er spielt in seinem Kopf immer und immer wieder den Moment kurz vor dem Unglück durch, so, als würde er darin gefangen sein. Und vielleicht will er darum genauso dringend sterben wie Kirsten.« Ich blicke Schwester Maggie hilflos an.

Sie schüttelt den Kopf. Ihr Gesicht ist ganz weich, beinahe friedlich. »Das Hungern war Kirstens bester Freund. Tucker hat dich. Du hast es hinbekommen, dass er mit dir spricht. Du kannst ihm helfen.«

»Ich hoffe es.«

Ich stelle den tragbaren CD-Player für die Entspannungsmusik auf den Mattenstapel und nehme die Tupperdose mit den Waffeln vom Fensterbrett, die ich gestern bei Alice gebacken habe, während Nelli ihr alles haarklein von ihrer Mutter, ihrem Vater, sich selbst und ihrem Vertrauensverlust erzählt hat. Alice hat immer wieder nur beteuert: »Ich habe das nicht gewusst! Es tut mir so leid.« Aber sie war auch unglaublich tapfer und hatte nicht vor, sich durch die Unaufrichtigkeit von Nellis Vater kleinkriegen zu lassen. Sie meinte: »Ich werde das klären.«

Und auf der Rückfahrt habe ich Nelli dann endlich auch alles von Tucker erzählt, und wir beide waren erstaunt, wie schnell sich die Dinge immer wieder ändern und weiterentwickeln.

Schwester Maggie hält mir die Tür auf. Als ich an ihr vorbeigehe, sagt sie: »Lass dich nicht abschütteln.«

Dann verschwindet sie in der Menge der bulimischen

Mädchen, die sich ungeduldig vor dem Speisesaal um sie scharen.

Lass dich nicht abschütteln, wiederhole ich in Gedanken. Was wollte sie mir denn damit sagen? Dass Tucker jederzeit einen Rückfall haben kann? Das weiß ich selber.

Ich gehe die Treppe hinunter, an der noch immer die schwarzen Trauerschleifen hängen, durch die Empfangshalle und den Gang entlang, in dem die Trauma-Patienten untergebracht sind. Gestern Abend habe ich vor dem Einschlafen alles über Orcas zusammengegoogelt, um mehr über Tuckers Unterbewusstsein zu erfahren. Was das überhaupt für Wesen sind. Was ihre Charaktereigenschaften sind. Bilden sie Paare, die ihr Leben lang zusammenbleiben? Oder sind sie Einzelgänger, die den anderen nicht mehr erkennen, wenn sie im großen, weiten Ozean aneinander vorbeischwimmen? Mit diesen Killerwalen verhält es sich leider wie mit Nellis Vater. Die Männchen wechseln von einem Weibchen zum nächsten.

Seitdem frage ich mich, was diese Wale mit Tucker zu tun haben.

Ich bleibe vor seiner verschlossenen Tür stehen, zähle bis dreiundzwanzig und öffne dann beschwingt die Tür. »Hallo, da bin ich wieder!«

Auf dem Bett sitzt Tucker. Und neben ihm ein Mädchen. Wer ist das denn bitte? Wo kommt sie so plötzlich her? Ich habe sie hier noch nie gesehen!

Sie lächelt mich an. »Hi!« Ganz selbstbewusst. Eins ihrer nackten, gebräunten Beine hängt über die Bettkante, das andere hat sie angewinkelt. Für einen Schockmoment denke ich, sie ist untenherum nackt. Dann erkenne ich aber ihre knappen schwarzen Hotpants. Verfluchter Sommer! An ihrem Knöchel glitzert eine feine Silberkette. Sie trägt ein schwarzes, tief ausgeschnittenes Top. Die dunkelbraunen Haare hat sie wie einen Vorhang über ihre Schulter gelegt. Im Zimmer duftet es nach blumigem *Ich bin ein junges flottes Mädchen*-Parfüm.

Wer ist dieses Mädchen, bitte schön?

Auf Tuckers Nachtschränkchen liegt ein Gameboy neben dem umgedrehten Bilderrahmen. Das Fenster ist geöffnet, die Jalousien sind nach oben gezogen. Draußen flackern die Baumkronen in der gleißenden Mittagssonne. All das nehme ich im Bruchteil einer Sekunde wahr. Außerdem registriere ich Tucker, der mir mit seinen flaschengrünen Augen erschrocken entgegensieht und die Lippen zusammenpresst. Eindeutig eine emotional motivierte Geste. Ihm ist gerade etwas sehr unangenehm.

Ich klammere mich an die Tupperdose mit den Waffeln. Was hat das hier zu bedeuten? Mein Blick schweift durchs Zimmer und bleibt an dem Poster hängen, auf dem der Orca aus der Weite des Ozeans emporspringt, umspielt von spritzender Gischt. Ich verstehe. Der Familiensinn der Orcas. Mein ganz persönlicher Orca wechselt offenbar gerade von einem Weibchen zum anderen. Kaum hat er ein Wort gesprochen, ändern sich unsere Vorzeichen.

Ich schlucke. Dieses Mädchen ist keine Patientin.

Eine Praktikantin kann sie auch nicht sein, denn ich bin ja diese Woche noch im offiziellen Einsatz. Ich schätze also, sie ist heute mit Tuckers Eltern hergekommen. Dafür kann es nur einen Grund geben: Sie ist Tuckers ehemalige Freundin. Wow! Mit allem habe ich gerechnet – nur nicht damit! Ich sollte besser gehen. Aber meine Füße gehorchen nicht. Ich kann sie keinen Millimeter bewegen.

Dafür erhebt sich das Mädchen vom Bett und kommt mit ausgestreckter Hand auf mich zu. »Hallo, ich bin Tina.«

Ich hebe meine Hand ganz leicht. »Hi.«

Tina greift danach, obwohl ich die Hand wie ein Schild vor mich halte. Irgendjemand muss ihr beigebracht haben, dass man sich dringend die Hände zur Begrüßung schüttelt. »Du bist vermutlich Franzi?«

»Ja.« Woher kennt sie meinen Namen? Hat Tucker ihr von mir erzählt? Plaudert er etwa mit ihr? Mein Magen dreht sich um. Mein Atem geht heftiger. Aber ich schaffe es, meine Mimik ruhig zu halten. Ich bin schließlich ein Profi.

Endlich lässt sie meine Hand wieder los. »Tuckers behandelnder Arzt hat dich vorhin bei der Therapiesitzung erwähnt. Er sagt, du machst hier ein zweiwöchiges Schulpraktikum und hast dich etwas um Tucker gekümmert. Danke dafür.«

Ich zucke mit den Schultern und sage cool: »Gerne.« Zweiwöchiges Praktikum? Mehr hat Doktor Weinberg nicht gesagt? Oder tut dieses Mädchen nur so? Ich verenge meine Augen zu schmalen Schlitzen, in der Hoffnung, so hinter ihre aufgesetzt höfliche Fassade blicken zu können.

Sie lächelt süßlich. »Das Kümmern übernehme ich jetzt wieder. Denn du wirst ja bald nicht mehr da sein, während ich natürlich bleibe.« Ihr Blick senkt sich auf die Tupperdose in meiner Hand. »Ist das für Tucker?«

Ich nicke. »Ja, Waffeln.«

Sie nimmt die Dose. »Danke. Lieb von dir. Wenn wir noch etwas brauchen, lasse ich es dich wissen.«

Sie dreht sich um und stolziert mit ihren langen, gebräunten Beinen und Alices Tupperdose zum Bett zurück.

Ich sehe ihr ungläubig nach, unfähig, irgendetwas zu sagen. Das ist so schräg, was hier gerade abläuft. Vielleicht werde ich es verstehen, wenn ich wieder draußen bin.

Tucker sieht mich immer noch an.

Endlich schaffe ich, ihn mit lächerlich dünner Stimme zu fragen: »Wer ist das?« Obwohl ich es natürlich weiß.

Anstelle von Tucker antwortet schon wieder diese Tina. »Ich bin seine Freundin.«

Ich zwinge mir ein herzerwärmendes Lächeln ab und sehe verschwommen, dass mein goldenes Karamellbonbon mutterselenallein auf der Fensterbank liegt. Ich hab gar nicht gemerkt, dass ich das hier *gestern Nacht!* verloren habe.

Sie faselt weiter: »Falls du dich fragst, warum ich mich erst jetzt hier blicken lasse: Ich musste mich von der ganzen Sache erholen. Das Unglück. Tuckers Verschwinden. Sein Schweigen. Der ganze Kram eben. Jetzt bin ich aber wieder ganz die Alte und voll im Einsatz, um meinen Tucker zurück ins Leben zu holen. Schließlich ...

Den Rest ihrer bekloppten Rede höre ich wie durch einen Schleier und verschwinde dann, ohne Tucker noch einmal anzusehen und ohne Alices Tupperdose aus dem Zimmer.

Ich ziehe die Tür zu und Tinas Stimme hallt in meinem Kopf nach. *Ich bin seine Freundin.* Benommen wanke ich den Gang hinunter, durch die hellen Lichtfelder, die die Sonne durch die Fenster auf den Steinboden malt. Draußen steht die große Eiche auf der Wiese, an ihrem dicksten Ast die Schaukel, die im Sommerwind pendelt. Die schwarzen, wehenden Bänder. Wie ahnungslos ich vorhin war, als ich mit Schwester Maggie über Tucker geredet habe.

Lass dich nicht abschütteln!

Sie wusste, welcher Hammer gleich auf mich zukommen würde. Warum hat sie mich nicht vorgewarnt? Ich wäre gar nicht erst mit der albernen Tupperdose in sein Zimmer gerannt. Ich habe mir Sorgen gemacht, wie es wohl mit Tucker und mir weitergehen würde. Ich dachte, dass ich in ein paar Wochen überhaupt erst eine annähernd realistische Antwort darauf bekommen würde.

Es geht mit uns gar nicht weiter.

In seinem Zimmer sitzt ein Mädchen im Demi-Moore-Look auf dem Bett. Sie duftet nach Parfüm und kann – dank meiner Hilfe – einfach da weitermachen, wo sie vor einem Jahr aufgehört haben. Bitte schön! Gerne geschehen!

Sie musste sich erst einmal von *der ganzen Sache* erholen?! Ich war bereit, für ihn mein Auslandsjahr aufzugeben!

Ist Tucker einer, der auf Mädchen steht, die eisig lächeln? Ich hatte geglaubt, dass er auf blasse, vom Aussterben bedrohte rothaarige Mädchen mit Sommersprossen abfährt, die leicht einen Sonnenbrand kriegen, pummelig werden, wenn sie nicht dem kalorienreduzierten *Weight Watchers*-Diätplan ihrer Mutter folgen, und X-Beine haben. Anscheinend gilt das nur für ihn im traumatisierten Zustand. Hier in der Klinik war ich im Vergleich zu den anderen Patientinnen vielleicht reizvoll und was Besonderes, aber sobald durch mich die Normalität wieder hergestellt ist, gelten bei ihm offenbar wieder die alten Regeln.

Das gefotoshoppte Mädchen hat jetzt die Tupperdose mit meinen Waffeln, die ich extra für Tucker mitgebacken habe, weil Waffeln unser Lieblingsessen ist. Wie dumm ich war! Ich hatte tatsächlich gedacht, ich könnte gemeinsam mit ihm Waffeln essen.

Stattdessen laufe ich diesen Klinikgang entlang und fühle mich unerträglich fremd. Ich weiß nicht, was ich an diesem Ort noch soll? Tucker hat nicht mal reagiert, als mir diese Tina die Waffeln aus der Hand gerissen hat.

Vier endlose Tage muss ich noch bleiben. Dann ist endlich mein abgründiges Praktikum vorbei! Wie kann ich diese lange Zeit durchstehen? Ich werde Doktor Weinberg sagen, dass ich aufgebe. Ich möchte Tucker nie wieder sehen. Ich will diesem Mädchen nie wieder begegnen. Psychiatrische Anstalten sind nichts für mich. Da wird man ja wahnsinnig!

Tucker hat gesagt, er fühlt sich mir nah. Ach ja? Wie kann sich ein untreuer, polygamer Killerwal einem Mädchen nahe fühlen, das an die wahre Liebe glaubt? Ich habe in diesem Tucker-Ozean nichts mehr verloren. Ich muss an Land schwimmen, bevor ich mir, wie Nelli, von halbgaren Vollidioten den Glauben an die Liebe zerstören lasse. Ich habe zwei Beine, und mit denen werde ich sehr schnell weglaufen, auch, wenn sie nicht so lang und gebräunt sind wie die von dieser Duftwolke, die da auf seinem Bett glitzert.

Ich verschwinde ins Schwesternzimmer, wo sich Lernschwester Sybille gerade ihren Kittel auszieht und in ihr Sommerkleid schlüpft. Dann bindet sie sich ihre Armbanduhr um, legt ihren Pieper in den Spind und sieht auf. »Hey, alles klar?«

Ich nicke. »Jep.«

Sie lächelt. »Super.«

Sie schließt ihren Spind ab, nimmt ihre Handtasche und huscht an mir vorbei. Im Rausgehen ruft sie: »Feierabend! Ich gehe jetzt zum Pilates.« Und weg ist sie.

Schwester Maggie ist nicht hier. Ich nehme an, sie ist mit Doktor Weinberg bei der *Themenzentrierten Interaktion,* wo es heute um vergangene Erlebnisse geht, die einen tief verletzt und den Abgrund hinuntergestürzt haben. Vielleicht sollte ich mich gleich dazusetzen. Kleiner Scherz. Ich gucke hoch zur großen Uhr an der Wand. Es ist gerade mal ein Uhr durch. Das heißt, sie taucht frühestens in zwei Stunden wieder auf. Ich zwänge mich zwischen den Schreibtischen hindurch zu meinem Platz. Zwischen dem Stiftebecher und meiner Praktikumsmappe steht plötzlich Tuckers Töpferarbeit. Wie kommt die denn hierher? Ich lasse mich auf meinen Stuhl fallen und starre auf das grün schäumende Meer aus gebranntem Ton. Tucker und ich zappeln noch immer in der stürmischen See des Lebens, ohne uns loszulassen.

Echt erbärmlich. Am liebsten würde ich das arme, kleine rothaarige Ton-Männchen herausreißen, damit es nicht länger zappeln muss. Aber das geht leider nicht, weil es sich ja total gutgläubig an das braunhaarige Tonmännchen klammert.

Ich weiß nicht, wie lange ich wütend auf dieses tosende Meer starre, bis ich es endlich hochhebe und darunter einen Zettel mit einem gemalten Herz entdecke. So ein billiger Mist. Ist das etwa auch von Tucker? Hat er sein Meer da hingestellt, bevor Tina kam? Und dann hat er es sich doch anders überlegt, ist aber leider nicht mehr dazu gekommen, sein Gelumpe wieder wegzuräumen??

Ganz schön viel los in so einem stummen Jungen!

Ich nehme das getöpferte Meer, den Zettel mit dem albernen roten Bundstiftherz, stelle beides in meinen Spind und schließe ab. Dann nehme ich den Schlüssel fest in die Hand, gehe damit wieder den Gang hinunter, an zwei kleinen Jungs vorbei, die auf dem Boden im Lichtquadrat des Fensters hocken und eine Ameise beim Krabbeln beobachten, während sie schnalzende Geräusche von sich geben. Ich laufe weiter durch die Empfangshalle und zur Hintertür hinaus, dicht an den

Hecken entlang, den schmalen Pfad zwischen den hohen Rhododendren hindurch, bis ich endlich den schilfgesäumten Strand vom See erreiche. Am Ufer, neben so einem Rettungsringpfosten, hole ich aus und schleudere mit aller Kraft den einzigen Spindschlüssel über die Wasseroberfläche, bis er fünf Meter von mir entfernt für immer im See versinkt.

Ich war noch nie gut im Werfen.

Dann lasse ich mich in den Sand fallen, lege mich flach auf den Rücken und sehe hinauf in den Himmel. Ich sehe an den weichen Wattewolken vorbei, immer tiefer ins hellblaue Weltall hinein. Ob Tucker sich freut, dass Tina auf seinem Bett sitzt? Spricht er sogar mit ihr?

Ganz ehrlich: Das würde mir das Herz brechen. Bis eben war es ein Privileg, Tucker Bärs Stimme zu hören. Ein echtes Privileg. Auch wenn es meine Aufgabe war, ihn zum Sprechen zu bringen, damit alle Welt ihn hören kann. Trotzdem: Vor allen anderen wollte *ich* mich erst einmal an ihm satthören. Immer und immer wieder. Mein Leben lang. Aber jetzt kann mir seine Stimme gestohlen bleiben. Ich will sie nie wieder hören!

Dreiundzwanzig

Der elfte Tag meines neuen Lebens

»Hallo, mein Schatz.« Meine Mutter strahlt mich an, als ich hereinschlurfe und mit letzter Kraft die Haustür hinter mir zudrücke. Sie kommt quer durch die Halle auf mich zugestürmt und umarmt mich überschwänglich. »Endlich bist du da.«

»Hallo«, murmele ich.

Gerade will ich meine Mauern fallen lassen, ihr von Tucker und dieser Tina erzählen und meinen Kopf mit all dem Sand im Haar auf ihre Schulter sinken lassen, da lässt sie mich leider schon wieder los und macht einen Schritt zurück. Gleichzeitig vollzieht sie mit ihren Pupillen komische Bewegungen nach rechts. Offenbar will sie mich auf den Brief aufmerksam machen, der drüben auf dem runden Tisch neben dem frisch gebundenen Blumenstrauß liegt.

»Er ist von der Musikhochschule.« Meine Mutter grinst von einem Ohr zum anderen. So aufgeregt habe ich sie das letzte Mal erlebt, als ich zehn Kilo mit ihrem *Weight Watchers*-Diätprogramm abgenommen hatte. Ich will es ihr nicht verübeln. Ich glaube, sie fiebert einfach gerne mit mir und meinen Lebensschritten mit.

Ich lasse meine Tasche neben den Schirmständer plumpsen und höre mich zu meiner Verwunderung schon wieder sagen: »Ich hab dich lieb, Mama.«

»Ich habe dich auch lieb.« Ihre Stimme ist so feierlich, dass ich sie gleich noch lieber habe.

Sie faltet ihre Hände, vermutlich, um mich vor Aufregung nicht noch mal fest zu umarmen. Ich habe meine Mutter in den letzten Jahren bestens konditioniert, mir körperlich nicht zu nahe zu kommen. Was dumm ist, denn gerade könnte ich eine lange, feste Umarmung gut gebrauchen. Ich vermisse Tucker Bär. Ich sage es ganz offen: Ich will ihn nicht hergeben. Schon gar nicht an diese Tina, die sich ein ganzes Jahr lang nicht auf der Bildfläche gezeigt hat. Wie bekloppt ist das denn bitte? Warum taucht sie überhaupt so plötzlich auf? Haben sich meine Bemühungen zu ihr herumgesprochen? Hat sie dadurch erkannt, dass Tucker kein hoffnungsloser Fall, sondern ein außergewöhnlicher Typ ist, den sie besser nicht so einfach gehen lassen sollte?

Schöner Mist!

Trotzdem werde ich nicht um ihn kämpfen. Ich habe schon genug um ihn gekämpft. Es ist seine Entscheidung, welches Mädchen auf seinem Bett sitzt. Wenn er möchte, dass ich zurückkomme, ist er jetzt mit Zeichengeben dran. Wobei sich meine Zuversicht in Grenzen hält. Diese Tina schien ihn ziemlich im Griff zu haben. Sein Pech. Dann entscheide ich mich eben wieder für

Australien! Hauptsache, die Leute von der Musikhochschule geben mir das Stipendium.

Ich gehe hinüber zum Tisch, drehe den Umschlag um und eigentlich möchte ich ihn gleich aufreißen. Auf der anderen Seite habe ich Panik vor der Entscheidung der Musikhochschuljury. Was, wenn die finden, dass ich das Stipendium nicht verdient habe? Zweimal an einem Tag abgelehnt zu werden, wäre ein ziemlicher Hammer. Ich würde mich wie eine Totalversagerin fühlen.

Sollte ich allerdings aufgenommen werden, würde es mir schlagartig besser gehen. Dann würde ich das als klares Zeichen dafür werten, dass aus Tucker und mir sowieso nie etwas geworden wäre. Und alles würde wieder nach meinem ursprünglichen Plan ablaufen. Ganz entspannt und trotzdem unendlich niederschmetternd. Was, wenn ich nicht über Tucker hinwegkomme? Wenn ich in Australien ununterbrochen an ihn denken muss und mir vorstelle, wie diese Tina jeden Tag auf seinem Bett sitzt und sich von seiner wunderschönen Stimme vollquatschen lässt?

Ich atme tief durch. Meine Mutter macht große Augen. »Willst du ihn nicht aufmachen?«

»Ich weiß nicht. Was, wenn sie mich ablehnen? Dann fange ich sofort an zu weinen.«

Meine Mutter zuckt mit den Schultern. »Warum sollten sie dich ablehnen? Du hast gefühlvoll gespielt. Chopin wäre stolz auf dich gewesen. Ganz zu schweigen von deinem Opa. Außerdem bist du das wundervollste Mädchen, das man sich vorstellen kann. Die Frage ist doch eher, ob du wirklich gehen willst, oder?«

Ich lächele. »Ja, mal sehen.«

»Los! Mach ihn auf. Sei mutig!«

Ich tue ihr den Gefallen. Ich bin mutig. Ich reiße die Lasche auf und ziehe den gefalteten Brief heraus. Meine Finger zittern, als ich ihn auseinanderfalte und die paar Zeilen überfliege.

»Mama«, sage ich mit so einem Schaudern. »Mama, ich hab's geschafft. Sie nehmen mich auf. Ich habe das Stipendium in Australien!« Das tut gut! Das baut mich auf. »Ich hab's geschafft!«

»Oh! Mein Schatz! Ich wusste es!« Meine Mutter umarmt und küsst mich. Sie wirbelt mich herum. Dann brüllt sie in mein Ohr: »Bernhard! Bernhard! Komm schnell! Sie haben deine Tochter aufgenommen!«

Mein Vater hetzt aus seinem Arbeitszimmer, die Ärmel hochgekrempelt, das zerknitterte Hemd ist aus dem Hosenbund gerutscht. »Habt ihr den Brief ohne mich aufgemacht?«

»Ja!« Meine Mutter strahlt. »Haben wir.« Sie sieht aus wie fünfzehn. Sie hüpft auf der Stelle, rauf und runter, ihre blonden Strähnen rutschen ihr ins Gesicht. »Franziska hat es geschafft!« Sie schlingt die Arme um meinen Vater und küsst ihn.

Dann schlingt er seine Arme um mich und küsst mich. Dabei hüpft er auch ein wenig auf und ab. »Gratuliere, mein Hase!«

Dann küssen wir uns alle abwechselnd auf die Wangen und hüpfen zusammen auf der Stelle.

Meine Mutter ruft die Treppe hinauf: »Sina! Noah! Franziska wurde angenommen! Runter mit euch!«

Keine zehn Sekunden später tauchen meine Schwester und Noah in T-Shirts und Shorts am Treppenabsatz auf und kommen die Stufen herunter.

Sina kreischt: »Ich wusste es! Ich wusste es! Ich wusste es!«

Noah umarmt mich und drückt mir einen Kuss auf die Wange. »Gratuliere, Champ!«

Wir hüpfen alle noch mal rauf und runter, und es fühlt sich gut an, eine Familie zu haben, die mit einem rauf und runter hüpft und sich freut. Am liebsten würde ich auch noch Nelli anrufen, aber die trifft sich ja jetzt gleich wieder mit Theo-Nelson zum Sushi, um ihm doch noch eine minimale Chance zu geben, weil sie, genau wie Alice, nicht vorhat, sich von den Machenschaften ihres Vaters kleinkriegen zu lassen.

Meine Mutter zieht mich hinter sich her in die Küche. »Hilfst du mir mit dem Essen? Ich will jede freie Sekunde mit dir verbringen, falls du uns doch verlässt.«

Als sie die Tür hinter uns zugemacht hat, hält sie mich an den Händen und sieht mir in die Augen. »Hör zu, mein Schatz. Ich bin unglaublich stolz auf dich. Du hast dieses Stipendium mehr als verdient. Du hast es dir so gewünscht. Es war dein Ziel. Wenn du aber wegen Tucker und Doktor Weinbergs Auftrag nicht mehr nach Australien willst, dann bin ich ebenfalls die glücklichste Mutter der Welt.«

Ich werfe mich an ihre Brust und umarme sie fest. »Danke!«, schniefe ich in ihre hellblaue Bluse. »Danke, dass du mich verstehst und es nicht schlimm findest, wenn sich Pläne ändern. Denn vielleicht haben sie sich schon wieder geändert.«

Meine Mutter fragt nicht weiter nach, sondern lässt mich ein paar Selbstmitleidstränen vergießen. Nachdem ihr Blusenkragen mit meiner Wimperntusche verschmiert ist, mache ich mich wieder los. »Entschuldige.«

»Macht nichts. Ich sehe es als Symbol für die vertrauensvolle Freundschaft zu meiner fast erwachsenen Tochter.«

Wir stellen uns nebeneinander an die Arbeitsplatte, und meine Mutter reicht mir ein Küchenmesser und eine Hand voll geschälter Möhren, die ich klein hacke, während sie den Raclette-Käse auf eine Platte legt und das Ganze mit kleinen Essiggürkchen garniert.

Nach einer Weile sage ich mit belegter Stimme: »Tuckers Ex-Freundin ist heute Vormittag plötzlich in der Klinik aufgetaucht.«

»Wie bitte?« Meine Mutter blickt mich erstaunt von der Seite an. »Welche Ex-Freundin?«

»Mit der er zusammen war, bevor seine Schwester ertrunken ist. Sie hat gesagt, dass sie sich ab jetzt um Tucker kümmern will.«

»Aber sie kann dich doch nicht einfach wegschicken! Wo war sie denn die ganze Zeit? Doktor Weinberg bestimmt, was getan wird. Er ist der Chefarzt. Hast du nicht mit ihm gesprochen?«

Ich hacke mit Wucht auf die letzte Möhre ein und sage: »Er bestimmt aber nicht, wer Tuckers Freundin sein soll. Das macht Tucker schon allein.«

Meine Mutter legt den restlichen Käse zur Seite und

ist ganz und gar bei mir. »Das tut mir leid. Das tut mir sehr, sehr leid. Das ist wirklich eigenartig. Aber weißt du denn, was Tucker will?«

Ich zucke mit den Schultern. »Keine Ahnung. Er hat ja nichts gesagt.«

Meine Mutter sieht mich mit großen Augen an. Dann lacht sie los. Und ich muss auch so lachen, dass wir uns an der Arbeitsplatte festhalten müssen.

Als wir uns etwas beruhigt haben, stellen wir uns wieder aufrecht hin, und meine Mutter reicht mir eine Honigmelone aus der Obstschale. »Dann ist das doch der ideale Anlass für Tucker, sich zu äußern. Wie auch immer er das macht.«

Ich schüttele den Kopf. »Zu spät. Ich habe Doktor Weinberg schon gesagt, dass ich mit dieser Tina im Nacken nicht mehr weitermachen kann. Es tat ihm wirklich richtig leid. Er meinte nur, er könne Tucker den Umgang mit seiner Freundin nicht verbieten.«

»Dann hast du dich also für Australien entschieden?«

Ich nicke. »Scheint so.«

Bis spätabends sitzen wir auf der Terrasse, umringt von Palmen und Agaven, und essen Raclette. Es tut gut, im Kreise meiner Familie unglaublich viele Kartoffeln mit geschmolzenem Käse zu essen und nicht weiter über Tina und Tucker nachzudenken. Obwohl diese alberne Namenkombination die Kraft hat, mich in den Wahnsinn zu treiben: Tina und Tucker. Tucker und Tina.

Das ist Geschichte! Jetzt genieße ich die letzten Tage, die mir noch mit meiner Familie bleiben.

Die Hand meiner Mutter liegt immer mal wieder kurz auf meinem Arm. Ich weiß nicht, was sie glücklicher macht: dass ich das Stipendium bekommen habe oder dass wir plötzlich wieder besser miteinander klarkommen. So wie früher, bevor mir ihre ganze mütterliche Fürsorge zu viel wurde. Ich kann nur sagen: Es fühlt sich gut an, mich meiner Mutter nah zu fühlen. Es ist, als könnte ich endlich wieder tief durchatmen.

Ich erzähle allen mit vollem Mund von der unglaublichen Begegnung zwischen Nelli und der schwangeren Alice, und meine Schwester legt ihren Kopf an Noahs Schulter und hört ihm zu, als er davon erzählt, dass er sich als Junge immer eine Frau mit langem blonden Haar gewünscht hat. »So eine wie Jessica Simpson.«

Sie richtet sich auf. »Was?! Jessica Simpson?«

»Was ist?« Noah grinst. »Weißt du eigentlich, wie ähnlich ihr euch seht?«

Sina rückt gleich ein Stück entrüstet von Noah ab. Ich gebe zu, auf eine gewisse Art stimmt es sogar mit der Ähnlichkeit. Mal abgesehen von der extremen Oberweite und den Schlauchbootlippen.

Sina scheint das anders zu sehen. Sie boxt Noah gegen die Schulter. »Dann siehst du aus wie Harry Potter in seinem Zauberumhang. In den bin ich nämlich immer noch total verliebt.«

»Was? Der hat so dünne Oberärmchen!«

»Tja, dafür kann er zaubern!«

Ich sehe hinüber zu Norbert, meinem Apfelbäumchen, und kann es nicht fassen: an einem spilllerigen Ast hängt ein winziger Apfel. Kaum größer als eine Aprikose.

Jeder bekommt, so viel er tragen kann.

Kurz vor Mitternacht krieche ich müde in mein Bett. Das Fenster steht weit offen. Die Nachtluft strömt zu mir herein und ich liege bewegungslos da. Die Stille bringt das erschütternde Bild von Tucker und Tina zurück. Ich kann seinen stummen Blick nicht vergessen. Das Bild hat sich richtig in mein Gehirn gebrannt. Gerade als ich drohe, mit dieser Impression einzuschlafen, vibriert mein Handy auf dem Nachtschränkchen. Für einen irrwitzigen Moment hoffe ich, dass es Tucker ist, um mich vor meinem Albtraum zu retten. Um zu sagen, dass alles gut ist. Natürlich ist er es nicht.

»Nelli?«

»Schläfst du schon?« Sie klingt irgendwie aufgekratzt.

»Fast.« Ich drehe mich auf die Seite und stopfe mir meine rosa Lillifee-Rolle in den Nacken.

»Gratuliere mir, Miss Franziska! Ich habe wieder nicht mit Theo-Nelson geschlafen.«

Ich setze mich auf, und es kostet mich echt Kraft, begeistert zu klingen. »Hast du dich an meinen Tipp mit der ausgeleierten Unterhose gehalten?«

»Selbstverständlich. Wir haben uns so übertrieben gut unterhalten. Über meinen Vater und Alice, und er fand so mutig, dass ich einfach hingegangen bin, um ihn zur Rede zu stellen. Und stell dir vor, sein Vater hat sich nach der Trennung von seiner Mutter auch einfach eine neue Freundin geangelt und sich nicht mehr bei Theo-

Nelson gemeldet. Er konnte gut verstehen, was ich wut- und trauertechnisch im letzten Jahr durchgemacht habe, und ich habe mich – entschuldige! – noch nie so verstanden gefühlt. Besonders viel Hoffnung hat mir gemacht, dass er durch *seine* Geschichte sein Vertrauen in die Liebe nicht verloren hat. Er sagt: Jede Liebesgeschichte ist einzigartig. Und dass man sie nicht miteinander vergleichen darf.«

»Cool.«

»Er ist unheimlich klug. Er hat so tolle Sachen gesagt. Und er hat mir erklärt, dass man nur daran wachsen kann, wenn sich Väter nicht melden. Er ist viel reifer, als er auf den ersten Blick wirkt.«

»Schön.«

»Und ist es nicht witzig, dass wir beide Juristen werden wollen? Ich habe noch nie einen Menschen getroffen, der mir so ähnlich ist. Als wären wir gemeinsam aufgewachsen oder so. Das ist echt eine schräge Erfahrung.«

»Alles klar. Ich schätze, ihr habt euch gefunden.«

»Du sagst es, Miss Franziska. Er hat mich in seinem Auto nach Hause gefahren und unten auf der Straße haben wir noch bis eben weitergeredet. Und Samstag gehen wir zusammen auf den Flohmarkt und …«

Das machen wir doch sonst immer! »Fahren wir dann wenigstens am Abend zur Brücke?«, quetsche ich hervor und leide plötzlich unter akuter Kurzatmigkeit. Ich meine, ich bin bald für ein Jahr weg. In *Down Under*. Da sollten wir jede freie Sekunde für unsere Freundschaft nutzen. Außerdem dachte ich, wir machen uns gemeinsam an blondierte Surfer mit strahlend blauen Augen und Zahnpastalächeln ran.

»Das weiß ich noch nicht. Eigentlich hatte mich Theo-Nelson schon gefragt, ob wir zur Brücke fahren.« Nelli klingt mit einem Mal etwas gebremst. »Ist das in Ordnung?«

»Ja, klar.« Ich umklammere meine Lillifee-Rolle. Das tue ich auffällig oft in letzter Zeit, und das ist auch der Grund, warum ich sie noch nicht in einem Karton auf den Dachboden geschafft habe. Weil es im Leben Situationen gibt, in denen man dringend etwas Altes aus der Vergangenheit braucht, an dem man sich festhalten kann, wenn einem vor lauter Veränderung schwindlig wird.

»Sicher?«

»Jep.« Ich kann Nelli nicht erzählen, was passiert ist. Jetzt nicht. Sie ist gerade so voller Zuversicht.

»Findest du das jetzt sehr doof?«, fragt sie beunruhigt.

»Null.« Ich will nicht ihren schönen Abend kaputt machen, an dem sie endgültig den Glauben an die Liebe gefunden hat. Schließlich war ich diejenige, die Nelli regelrecht in Richtung *Liebe* gedrängt hat. Da wäre es ziemlich daneben, wenn ich mich jetzt über das Resultat beklage. So ist eben der Lauf der Dinge. Alles befindet sich in einem ewigen Wandel. Menschen kommen und gehen. Und ich bin allein.

Ich hasse es.

Weil ich gerade nicht mehr telefonieren will, sage ich so heiter wie möglich: »Ich freue mich für dich. Wirklich!«

Ich lege eilig auf und schalte mein Handy ganz ab. Ich

gucke in mein nächtliches Zimmer. In diese ohrenbetäubende Stille. Nichts rührt sich. Nur bläuliche Umrisse. Das war irgendwie nicht so richtig nett von mir. Also zähle ich bis zehn, schalte mein Handy wieder an und rufe Nelli noch einmal an. Als sie drangeht, sage ich: »Ich freue mich echt für dich! Du hast es verdient!«

»Danke! Auch, dass du mich gestern zu Alice begleitet hast und mir gezeigt hast, dass eigentlich alles gar nicht so schlimm ist, wie man es sich manchmal vorstellt.«

»Ja.«

Hoffentlich ist nicht alles so traurig, wie es gerade erscheint. Vielleicht können wir irgendwann alle miteinander ein Eis essen oder ins Kino gehen. Oder auf den Flohmarkt. Oder pärchenmäßig auf der Brücke liegen. Kann doch sein.

Vierundzwanzig

Der zwölfte Tag meines neuen Lebens

»Es tut mir so leid.« Schwester Maggie kommt hinter ihrem Tisch hervor, als ich am nächsten Morgen meinen Praktikantendienst antrete. Sie sieht mich mitleidig an. »Doktor Weinberg hat mir eben gesagt, dass du dich nicht mehr um Tucker kümmern wirst.«

»Jep.«

»Tuckers Eltern haben *sie* gestern einfach mitgebracht. Und ich habe es nicht übers Herz gebracht, es dir zu sagen. Es tut mir leid. Das war mit niemandem abgesprochen. Nicht einmal mit Doktor Weinberg. Der war genauso überrascht wie wir. Aber was sollte er machen? Diesem Mädchen verbieten, ihren Freund zu besuchen?«

Ich knalle den Helm auf meinen Platz. Ich hatte fest vor, mir nichts anmerken zu lassen. Aber ich kann nicht anders. Eben habe ich Tucker und Tina bei der Schaukel stehen sehen. Ich find's so unglaublich. »Sie hat ihn ein ganzes Jahr lang nicht besucht. Ein ganzes, verdammtes Jahr! Das ist übertrieben unnormal!«

»Ich weiß.« Schwester Maggie presst die Lippen zusammen, so, als hätte sie ein schlechtes Gewissen, dass sie sich bei Doktor Weinberg für mich stark gemacht hat und ich jetzt die Rechnung dafür kriege. Oder als würde sie finden, dass ich zu emotional an die Sache herangehe.

Ich lasse mich auf meinen Stuhl fallen und sehe hinüber zur offen stehenden Tür, weil draußen im Gang ein paar Stimmen zu hören sind. »Na ja. Wenn sich die beiden gut verstehen. Ist doch toll!« Vermutlich habe ich in Tucker etwas gesehen, was er gar nicht ist. Das ist der Nachteil von stummen Leuten. Sie sind perfekte Projektionsflächen.

»Willst du es dir nicht doch noch einmal überlegen, mit Tucker weiterzumachen? Sieh mal, wie viel du bei ihm erreicht hast!« Schwester Maggie setzt sich auf meine Schreibtischkante. Vorsorglich halte ich den Stiftebecher fest. »Du hast geschafft, ihn zum Sprechen zu bringen. Ich weiß nicht, wie du das angestellt hast, aber irgendetwas muss doch zwischen euch sein.«

»Nein.« Ich schüttele den Kopf. »Der Zug ist abgefahren.« Wie soll das ihrer Vorstellung nach bitte laufen? Tina und ich geben uns abwechselnd huldvoll lächelnd die Klinke in die Hand, und ich mache es mir auf Tuckers Bettkante gemütlich, während es im Zimmer noch nach Tinas *Ich bin ein junges flottes Mädchen*-Parfüm duftet? Ohne mich! Dafür bin ich nicht Profi genug.

Die Stimmen im Gang entfernen sich und plötzlich zieht eine seltsame Stille zu uns ins Schwesternzimmer. Es ist, als sei Schwester Maggie irgendwie enttäuscht. So als sei sie der Meinung, dass es hier in der Klinik nicht in allererster Linie um mich und meine Befindlichkeiten geht, sondern um Tuckers Heilung.

Vielleicht hatte Doktor Weinberg doch mit allem recht. Die Maßnahmen zur Heilung eines Patienten dürfen nie emotionsgesteuert sein, sondern sie müssen rein professionell bleiben. Meine Methode der Liebe ist leider nicht selbstlos. Sie verlangt etwas zurück. So, wie Randy es gesagt hat: Wenn ich total selbstlos geworden bin, lässt er sich mein Gesicht auf seinen anderen Unterarm tätowieren, weil ich dann den Heiligen-Sankt-Franziska-Status erreicht habe.

Schließlich schiebt sich Schwester Maggie wieder von meinem Schreibtisch herunter und klatscht in die Hände. »Na gut. Deine Entscheidung.«

»Jep.«

Sie strafft sich und macht einen auf krampfhaft gut gelaunt. »Wie wäre es dann, wenn du uns wenigstens ein kleines Abschiedsklavierkonzert gibst, bevor du gehst?« Sie sieht mich mit hochgezogenen Augenbrauen an. Da ich nicht sofort einwillige, wird sie unsicher. »War das jetzt verkehrt, dich zu fragen? Spielst du nur vor ausgewähltem Publikum in Abendgarderobe? Oder willst du einfach nur noch weg?«

»Natürlich spiele ich euch etwas zum Abschied.« Ich grinse ganz leicht, weil diese Klinik trotzdem zum wichtigsten Ort meines Lebens geworden ist.

»Super!« Sie läuft aus dem Schwesternzimmer. »Bin gleich wieder da.«

Kurz darauf ist sie zurück. Mit einem Stapel farbigem Papier und der Nachricht, dass der Chef es unterstützt, wenn ich ein Abschiedskonzert gebe. Wie das klingt. Als würde ich mich danach in Luft auflösen.

Sie legt das farbige Papier auf den Tisch und klopft darauf. »Entwirfst du die Einladung? Und wann soll das Konzert sein? Am Freitag vor dem Mittagessen? Im Musikzimmer. Oder lieber am Donnerstagabend? Oben im Speisesaal, im Hintergrund die Abendstimmung über dem See?«

Ich wiege den Kopf. Bloß nicht zu romantisch. »Wie wäre es am Freitagvormittag im Speisesaal?«

»Klingt super!« Schwester Maggie zwinkert mir zu und verschwindet dann mit einem Batzen Krankenakten in den Gang hinaus. »Sehen wir uns später drüben in der Werkstatt? Wir töpfern heute wieder.«

»Klar«, höre ich mich von weither sagen. So, als würde meine Stimme aus einer anderen Ecke des Weltalls zu mir herüberschallen. Vor einer Woche hat Tucker sein stürmisches Meer getöpfert. Jetzt steht es in meinem Spind. Und der Schlüssel zum Spind liegt auf dem Grund des Sees. Irgendwann, in hundertfünfzig Jahren, wird jemand den Spind aufbrechen und die Bedeutung dieses Meeres nicht verstehen. Niemand wird wissen, wer die beiden waren, die sich da so vertrauensvoll aneinanderklammern.

Ich fange an, die Einladung für meinen großen, dramatischen Abschied zu entwerfen. Natürlich stelle ich mir dabei die ganze Zeit Tucker vor. Ich sehe vor mir, wie er in der Lobby ein Exemplar vom Empfangstresen nimmt und es melancholisch betrachtet. In diesem Augenblick wird er sich eingestehen müssen, was für ein riesen Rindvieh er doch ist. Genau für diesen bittersüßen Augenblick entwerfe ich die Einladung. Sie soll eindeutig auf mich und meinen endgültigen Abschied hinweisen, damit er versteht, dass er alles, was wir hätten haben können, einfach so in den Wind geschossen hat. Für seine Freundin mit dem eisigen Lächeln. Ganz oben schreibe ich hin:

ABSCHIEDSKONZERT
Franziska geht.
In 1, 2, 3 Tagen ist sie weg.

Außerdem werde ich Sina fragen, ob sie mir eine passende Illustration zeichnet. Wenn ich nur wüsste, was ich spiele. Auf keinen Fall die Revolutionsetüde. Die spiele ich in meinem ganzen Leben nie wieder. Auf immer und ewig wird sie mit der wehmütigen Erinnerung an Tucker Bär verschmolzen sein. Ich werde alles daransetzten, ihn so schnell wie möglich zu vergessen. Besonders sein Gesicht. Wie er mich gestern von seinem Bett aus reglos angeguckt hat, während diese Tina mir meine Waffeln aus der Hand gerissen und gesagt hat, dass sie sich in Zukunft allein um ihn kümmern wird.

Bitch! – wie Nelli sagen würde. Und sie hätte recht damit!

Nelli würde aber auch sagen: »Versuch, entspannt zu bleiben. Du musst dich darauf besinnen, wer du bist. Das coolste Mädchen der Welt. Vergegenwärtige dir, was du alles draufhast. Du bist klug. Du bist lustig. Du bist vom Aussterben bedroht. Eine begnadete Musikerin.

Die beste und mutigste Freundin der Welt. Du hast einen schwer traumatisierten Jungen geheilt. Du wirst in die Geschichte eingehen, als die *Johanna von Orleans* der seelisch Zerstörten. Jeder Mensch wird dankbar sein, von dir nur ein Lächeln erhascht zu haben – es sei denn, er ist gestört.«

Leider gilt genau das für Tucker-mir-hat-es-die-Sprache-verschlagen-Bär!

Ich werde *Liebkosung auf dem Ozean* aus *Die Kinder des Monsieur Mathieu* spielen. Das ist richtig schön traurig. Gleichzeitig hat es enormen Symbolwert, wenn man sich mal überlegt, was Tucker und ich alles auf unserer Luftmatratze hätten anstellen können.

Um mich nicht wieder aufzuregen, rufe ich schnell Sina an. »Schweinebacke, wo bist du?«

»Ich sitze neben Mama auf der Terrasse. Wir suchen gerade im Internet nach einer passenden Räumlichkeit für den Abiball. Mama hat sich heute früh selbst zur Vorsitzenden des Festkomitees ernannt.«

»Oh shit!«

»Du sagst es. Nun haben wir den Salat. Es ist leider unmöglich, eine passende Örtlichkeit zu finden, wenn man ihre ehrgeizigen Vorstellungen hat …«

»Kannst du mir trotzdem kurz einen Gefallen tun?«

»Na klar.« Ich liebe die Stimme meiner Schwester. Sofort weiß ich, dass ich nicht allein auf der Welt bin. »Worum geht's?«

»Ich bin gerade dabei, eine Einladung für mein Abschiedskonzert in der Klinik zu gestalten.«

»Okay.«

»Ich will ein Stück über den Ozean spielen. Darin kommt eine Möwe vor. Und eine Insel. Und natürlich der Ozean.«

»Klingt toll. Und was soll ich jetzt machen?«

»Könntest du mir eine Illustration dazu zeichnen?«

»Eine Illustration? Jetzt gleich?«

»Ja, bitte. Irgendetwas Stimmungsvolles. Vielleicht etwas mit einer Luftmatratze, auf der ein Junge und ein Mädchen liegen, während rechts und links ein paar Orcas durchs Wasser schwimmen. Diese Free-Willy-Wale. Du weißt schon.«

»Okay.«

»Es wäre super, wenn du mir das Bild direkt einscannst und mailst. Ich habe es leider ein bisschen eilig.«

»Einfach einen Ozean mit Luftmatratze und *Free Willy*?«

»Ja, genau. Hauptsache, das Bild ist romantisch und irgendwie sehnsüchtig, sodass es richtigen Herzschmerz verursacht. Vielleicht hast du ja eine Vision.«

»Reicht mit Faserschreiber?«

»Nimm, was du willst. Es muss aber gut werden.« Ich lege auf und starre auf das Blatt Papier mit meiner Schrift. In 1, 2, 3 Tagen bin ich weg. Gut, dass ich etwas habe, worauf ich mich jetzt konzentrieren kann, während ich an meinen Fingernägeln herumknibbele und den hässlichen pinken Nagellack mit Goldglitter abpule.

Eine halbe Stunde später ist Sinas Zeichnung in meinem Postfach. Wie bestellt: ein Mädchen, ein Junge, eng umschlungen auf einer Luftmatratze in den unendlichen

Weiten des Ozeans, umschwärmt von emporspringenden Orcas und flirrendem Sonnenuntergang im Hintergrund. Wunderschön. Träumerisch. Zart und sehnsuchtsvoll. Stimmungsgeladener, als ich es mir je hätte erträumen lassen. Absolut formvollendet. Ich bin ganz leicht euphorisiert und setze das Bild und die Schrift in einer perfekten Komposition auf meinem Blatt zusammen.

Bis ich plötzlich hinter mir jemanden atmen höre. »Du gibst ein Abschiedskonzert?«

Ich drehe mich auf meinem Stuhl um. Tucker sieht mich mit seinen blöden flaschengrünen Augen an. Als sei nichts passiert. Als sei er kein Patient. Als sei er nicht traumatisiert. Als hätte es nie diese seltsam stillen Momente zwischen uns gegeben: sein winziges Ameisenlächeln. Meine Hand in seiner. Unser Klavierspiel. Sein Weinen. Wir unter dem Wacholderbusch. Seine ersten Worte. Unsere Nacht. Sein getöpfertes Meer. Das Einzige, was irgendwie weiter zu gelten scheint, ist, dass ich die alberne Praktikantin bin.

Ich verschränke die Arme vor der Brust. Körpersprache ist hier gerade alles. Keiner versteht die besser als Tucker.

»Ja, genau, am Freitagvormittag. Im Speisesaal. Mit Blick auf den See.«

»Tolle Zeichnung.«

»Ich spiele ein Stück über den Ozean und eine Möwe.« Ich mache flatternde Bewegungen, um die Flugbewegungen besagter Möwe zu imitieren und um die überschüssige, in mir angestaute Energie irgendwie loszuwerden, bevor ich ihn vor Wut und Enttäuschung anbrülle. Ich will ja nicht auf den letzten Metern mein heilerisches Ansehen ruinieren.

Er nickt. »Schön. Ich werde da sein.«

»Toll.« Ich seufze. »Ich werde auch da sein.«

»Denn du gibst ja das Abschiedskonzert.« Er lächelt süffisant, so, als sei Witzereißen eins seiner liebsten Hobbys. Er ist bestimmt ein äußerst facettenreicher Charakter.

»Du sagst es.« Ich nicke vor mich hin.

»Denn in 1, 2, 3 Tagen bist du weg.« Er zeigt auf meine Einladung und muss noch breiter grinsen.

Ich finde das überhaupt nicht komisch. Das ist eine lange Zeit für einen Ort, an dem man nicht sein will. Im Gegensatz zu ihm fühle ich mich hier nämlich fehl am Platz. Er steckt die Hände in die Hosentaschen und zieht die Augenbrauen hoch, als müsste er gespannt sein, ob ich noch etwas sage.

»Ja, also dann …« Ich stehe auf und nehme meine schöne Einladung vom Tisch, um sie im Sekretariat zu kopieren. Eigentlich kann ich mir diesen Akt sparen, denn Tucker hat sie ja bereits gesehen. Allerdings scheint sie in ihm absolut keine sentimentale Wehmut auszulösen. Oberflächlicher Idiot! Wenn ich ehrlich bin, gebe ich das Abschiedskonzert trotzdem nur für ihn. Damit er spätestens durch mein melancholisches Klavierspiel so richtig spürt, was er angerichtet hat. Und ich werde schon dafür sorgen, dass er es spürt! Ich spiele nicht umsonst seit meinem siebten Lebensjahr Klavier!

Mein Abschiedskonzert ist mein ganz persönliches, zur Schau gestelltes Sterben. Meine Rache – die, von der

Linn gesprochen hat. Aber im Gegensatz zu den wirklich Toten werde ich meinen süßen Triumphmoment genießen können. *Liebkosung auf dem Ozean* wird Tucker vor Augen führen, wie schlimm es mir wirklich geht. Und eigentlich kann ich mir auch das sparen, denn er steht ja direkt vor mir. Ich könnte es ihm unumwunden sagen. Aber leider bin ich dafür zu feige. Was vermutlich daran liegt, dass es ihn nicht im Mindesten kratzt, dass ich in 1, 2, 3 Tagen weg bin. Seine treue Freundin Demi-Moore-Junior ist ja jetzt wieder da und wird sich den Rest seines Lebens um ihn kümmern. Wie gut sie das kann, hat sie ja bereits im vergangenen Jahr bewiesen.

Ich dränge an Tucker vorbei, hinaus in den Gang. Interessanterweise folgt er mir mit ein paar Schritten Abstand. Für seine Verhältnisse fragt er ungewöhnlich laut: »Hast du eigentlich die Aufnahmeprüfung für das australische Musikcollege bestanden?«

Ich drehe mich um. »Ja, habe ich.« Ich wusste gar nicht, dass meine Stimme so nüchtern klingen kann.

»Dann gehst du jetzt nach Australien?«

»In der Tat. Und das goldene Karamellbonbon, das mir vorletzte Nacht offenbar aus der Tasche auf dein Bett gefallen ist und jetzt auf deiner Fensterbank liegt, hätte ich auch gerne wieder, bevor es deine Freundin lutscht.«

»Geht klar.« Er nickt und wirkt dabei ein bisschen eingeschüchtert.

Ich sage: »Danke schön.« Dann gehe ich den Gang hinunter, und mir ist es nicht recht, dass Tucker mich von hinten sieht. X-Beine wird man nie gänzlich los, es sei denn, man lässt sie sich professionell brechen und schienen.

Auf dem Weg zur Werkstatt verteile ich die kopierten Einladungen in der Lobby und sage zu Beatrix und Linn, die an einem Tisch am Fenster *Mau Mau* spielen: »Ich bin nur noch drei Tage da.«

Wie erhofft, machen sie betretene Gesichter, umarmen mich und sagen betrübt: »Wir werden dich vermissen. Du warst die beste Praktikantin, die wir je hatten!«

Das attestieren mir auch noch einige andere Patienten, Schwestern und Frau Doktor Simmer, denen ich die Einladung in die Hand drücke, bis ich in der Werkstatt an dem langen Tisch zwischen den Kids sitze. Ich helfe denen, die meine Hilfe brauchen und sie auch wollen. Ich klebe Flügel und Beine an unförmige Tonkörper und sehe die Papierschmetterlinge im Windhauch über unseren Köpfen flattern. Ohne dass sie sich je berühren. Obwohl sie sich so nah sind. Die Einfarbigen nenne ich »Tucker.« Die farbigen »Franzi«. Und den einen, der aussieht wie eine blutrünstige Fledermaus, nenne ich »Tina«. Zwischendrin schiele ich immer wieder zur Werkstatttür, in der blöden Hoffnung, dass Tucker plötzlich auftaucht. So wie vor einer Woche. Als noch unsere ganze Geschichte vor uns lag.

Und dann? Sollen Rosenblüten regnen und kitschige Geigenmusik erklingen, um zu besiegeln, dass wir füreinander bestimmt sind? Träum weiter, Miss Franziska! Du hast kräftig etwas missverstanden. Hier ging es gar nicht um die größte Liebe aller Zeiten. Hier ging es nur um die Heilung eines traumatisierten Jungen durch die aufopfernde Zuwendung einer Praktikantin, die nun von der echten Freundin abgelöst wurde.

Als alle Wesen auf dem Rollwagen stehen und die Kids zum Mittagessen strömen, verpackt Schwester Maggie den restlichen Ton in der Plastikfolie und stellt den Klumpen zurück ins Regal. Ich helfe ihr, das Werkzeug im Waschbecken hinterm Vorhang zu spülen und abzutrocknen.

Schließlich stellt sie das Wasser ab und sieht mich an. »Nimm's nicht so schwer. Es war von Anfang an ein Wagnis. Und du warst sehr mutig.«

Ich nicke. Toller Trost.

»Tuckers Eltern waren bestimmt heilfroh, dass Tina endlich bereit war, sie hierherzubegleiten. Sie hoffen vermutlich, dass sie ihren Sohn mit Erinnerungen an früher erreichen und in sein altes Leben zurückholen kann.«

»Da können sie aber froh sein, dass sie ihren Job so ernst nimmt.« Ich hänge das Handtuch über den Ständer. Leider finde ich, dass sie überhaupt nicht zu ihm passt. Und ich wundere mich, dass seine Eltern das anders sehen.

Ich gucke mich im angelaufenen Spiegel über dem Waschbecken an. Sehe ich aus wie das Mädchen, das perfekt zu ihrem Sohn passt? Vielleicht habe ich das mal mit meinem Pumuckl-Haar. Jetzt sehe ich eher aus wie eine vergilbte Fotografie. Wie ein Mädchen, das es schon längst nicht mehr gibt. Und, mal ganz ehrlich: Welcher Junge will schon mit Pumuckl zusammen sein?

Schwester Maggie stellt das Spülmittel in den Unterschrank und guckt dann ebenfalls in den Spiegel. »Immerhin hast *du* ihn zum Reden gebracht. Nicht *sie*.«

»Zufall.« Ich kann nichts dafür. Irgendwie bin ich noch immer geladen.

Leider widerspricht mir Schwester Maggie nicht. Sie guckt mich nur mitleidig im Spiegel an und meint schließlich zerknirscht: »Ich täusche mich sonst nie, was die Zusammengehörigkeit von Menschen anbelangt. Ich habe meine Schwester und meinen Schwager zusammengebracht. Meine beste Freundin und ihren Mann. Meinen Bruder mit seiner Freundin. Außerdem habe ich Lernschwester Sybille neulich meinem besten Freund vorgestellt und es hat sofort …«

Ich wünschte, sie würde das lassen. Sie sollte mir besser sagen, dass aus Tucker und mir sowieso nie etwas hätte werden können. Stattdessen tut sie auch noch so, als hätten wir eine echte Chance gehabt, wäre Tina nicht aufgetaucht. Als sei Schwester Maggie Zeugin einer *der* traurigsten und ausweglosesten Liebesgeschichten aller Zeiten. Vielen Dank!

Vielleicht steht sie auf solchen Drama-Romantik-Quatsch. Ich frage: »Was ist eigentlich dein Lieblingsfilm?«

»Titanic«, sagt sie, ohne nachzudenken, und lächelt entschuldigend. »Tut mir leid.«

Bedeutungsschwangerer hätte es nicht kommen können. Nur mal nebenbei bemerkt: In *Titanic* klammern sich die Liebenden ebenfalls im stürmischen, eisigen Meer auf einer schwimmenden Tür aneinander. Stichwort: Luftmatratze. Bis Leonardo DiCaprio die Kräfte verlassen und er auf ewig im Ozean versinkt und die rothaarige (!) Kate Winslet zurücklässt.

Fehlt bloß noch, dass Schwester Maggie zu mir sagt: »Tröste dich, vielleicht versinkt Tucker auch wieder in seiner Sprachlosigkeit. In dieser dunklen See, in der Orcas leben und ungestört ihrem polygamen Treiben nachgehen.«

Ich grinse tapfer. »Ich hätte es mir denken können.«

Und sie sagt: »Ich weine eben gerne, wenn ein Film zu Ende geht.«

Fünfundzwanzig

Der zwölfte Tag meines neuen Lebens

»Was tust du da?«

Als ich am späten Nachmittag zur Haustür hereinkomme, steht mein Vater in der Halle und sieht mich verwirrt an. »Hallo, mein Hase. Ich hab's vergessen.«

»Du hast vergessen, was du tust?« Ich lasse meine Tasche neben den Eingang fallen. Ich habe gerade keine Kraft mehr, sie die Treppe hinauf bis in mein Zimmer zu schleppen. Mein Vater sieht auch geschafft aus.

»Ich bin gerade aus dem Arbeitszimmer gekommen, um irgendwas zu erledigen, aber auf dem Weg hierher ist mir glatt entfallen, was es war.«

»Vielleicht wolltest du dir was zu trinken aus der Küche holen?«

»Oh, du bist ein Schatz! Jetzt habe ich es wieder. Ich sollte im Auftrag deiner Mutter die Pflanzen auf der Terrasse gießen. Danke!«

»Gerne geschehen. Wo sind die anderen?«

»Sind Veranstaltungsräume für den Abiball angucken. Mama ist schon wieder voll in ihrem Element. Ich befürchte, der Abiball, auf dem sich doch eigentlich nur ein paar überglückliche Abiturienten volllaufen lassen wollen, wird dem Wiener Opernball den Rang streitig machen. Möchtest du auch ein Tiefkühl-Sojaschnitzel und einen Bananenshake?«

»Warum nicht.« Ich habe seit heute Morgen nichts mehr gegessen. Beim Mittagessen in der Klinik wollte ich mich nicht blicken lassen, falls Tucker sich mit seiner Tina in den Speisesaal bequemt. Die Situation wäre mindestens so spektakulär gewesen wie diese typische Szene aus einem Highschoolfilm, wo das hässliche Mädchen mit der riesigen Hornbrille und der fetten Zahnspange allein in der Cafeteria hockt und sehnsüchtig den begehrtesten Jungen der Schule anschmachtet, der natürlich Kapitän des Footballteams ist, während sich die blonden Chearleader-Girls um ihn versammeln und er das barbiepuppenhafteste von ihnen fragt, ob es ihn zum Highschool-Abschlussball begleitet, um seine *Homecoming Queen* zu werden.

»Sojaschnitzel schiebe ich uns in den Ofen, sobald die Pflanzen gegossen sind.« Mein Vater grinst gedankenverloren und verschwindet dann durch das Bücherzimmer auf die Terrasse.

Ich starre hinter ihm her, und mein Blick bleibt am Flügel hängen, und Opas Karamellbonbon fällt mir wieder ein. Das liebste Andenken, was ich besitze, ist bei dem mir fremdesten Menschen allein zurückgeblieben. Bestimmt hat diese Tina es schon gelutscht!

Eigentlich könnte ich jetzt die Zeit nutzen und *Liebkosung auf dem Ozean* üben. Damit das Stück auch heftig rüberkommt, wenn ich es Freitagmittag im Speisesaal spiele. Es soll allen eine gewaltige Gänsehaut über die Körper jagen und die Tränen in die Augen treiben. Jeder einzelne Patient, jede Lernschwester, jeder Assistenzarzt und sogar der Hausmeister Martin sollen bis ins hohe Alter an mich, Franziska, die Praktikantin denken. Ich will als die geheimnisvolle Heilerin in die Klinikgeschichte eingehen, die auf niederträchtige Weise von ihrem wundergeheilten Tucker Beer verschmäht und verstoßen wurde. Dafür muss das Stück einwandfrei sitzen. Aber ich klebe irgendwie mit meinen Füßen am Boden fest. Gerade kommt es mir so vor, als könnte ich den dramatischen Weltenlauf anhalten, wenn ich mich selbst nicht mehr bewege. Das ist natürlich totaler Quatsch. Die Würfel sind längst gefallen. Und ich sollte mich darüber freuen. Praktischer konnte es gar nicht kommen.

Ich kann Tucker getrost vergessen und ganz entspannt nach Australien gehen. Nur blöd, dass jetzt vermutlich nichts mehr aus der Surferclique werden wird, da Nelli sich ja der Liebe mit ihrem Doppelnamen-Typen verschrieben hat.

Ich kann es gar nicht oft genug sagen: besser keine Pläne machen.

Ich zähle bis dreißig, kratze das letzte bisschen Kraft zusammen und hebe meine Tasche auf. Damit stapfe ich die Treppe hinauf in mein Zimmer, krame ein altes T-Shirt und eine Jogginghose aus den Klamottenbergen unter meinem Schreibtisch hervor und ziehe sie über. Danach werfe ich mich aufs Bett, stopfe mir meine Lillifee-Nackenrolle unter den Kopf und rufe Nelli an.

Sie hört sofort an meiner Stimme, dass ich dringend mit ihr reden muss. Obwohl sie gerade mit ihrer Mutter und der Inventur beschäftigt ist, erzähle ich ihr, dass es zwischen Tucker und mir aus und vorbei ist. Sie verspricht mir, gleich nach Feierabend herzukommen. »Ich muss mit meiner Mutter nur noch ein paar Lieferscheine durchgehen. Dann päppeln wir dich wieder auf! Versprochen!«

»Danke.«

Ich will gerade auflegen, da fragt Nelli: »Meinst du eigentlich, ich sollte meiner Mutter von Alice und ihrer Schwangerschaft erzählen?«

»Ja«, sage ich, ohne zu überlegen.

»Warum?« Nelli klingt total erstaunt. »Das wird sie aus den Schuhen hauen.«

»Kann schon sein. Aber dafür wird deine Mutter aufhören zu hoffen, dass dein Vater jemals wiederkommt. Denn erst wenn sie aufhört zu hoffen, ist sie befreit und offen für etwas Neues. Dann klappt's vielleicht sogar mit ihrer Internetbekanntschaft.«

»Miss Franziska, warum bist du nur so unverschämt weise?« Nelli schickt einen Kuss durchs Telefon und ich komme mir wenigstens für einen Moment wirklich toll und erfahren vor.

Mein Vater und ich sitzen vor unseren leeren, mit Ketchup bekleckten Tellern am Küchentresen und gucken den Nachrichtenkanal, als es an der Haustür klingelt.

Ich rutsche vom Hocker. »Ich mache auf.«

Mein Vater nickt weggetreten. Wenn er im Fernsehen

Nachrichten sieht, bekommt er gar nichts mehr mit. Unser Haus könnte niederbrennen, er würde noch immer mit offenem Mund auf die Mattscheibe starren, bis sie vor seinen Augen in der Hitze der Flammen weggeschmolzen ist.

Nelli drängt in Jackett, Halstuch und mit riesiger Reisetasche herein. An ihrem Revers steckt noch ihr Namensschild vom Wasserbettenladen. »Wir stylen uns jetzt!«

Ich schließe hinter ihr die Tür und frage: »Ist das da an deinem Hals ein Knutschfleck?«

Eilig rückt sie ihr Tuch zurecht und sieht sich um. »Bist du allein?«

Ich mache eine leichte Kopfbewegung in Richtung Küche. »Mein Vater inhaliert Nachrichten. Willst du ihm *Hallo* sagen?«

Nelli schüttelt den Kopf. »Später. Irgendwie empfinde ich ihn gerade mehr als meinen Chef denn als deinen Vater. Und jetzt auf meinen Chef zu treffen, würde mich stressen.« Sie ist schon zur Treppe unterwegs. Von da aus winkt sie meinem Vater kurz durch die offene Küchentür zu, aber er bemerkt sie gar nicht. Ich folge ihr die Treppe hinauf.

Als wir außer Sichtweite sind, dreht Nelli sich zu mir um und fragt leise: »Hat er zu dir irgendetwas wegen Theo-Nelson gesagt?«

»Nein? Wieso?«

»Ich hatte Bedenken, dass er inzwischen etwas bemerkt haben könnte. So eine Büroliebe unter Kollegen ist ja immer etwas heikel …« Nelli sieht mich vielsagend aus großen Augen an, und ich spüre förmlich, dass sie von sich und ihrer neuen Rolle maßlos begeistert ist. Unter Kollegen? Nelli sollte auf dem Teppich bleiben! Sie geht noch zur Schule! In ein paar Tagen ist das Betriebspraktikum vorbei! Aber meinetwegen. Damit will ich mich jetzt nicht aufhalten.

Ich sage wahrheitsgemäß: »Er hat noch nichts in diese Richtung gesagt. Schätze, ihr stellt euch ziemlich geschickt an.«

Nelli kämpft sich mit ihrer sperrigen Reisetasche die letzten Stufen hinauf. »Na ja, verwunderlich ist es schon, dass er noch nichts mitbekommen hat. Zwischen Theo-Nelson und mir brennt die Luft. Knister. Knister. Er ist soooo süß! Heute war Schulbesuch da. Herr-schnarch-Blomberg wollte wissen, wie ich mich so in der Abteilung mache, und Theo-Nelson hat tatsächlich gesagt, er könne viel von mir lernen. Er würde immer wieder vergessen, dass ich erst siebzehn bin.« Oben, auf dem Absatz dreht sich Nelli zu mir um und wirft mir erleuchtete Blicke zu.

Hab ich es schon gesagt? Ich finde verliebte Menschen gruselig. Sie wirken alle, als hätten sie Drogen genommen. Als wären sie komplett high. Sie glauben, sie sind die Größten, weil irgendein Mensch sich ihrer erbarmt und für eine gewisse Zeit behauptet: »Ich liebe dich!«

Ich folge Nelli den Gang hinunter und sehe ihr zu, wie sie in meinem Zimmer noch mehr Unordnung stiftet. Der gesamte Inhalt ihres Kleiderschranks landet auf meinem Bett.

»Such dir was aus. Wir gehen auf eine Studentenparty!

Von Theo-Nelson.« Nelli setzt sich auf mein Fensterbrett, zündet sich eine *Slim Line* an und zieht mit geschlossenen Augen daran.

»Ich soll auf eine Studentenparty gehen?«

»Ja, such dir was aus meinen Klamotten aus. Du lenkst dich jetzt ab. Andere Mütter haben auch schöne Söhne.« Ein leichter Windhauch streicht durchs offene Fenster über unsere Arme, und ich muss sagen, zu meiner eigenen Überraschung gefällt mir Nellis Idee. Was Tucker kann, kann ich schon lange!

Wir fahren auf meiner Vespa durch die laue Sommernacht. Durchs Wohngebiet hinter der Uni, wo viktorianische Altbauten stehen, deren Fassaden mit üppigen Ornamenten verziert sind und deren Balkone unter der Last der Blumenbepflanzung abzustürzen drohen. Die Bäume am Straßenrand winken mit ihren buschigen Ästen, bis wir schließlich vor einem altrosa Altbau anhalten, vor dem eine fette Fahrradtraube am Zaun wuchert.

Nelli nimmt ihren Erdbeer-Helm ab und schiebt mich unter eine flackernde Laterne. »Zeig mal, wie du aussiehst, Miss Franziska.« Sie macht einen Schritt zurück, sieht mich mit zusammengekniffenen Augen an und nickt zufrieden. »Meine Jeans sehen formvollendet an dir aus! Besonders mit dem T-Shirt und der Kette! Du solltest dich öfter mal etwas *weiblicher* anziehen.«

Ich sage: »Danke. Du siehst aber auch super aus!«

Nelli hat zwei Stunden in meinem Badezimmer verbracht, während ich ihrem Befehl gefolgt bin und mir was Partymäßiges angezogen habe. Sie trägt meine Lieblingsjeans, die mir etwas zu eng sind, und mein Lieblingstop, das mir etwas zu weit ist. Überflüssig zu erwähnen, dass beides Nelli perfekt passt.

Sie zappelt vor mir auf dem Gehweg herum. »Okay! Jetzt kann ich es ja sagen: Ich kriege gleich einen Herzkasper. Es sind mindestens schon hundert Leute da oben. Alle aus Theo-Nelsons Fachbereich. Er kennt vermutlich jeden mit Namen. Ich kenne keinen einzigen. Was, wenn da ein Haufen hübscher Jura-Mädels herumsteht, die bereits alle Gesetzbücher auswendig können? Ich werde neben ihnen wie ein Säugling wirken.«

»Was meinst du, warum du meine Freundin bist?«, frage ich.

»Keine Ahnung?« Über Nellis Gesicht breitet sich eine einzigartige Feierlichkeit.

»Weil du einfach nur einmalig bist. Und das wird vermutlich der Grund sein, warum Theo-Nelson dich aus über sieben Milliarden Menschen ausgewählt hat. Also bleib cool.«

»In Ordnung!« Nelli umarmt mich aufgeregt.

Ich tätschele ihr beruhigend den Rücken. Wir werden diesen Studenten da oben jetzt mal zeigen, was wir Elftklässlerinnen so draufhaben. Wir hängen unsere Helme über die Arme und gehen an den Rädern vorbei zum Eingang.

Nelli drückt auf die Klingel und neben uns klatscht ein Plastikbecher mit Inhalt in die Büsche. Ich sehe hinauf zu dem Balkon, auf dem haufenweise Studenten stehen und frage: »Sind seine Eltern gar nicht da?«

»Nur sein *echter* Bruder ist noch da.«

Sein echter Bruder. Aha. Der Türöffner summt, und wir steigen durchs Treppenhaus bis in den dritten Stock hinauf, während Nelli mich mindestens noch dreißigmal fragt, ob sie gut aussieht, ihr Lippenstift verschmiert ist oder ihr sonst etwas Ekliges im Gesicht klebt. Beim einunddreißigsten Mal sage ich: »Das ist manisch!«

Über uns werden die Stimmen immer lauter, durchwoben von Musik.

Nelli kichert nervös. »Dann wollen wir mal.«

Sie drängt vor mir in die überfüllte Wohnung, in der ausschließlich Jurastudenten stehen. Ich erkenne sie an ihren Brillen, ihren gebügelten Hemden, den gebügelten Hosen, den Scheitelfrisuren, den Lederhalbschuhen und ihrem aufgeregten Gequatsche über Paragrafen.

Ich grinse in alle Richtungen und folge Nelli, die sich an meine Hand klammert und in jedes Zimmer blickt. Das erste scheint ein Jungszimmer zu sein. An den Wänden hängen Poster mit fotografierten *nike air force*. Auf dem großen Bett lungert ein Haufen Leute herum, mit Bierflaschen und glühenden Zigaretten in den Händen. Beim nächsten Raum scheint es sich um das Wohnzimmer zu handeln. Auf den Sofas, auf dem Teppich, rund um den Esstisch hängen überall leicht verschwitzte Zwanzigjährige herum und umklammern Plastikbecher voller Wein und Bierflaschen. Offensichtlich haben sie sich gegenseitig unheimlich wichtige Sachen zu berichten. Ich höre Worte wie: Grundrecht. Bundesgesetzbuch. Zwischenprüfung und Paragrafen.

Ich grinse freundlich, während Nelli immer nervöser wird. »Wie sehe ich aus?«

»Immer noch gut!«

Nachdem wir in der überfüllten Küche waren, in der sich mindestens fünfzig Jurastudenten und hübsche Studentinnen um Schüsseln mit Kartoffel- und Nudelsalat herumdrücken, gucken wir in noch ein Zimmer, an dessen angelehnter Tür ein Zettel klebt, auf dem in wackliger Kinderschrift steht: »Stopp! Kein Zugang.«

Nelli drückt trotzdem vorsichtig die Tür auf. Drinnen sieht es aus, als würde hier eine kleine Prinzessin wohnen. Alles ist rosa. Über dem rosa Bett hängt sogar ein rosa Tüllhimmel mit eingewebten Silbersternen, so einer, wie ich ihn mir früher immer gewünscht und nie bekommen habe, weil meine Eltern mich nicht zu sehr verwöhnen wollten. Um ehrlich zu sein: Ich hab's bis heute nicht überwunden! Was soll der Quatsch, seinem eigenen Kind den größten Wunsch zu verweigern? Wird dadurch aus ihm ein besserer Mensch?

Ja! Definitiv! Wenn man sich mich mal genauer ansieht! Kleiner Scherz.

An den Wänden hängen verträumte Bilder von regenbogenfarbigen Einhörnern und anderen großäugigen Kitschwesen. Auf dem pinken Flauschteppich liegt ein Typ in dunkelblauem Anzug, die Arme wie Jesus von sich weggestreckt. In der Hand eine Dose Bier. Die Augen geschlossen. Sein Brustkorb hebt und senkt sich gleichmäßig. Wir treten näher heran.

Dieses Zimmer ist mein Traum!

Nelli lässt meine Hand los und weist auf den liegenden Jungen. »Darf ich vorstellen? Das ist Theo-Nelson.«

»Was ist mit ihm?«, frage ich leise und sehe auf den Jungen herunter, der jetzt seine Augen aufschlägt und uns freundlich ansieht. Er ist ausgesprochen hübsch, und ich kann absolut verstehen, warum Nelli sich bei seinem Anblick dafür entschieden hat, an die große Liebe zu glauben. Er ist überhaupt nicht mein Typ. Aber absolut Nellis Typ. Sie könnten wirklich glatt Geschwister sein.

Mit einem Satz steht er auf den Beinen und reicht mir strahlend die Hand. »Du musst Miss Franziska sein.«

Ich sage: »Warum lagst du eben auf dem Boden?«

»Weil ich mich kurz herzmäßig darauf einstellen wollte, dass gleich die großartigste Frau der Welt zu mir nach Hause kommt.« Er streckt die Hände nach Nellis Händen aus und ich halte es körperlich kaum aus. Ich kann nur sagen: Ich bin irgendwie stolz auf mich, dass ich es neulich trotz meines desolaten Zustandes geschafft habe, Nelli davon abzuhalten, die Spitzenkorsage zu kaufen und mit Theo-Nelson nur Sex haben zu wollen. Dieser Typ sucht nach Tiefe. Das sieht man sofort.

Ich sage: »Tolles Zimmer. Ist das deins?«

»Nee, es gehört meiner kleinen Schwester. Sie ist mit meiner Mutter und ihrem neuen Mann verreist. Ich habe allerdings Stellas Ausnahmegenehmigung, hier manchmal zu entspannen.«

Es scheint eine ganze Menge Jungs mit Ausnahmegenehmigungen zu geben. Genau wie Tucker, der die Ausnahmegenehmigung hatte, den ganzen Tag zu schwimmen.

»Sehr freundlich von deiner Schwester. Verspiel diese Genehmigung bloß nicht, indem du Bier auf ihren Teppich schüttest.«

Nelli sieht mich entgeistert an. »Franzi!«

»Entschuldige! Ich meine ja nur: Ich hätte auch gerne so ein Zimmer zum Entspannen mit rosa Tüllhimmel.«

»Tu dir keinen Zwang an. Wenn du magst, leg dich auf ihr Bett und fühl dich wie eine rosa Prinzessin. Tut echt gut.«

»Klar.« Ich grinse ein bisschen herum und zwinkere Nelli zu, die mich immer noch mit riesigen Augen anguckt. Jetzt aber wohl eher, um herauszufinden, ob ich Theo-Nelson super finde. Ich mache mehrfach heimlich das Daumen-hoch-Zeichen und ziehe mich dann vornehm in den Flur zurück.

Weil ich niemanden kenne und nicht wie ein einsames Mauerblümchen in der Ecke stehen will, quetsche ich mich durch die überfüllte Wohnung und tue so, als sei ich mit dem Gastgeber bestens bekannt. Ich passe auf, dass keine vollen Gläser von Tischen oder Anrichten kippen. Die halb leer gegessenen Teller räume ich in die Küchenspüle und benutzte Gläser stelle ich auch zusammen. Die vollen Aschenbecher leere ich über dem Mülleimer aus, und als es klingelt, drücke ich auf den Türsummer. Gerade als ich einen Haufen Nudelsalat mit einem Küchentuch vom Wohnzimmerteppich aufnehmen will, tippt mir jemand von hinten auf die Schulter.

»Hey, du amüsierst dich richtig gut, oder?«

Hinter mir steht zu meiner Überraschung ein Junge

in meinem Alter. Ich rappele mich schnell auf und knülle das durchgesuppte Küchenpapier in meiner Hand. »Oh ja! Ich liebe diese Party! Gibt es noch irgendwo einen Kotzefleck, den ich wegwischen kann?«

»Bist du 'ne gute Fee, oder so was?« Er grinst mich irgendwie begeistert an, und mein Blick bleibt auf seinem schwarzen T-Shirt haften, auf dem in fetten weißen Buchstaben *BRO* steht.

Ich sage: »Nein. Nur ein Mädchen das hier sonst niemanden kennt.«

»Das trifft sich gut. Ich kenne hier nämlich auch niemanden.«

Wir grinsen dankbar.

Schließlich sagt er: »Mein Name ist Thor.«

»Hä?« Ich beuge mich vor. Habe ich das richtig verstanden: »Tor?«

»Thor – mit H.«

»Ah. Thor! Interessanter Name.« Meine Hände sind voller glitschig fettiger Mayonnaise. Ich weiß nicht wohin mit dem Nudelsalat im Küchenpapier.

»Gib her.« Der Junge nimmt mir den Klumpen aus der Hand und legt ihn auf den Wohnzimmertisch. Dann zieht er mich hinter sich her in das Zimmer mit den *nike air force*-Postern. Da quetschen wir uns zwischen die ganzen Zwanzigjährigen auf die Bettkante, was echt eine neue Erfahrung für mich ist. Wie zwei Bettler unter Königen.

Er sagt: »Du kennst hier also auch niemanden von den Paragrafenreitern?«

Ich schüttele den Kopf. »Ich bin die Freundin von der

Freundin von Theo-Nelson, falls du den kennst. Der Typ, der diese Studentenparty hier schmeißt.«

»Ist mein Bruder. Ich weiß, wir sehen uns nicht ähnlich. Aber wir haben angeblich die gleichen Eltern. Ich vermute allerdings, ich wurde heimlich adoptiert.«

Ich nicke. »Das wurde ich vermutlich auch.«

»Scheiß Gefühl, was?« Er grinst.

Ich nicke. »Total. Aber ich komme immer besser damit klar. Ich hab's nicht so schlecht getroffen«, sage ich und fühle mich, als hätte ich ein Bier getrunken. Die beschwipste Stimmung scheint anzustecken.

»Geht mir genauso.« Er hält mir eine Bierflasche hin. »Auch einen Schluck? Ist genug da. Ich habe einiges an Flaschen gehortet.«

»Danke.« Ich nehme einen großen Schluck und frage: »Warum ausgerechnet *Thor*?«

»Meine Adoptivmutter steht auf die nordische Mythologie. Und Thor ist der Gott der Stärke und des Donners.«

»Okay.«

»Außerdem heiße ich mit Zweitnamen Kaspar. Sag's aber nicht weiter. Ich find's richtig albern.«

»Kaspar?«, frage ich und beuge mich zu dem Jungen hinüber. Es ist so laut im Zimmer, dass ich kaum etwas verstehe. »Hat der Name auch eine Bedeutung?«

Er kommt auch näher heran und ruft in mein Ohr. »Ist so was wie der Verwalter der Schätze.«

»Fantastischer Name«, sage ich laut zurück: »Da haben sich deine Adoptiveltern aber viel Mühe mit dir gegeben. Ich schätze, sie wollen, dass etwas Großes aus dir wird.« Ich weiß nicht, warum ich all das sage. Ich greife nach Thor-Kaspars Bierflasche, trinke noch ein paar große Schlucke, und es ist, als gäbe es weder Vergangenheit noch Zukunft. Einfach nur diese Party.

Er trinkt die Bierflasche aus und zieht unter seinem Bett eine neue hervor, die er an der Bettkante öffnet. »Ich denke, da werde ich meine Adoptiveltern enttäuschen müssen. Aus mir wird nichts Unglaubliches werden. Ich interessiere mich für nichts, was zum Ruhm reichen würde.« Thor-Kaspar macht eine kurze Pause, in der ich verständnisvoll nicke. Dann fragt er: »Und wie heißt du?«

»Wurfaxt. In der Übersetzung: Franziska.«

»Wurfaxt! Supersexy Name für ein Mädchen.« Thor-Kaspar pfeift anerkennend durch die Zähne. »Deine Adoptiveltern haben sich also auch etwas ganz Feines für dich ausgedacht. Wenn du den Namen *Wurfaxt* satthast, kannst du dich einfach *Franziska* nennen. Außerdem passt dein Name super mit meinen zusammen.« Thor-Kaspar strahlt mich an. »Stell dir vor: Ich verwalte den Schatz und du – als Wurfaxt – bewachst ihn. Und wenn jemand kommt, um unseren Schatz zu stehlen, benutze ich dich mit meiner enormen Stärke als Wurfaxt und spalte dem Angreifer mit dir den Schädel.« Er reicht mir die Bierflasche.

Ich trinke sie aus. »Klingt nach einem tollen Plan.«

Seine Augen sind groß und dunkel und er hat ein freundliches Gesicht. Ich lächele und fühle, wie das Bier mich schweben lässt. Hinter uns drängelt und windet sich ein Haufen Leute auf der Matratze. Sie bohren ihre

Ellenbogen in meinen Rücken, ein Mädchen kullert über meine Hand. Jemand stößt Thor-Kaspar von hinten an. Die Musik wird lauter und meine neue Bekanntschaft streckt seine Hand aus und streicht mir eine Locke aus der Stirn.

Er sieht mich glücklich an, als sei in ihm ganz viel Raum für noch mehr abgedrehte Ideen. »Du bist ein einziger Inspirationsquell für mich, schönes adoptiertes Mädchen. Sind das echte Locken?«

»Ja«, sage ich. Denkt er etwa, ich habe Dauerwelle?!

»Wäre ich deine Eltern, hätte ich dich auch adoptiert. Keine Frage.«

Er rutscht näher heran und streicht noch einmal über meine Wange, und dann landen Thor-Kaspars Lippen plötzlich auf meinen, und ich küsse einen mir bis eben vollkommen fremden Jungen. Zumindest für einen winzigen Augenblick. In dieser Millisekunde, in der sich unsere Lippen berühren, habe ich das Gefühl, ich entferne mich in Lichtgeschwindigkeit Lichtjahre von Tucker.

Thor-Kaspar lächelt mich selig an. »Wir sollten heiraten, Wurfaxt!«

»Entschuldige.« Ich lächele ihn verwirrt an und arbeite mich aus dem Getümmel von Leuten hervor. Ich stehe auf, und bevor ich wegrenne, drehe ich mich höflicherweise noch einmal zu ihm um und sage: »Es tut mir wirklich leid. Ich kann das nicht.«

Ich kämpfe mich durch die vollgestopfte Wohnung, auf der Suche nach Nelli. Wir sollten heiraten? War das gerade ein echter Heiratsantrag? Witzig! Ich bin voll panisch.

Thor-Kaspar folgt mir und hält mich schließlich am Arm fest. »Warte!«

»Geht nicht, ich muss dringend los.« Ich mache mich frei.

»Hab ich etwas falsch gemacht? Wenn ja, tut es mir leid. Entschuldige. Ich wollte dich nicht bedrängen. Aber du bist so … so besonders. Ich kann dich nicht gehen lassen. Ich habe Angst, dass wir uns nie wieder sehen.« Er sieht mich bettelnd an.

Ich sage wie ferngesteuert: »Ich habe einen Freund und ich darf dich nicht küssen.«

»Wirklich?« Er lässt seine Arme hängen. »Womit habe ich das verdient? Du schönes, einzigartiges Wesen. Ich werde dich nie vergessen.«

Ich gebe ihm einen Kuss auf die Wange, weil er wirklich klasse ist und mir meinen Mut zurückgegeben hat. Dann zerre ich meinen Helm unter dem Telefontischchen hervor und arbeite mich zwischen den taumelnden und wild gestikulierenden Studenten hindurch in Richtung Ausgang.

Der Gott der Stärke und des Donners ruft mir über alle Köpfe nach: »Aber da ist Donner in unseren Herzen!«

Und damit hat er recht.

Sechsundzwanzig

Der zwölfte Tag meines neuen Lebens

Am Kiosk gegenüber kaufe ich mir eine kleine Flasche Wasser und trinke sie auf ex aus, bevor ich nach kurzer Einwirkzeit meinen Helm aufsetze. Ich habe es meinen Eltern geschworen, niemals angesäuselt auf die Vespa zu steigen. Das Wasser und mein mutiges Vorhaben machen mich total fokussiert und eine halbe Stunde später fahre ich in schauerlicher Dunkelheit die Lindenallee zur Klinik hinunter. So, als sei es das Normalste von der Welt zu dieser Uhrzeit.

Ich bin nur froh, dass heute Nacht Vollmond ist. Ansonsten wäre es hier draußen im Park rabenschwarz. Ich erkenne diffus, wo ich langfahren muss, um nicht gegen den nächsten Baum zu prallen. Ich stelle mir lieber nicht vor, was meine Eltern oder Nelli dazu sagen würden, wenn sie wüssten, dass ich hier allein unterwegs bin. Ich fühle mich ja selber nicht ganz wohl dabei. Aber manche Dinge im Leben dulden keinen Aufschub.

Thor-Kaspars Kuss hat mir gezeigt, dass ich nicht der Typ Mädchen bin, der sich einfach so widerstandslos von dieser Tina verdrängen lässt. Ich darf den Kampf um Tuckers Genesung nicht einfach mittendrin aufgeben. Für mich wollte er doch gesund werden! Er will mich! Er konnte es mir nur nicht sagen, als Demi-Moore-Junior bei ihm saß. Weil er noch nicht so weit ist. Er wollte es mir mit seinem getöpferten Meer sagen. Da bin ich mir plötzlich ziemlich sicher. Doch bevor ich erneut in den Ring steige und unsere Liebe verteidige, muss ich erst prüfen, ob ich mit meiner Vermutung wirklich richtigliege. Einen zweiten Rückschlag kann ich nämlich nicht gebrauchen. Nur leider kann ich diese Sache nicht prüfen, weil das, was ich prüfen will, in meinem Spind liegt und der Schlüssel dazu im See.

Das bedeutet: Ich, Nichtschwimmerin, muss hinaus in den See. Ich hoffe nur, dass er fünf Meter vom Ufer entfernt nicht so tief ist, dass ich dort nicht mehr stehen kann. Glücklicherweise weiß ich noch, an welcher Stelle ich stand, als ich den Schlüssel gestern hinaus in den See geschleudert habe: neben so einem mit Leuchtfarbe markiertem Holzpflock, an dem ein Schwimmring hing. In Gedanken klopfe ich mir für diese Meisterleistung anerkennend auf die Schulter und parke die Vespa auf dem spärlich erleuchteten Parkplatz hinter dem Klinikgebäude unter den Rhododendren.

Ich hänge meinen Helm über den Lenker und taste mich im Taschenlampenschein meines Handys zwischen den hohen Büschen und schwarzen Wacholderhügeln hindurch. Dabei konzentriere ich mich auf die wackelige Zuversicht, dass mir nichts passieren wird. Auf dem Trampelpfad hinunter zum See ziehe ich meine Jacke aus. Die Äste streifen über meine nackten Arme. Es ist noch immer sehr warm. Der Himmel ist klar und das Weltall legt sein Strahlen über mich.

Als ich schließlich zwischen den Büschen hervortrete, ziehe ich mir auch noch meine Vans aus und laufe barfuß über den kühlen, feinen Sand Richtung Ufer.

Als ich den Holzpflock mit dem Rettungsring erreiche, hänge ich meine Jacke darüber, stelle meine Schuhe ordentlich daneben und ziehe schließlich noch Nellis T-Shirt, die Kette und ihre Hose aus.

»Franziska, das was du vorhast, ist wirklich dumm!«, sagt plötzlich irgendetwas in mir. »Du wirst ertrinken. Oder ein Raubfisch wird dich beißen!«

Ich sage zu meiner inneren Stimme: »Welcher Raubfisch, bitte? Dies ist ein Süßwassergewässer! Da gibt es keine Raubfische!«

»Oh doch! Den Hecht! Den Barsch. Den Zander und den Wels«, sagt meine oberschlaue innere Stimme, die offenbar besser als ich im Sachkundeunterricht in der Grundschule aufgepasst hat.

Ich frage höflich: »Sind die gefährlich? Beißen die Menschen?«

»Keine Ahnung«, gesteht die Stimme in meinem Kopf und ist still.

Na also, sage ich mir und hole tief Luft. Ich werde ja nicht lange im Wasser bleiben. Außerdem fällt mir ein, ist dies ein Badesee. Und das wäre er wohl kaum, wenn die besagten Raubfische gefährlich wären. Wichtig ist einfach: immer logisch bleiben.

Ich laufe hinunter zum Ufer und weiter ins tiefschwarze Wasser. Ich komme mir heldenhaft und gleichzeitig richtig dämlich vor. Aber ich laufe zitternd weiter. Es kostet mich enorm viel Überwindung, als würde ich direkt in meinen Tod hineinlaufen, aber um die Überwindung nicht zu spüren, gehe ich mutig drauflos. Das Wasser fließt kalt über meine erschrockenen Füße, legt sich wie eine eisige Klaue um meine Knöchel, die Waden, die Knie und steigt dann immer höher, meine Oberschenkel hinauf.

Meine Zähne klappern aufeinander, ich umarme mich selbst. Um mich zu trösten. Um mir ein Gefühl von Sicherheit zu geben. Mir ist so unglaublich kalt. Und es ist eine ganz neue, gruselige Erfahrung, bei Nacht in einem Gewässer zu stehen. Schon bei Tageslicht wäre es grausig und beängstigend. Aber jetzt ist es entsetzlich grausig und beängstigend und gleich breche ich definitiv in Panik aus. Was, wenn ich plötzlich in eine Vertiefung trete und nicht mehr stehen kann? Dann werde ich untergehen. Und niemand wird wissen, dass ich hier war. Sie werden mich wochenlang, monatelang suchen, bis mich irgendein Angler drüben aufgebläht und grünschimmlig im Schilf entdeckt.

Gleich bin ich wieder am Ufer, sage ich mir. Gleich. In ein paar Minuten. Sobald ich den Schlüssel gefunden haben, den ich nie finden werde. Ja, ja, ich weiß! Nelli hat recht: Ich will immer etwas Abenteuerliches, was sich sonst keiner traut. Ich gebe aber auch zu, dass es mutwillig und dumm ist, was ich hier tue. Versprochen: In einer Viertelstunde sitze ich auf meiner Vespa und rase nach Hause, wo ich mich wohlbehalten und starr vor Schreck in mein Bett kuschele, fassungslos darüber, wie leichtsinnig ich war. Aber ich muss wenigstens versuchen, den Schlüssel zu finden, um Tuckers Meer aus meinem Spind zu holen und es genau zu begutachten. Das ist mein Auftrag. Höchstpersönlich von mir an mich erteilt. Denn irgendetwas sagt mir, dass darin eine tiefere Botschaft an mich enthalten ist, die ich bisher übersehen habe. Die mir die Kraft und den Glauben gibt, diesen Kampf um Tucker zu gewinnen.

Ich taste mich tiefer in den schwarz glänzenden See hinaus, dessen Oberfläche sich in die Ewigkeit erstreckt. Es ist wirklich schwer einschätzbar, wie weit das Ufer schon von mir entfernt ist. Das Wasser geht in den nächtlichen schwarzen Strand über. Ich starre hinüber zum Rettungsring, der im Maul der hungrigen Dunkelheit verschwindet. Vielleicht sind es fünf Meter? Vielleicht auch mehr?

Mein Herz pocht, als wolle es mich warnen. Als würde es immer wieder schreien: »Tu's nicht! Tu's nicht!« Und ich gebe mir echte Mühe, diese lauten Schreie zu überhören und nicht darüber nachzudenken, dass das hier gefährlich und sinnlos ist.

Ich höre mich selber flüstern: »Ich bin so bescheuert. Ich kann nicht schwimmen. Ich habe Angst. Ich will nach Hause zu meiner Mama.«

Aber ich habe das Gefühl, dass ich dies tun muss, um mir und meinem Schicksal zu beweisen, dass Tuckers und meine Liebe sein soll. Dass sich nichts zwischen uns stellen kann. Keine Tina. Kein See. Keine Angst. Kein *totaler Mutismus*.

Ich wende mich wieder vom Ufer ab und wate weiter

tastend ins Wasser hinein, dessen Oberfläche sich eng und scharf um meine Taille schließt. Irgendetwas Kaltes schlängelt weiter unten an meinen Beinen entlang. Das ist so eklig! Aber Kreischen bringt nichts. Würde sowieso niemand hören. Ich puste die Luft aus, atme wieder ein. Miss Franziska! Dies ist ein Albtraum.

»Was tust du da?«

Was? Mein Körper schwenkt herum, in die Richtung, aus der die vertraute Stimme kam. Das Wasser fliegt, eisige Tropfen treffen wie glühende Lavafunken auf meine Haut. Meine Hände gleiten durch den See und kriegen einen einsamen glitschigen Halm zu fassen. Mein Herz springt meinen Hals hinauf. Mein Mund geht auf. Meine aufgerissenen Augen rasen den dunklen Strand hinunter und versuchen, mehr zu erkennen, als möglich ist. Neben dem Holzpflock mit dem Rettungsring und meiner Jacke steht ein zweiter, etwas größerer Holzpflock, der jetzt seinen Arm hebt.

»Franziska.« Es ist das erste Mal, dass er meinen Namen ruft. Leise und warm. »Franziska. Oh … bitte!«

Ich bleibe im See stehen und hebe die Hand, zum Zeichen, dass ich es wirklich bin. »Tucker?«

»Ich dachte, du kannst nicht schwimmen?«

»Kann ich auch nicht!«

Unter meinen Füßen verschwindet plötzlich der sandige Grund. Unter mir ist nichts. Ich strampele und zappele. Der Boden ist weg. Ich sinke tiefer. Ich reiße die Arme nach oben, um dorthin zu gelangen, wo Sauerstoff ist. Ich greife ins Leere, während ich immer tiefer und tiefer und tiefer sinke. Ich halte die Luft an. Es rauscht und gurgelt in meinen Ohren. Das Wasser presst sich auf mein Gesicht. Ich kann nichts sehen. Meine Lungen puckern. Zwischen meinen Fingern verfangen sich ein paar labberige Halme.

Und plötzlich weiß ich endgültig nicht mehr, wo oben und wo unten ist. Es ist alles schwarz. Mein Kopf tut weh. Er platzt gleich. Genau wie meine Lungen. Ich strampele. Und treffe einen Widerstand. Mich packt eine Hand am Oberarm und reißt mich herum. Ich spüre kühle Luft auf meinen Wangen. An meinen Lippen. Ich sauge die Luft des ganzen Himmels in meine Lungen. Ich japse und röchele, während Tucker mich festhält.

Er hält mich fest.

»Ich hab dich«, verspricht er. »Ich habe dich.«

Ich paddele weiter. Das Kinn hochgestreckt.

Ich weine.

Ich weine. Dabei klammere ich mich an Tucker. Ich kann nicht aufhören zu weinen und mich an ihn zu klammern. Wie das Mädchen in seinem stürmischen Meer. Als hätte er geahnt, dass das passieren würde!

»Es ist alles gut. Stell dich hin.«

»Das geht nicht.« Ich klammere mich an ihm fest.

»Doch das geht. Stell dich einfach hin. Siehst du, ich stehe auch.«

»Das geht nicht.«

»Einfach hinstellen!«

Ich zappele mit den Füßen und tatsächlich ist plötzlich wieder sandiger Grund unter mir.

»Siehst du?« Er lächelt und seine Hände liegen fest um meine Oberarme. »Alles bestens.«

Es ist, als würde ich zum ersten Mal in meinem Leben stehen. Wie ein Baby mit Gummiknien. Es dauert etwas, bis ich das Gleichgewicht wiedergefunden habe und mich halbwegs sicher fühle. Tucker steht dicht im klatschnassen T-Shirt vor mir und der Mond schenkt uns sein Licht.

»Danke«, schluchze ich mit dem modrigen Geschmack von Seewasser im Mund. »Danke. Danke. Danke, dass du da bist.«

Er zieht mich an seine klopfende Brust, während sich das Wasser langsam um uns beruhigt. Er murmelt in mein Haar: »Was bitte machst du hier?«

»Ich suche etwas«, sage ich.

»Warum ausgerechnet im Wasser, wenn du nicht schwimmen kannst?« Er hält mich noch fester.

»Weil mein Spindschlüssel hier ist.«

»Hier im See?« Ich höre, wie er leise in mein Haar lacht. »Wie kommt er hierher?«

»Ich habe ihn hier reingeworfen, nachdem ich dein blödes getöpfertes Meer in meinem Spind eingeschlossen habe, um es nie wieder zu sehen.«

»Und warum wolltest du es jetzt doch wieder sehen?«

»Weil ich gehofft habe, dass darin eine geheime Botschaft an mich enthalten ist, die mir sagt, das …«

»Die dir *was* sagt?«

»Keine Ahnung.« Ich sehe an seiner Schulter vorbei, hinüber zum Strand. »Bist du alleine hier?«

Er nickt. »Du nicht?«

Ich schüttele den Kopf und meine Zähne klappern noch heftiger aufeinander. Mir ist kalt und ich hasse diesen See, der von Weitem wunderschön aussieht. »Doch. Ich bin alleine hier. Abgesehen von dir.«

Tucker streicht mir die nassen Haare aus meiner Stirn. Er ist so warm. Seine Arme schmiegen sich beschützend um mich. »Und? Wie findest du es?«

»Ganz okay«, bibbere ich und dränge mich an seinen Körper, um noch mehr Wärme von ihm abzubekommen. Dann hebe ich mein Gesicht und sage: »Eigentlich ist es ganz schön aufregend, mit dir im See zu stehen.«

Er sieht mich lange an. »Ich find's auch aufregend. Und ich hab es mir so gewünscht.«

Wir bleiben umschlungen im See stehen, bis wir uns von mir aus so langsam zum Ufer zurückbewegen könnten. Aber Tucker rührt sich nicht. Schließlich sagt er: »Die Sache mit Tina tut mir leid. Wir waren zwei Jahre lang zusammen, bis …«

»Ist schon gut«, sage ich tapfer und auch ein bisschen herausfordernd. »Du hast Tina. Ich habe Australien.«

»Aber ich habe Tina nicht.«

Mir ist wirklich kalt. Aber auch plötzlich seltsam heiß. »Wo ist sie?«

Tuckers Lippen berühren meine Stirn, als er leise spricht: »Ich habe sie gebeten, zu gehen. Wir haben uns getrennt.« Er atmet tief ein. Dann wieder aus. »Ich lasse dich nicht los. Das wollte ich dir mit meinem Meer sagen. Ich lasse dich nicht los. Denn ich verspreche dir, dass wir nicht in der stürmischen See des Lebens untergehen. Ich möchte, dass du bei mir bist.«

Ich nicke zaghaft. »Und ich möchte, dass du bei mir bist.« Der Kampf ist vorbei. Und doch ist es ein wehmütiger Sieg. Tief in mir fühle ich, dass ich mich längst entschieden habe. Auch wenn Tucker definitiv eine Zehn zu sein scheint. Ich werde nach Australien gehen. Ich muss es tun. Auch wenn es wehtut. Aber ich weiß, dass Tucker und ich diese Zeit haben. Ich flüstere: »In einem Jahr.«

»In einem Jahr?« Tucker drückt mich etwas von sich weg und seine Augen glitzern im Mondlicht. »Machst du Witze? Sobald sie mich hier als gesund entlassen, komme ich dich besuchen. Dann mache ich uns ein Lagerfeuer am Strand.«

»Und ich bringe eine kuschelige Wolldecke mit.« Und meine Schlüpfer mit den gelben Schleifchen.

»Ganz genau.« Tucker zieht mich wieder an sich und endlich, endlich berühren sich unsere Lippen zum endlosen, lang ersehnten Kuss.

Siebenundzwanzig

Der vierzehnte Tag meines neuen Lebens

»Ta-tah! Da ist sie ja endlich!« Schwester Maggie steht in der Tür zum festlich geschmückten Speisesaal, in dem die kleinen und großen Patienten an den langen Tischen sitzen und mir gespannt entgegensehen, als ich mit feuchten Haaren und zerrissenem Regencape schwerfällig in ihre Richtung humpele.

»Meine Güte, was ist passiert?« Schwester Maggie kommt mir entgegen und sieht erschrocken von mir zum durchweichten Randy, der mich fürsorglich stützt.

Draußen hinter den Fenstern rauscht ein gewaltiger Sommerregen von Himmel und tränkt die Luft mit verheißungsvoller Frische. Ich sage: »Alles Bestens! Ich hatte nur einen kleinen Unfall.«

»Einen Unfall?« Schwester Maggie nimmt meine aufgeschürften Hände und sieht sie sich von beiden Seiten an. »Sollen wir sie verbinden?«

»Nein.« Ich schüttele den Kopf. »Erst spiele ich!«

Randy reicht Schwester Maggie die Hand. »Ich bin Randy. Ich bin für den Unfall verantwortlich.«

»Bitte?«

Ich übergebe ihr mein Regencape, unter dem ich mein Konzertkleid trage, und sage: »Alles okay. Randy und ich kennen uns. Es war reiner Zufall.«

Zum ersten Mal ist Schwester Maggie wirklich sprachlos. Das gelbe Cape hängt über ihrem Arm, und es ist ihr anzusehen, dass sie nicht versteht, was hier eigentlich gerade los ist.

Dabei ist es ganz leicht.

Es gibt unglaubliche Zufälle. Zufälle, die wie ausgedacht wirken. Aber es gibt diese Zufälle. Durch Zufall habe ich mir diesen Praktikumsplatz ausgewählt. Durch Zufall habe ich hier Tucker getroffen, der durch Zufall diese Klinik gefunden hatte. Und durch Zufall hat mich Randy heute auf meinem letzten Weg in die Klinik mit seinem schäbigen Golf angefahren. Direkt vor der nass glänzenden Brücke mit den bunten Vorhängeschlössern, die Paare aus aller Welt als Zeichen ihrer Liebe dort befestigt haben. Mir ist nichts passiert. Nur auf der Wange und der Stirn habe ich ein paar Schürfwunden. Nichts Ernstes. Ebenso am Ellenbogen und an den Knien. Tut gerade überhaupt nicht weh. Ich bin voller Adrenalin. Und Sinas Vespa ist nun endgültig Schrott.

Vielleicht ist aber all das auch gar kein Zufall. Wer weiß, warum ich ausgerechnet hier in dieser Klinik mein Praktikum machen wollte? Wer weiß, warum Tucker damals auf seiner Flucht vor sich selbst ausgerechnet vor der Tür dieser Klinik gelandet ist, obwohl er so weit von hier entfernt wohnt? Wer weiß, warum Randy ausgerechnet an diesem Vormittag mit seinem alten Golf aus der

Uckermark gekommen ist und an dieser verregneten Brücke stand?

Weil es auf der Welt keinen Menschen gibt, von dem ich lieber angefahren worden wäre als von Randy. Als ich vorhin auf der Straße liegend meine Augen öffnete, konnte ich es nicht fassen. Über meinem orangefarbenen Visier schwebte sein besorgtes Gesicht.

»Hey, Ginger!«, hat er gesagt. »Alles okay?«

Keine Ahnung, wie er mich mit Helm so schnell hatte erkennen können. Er meinte, es waren meine roten Haare, die unter dem Helm hervorquollen. Jedenfalls habe ich abgelehnt, als er einen Krankenwagen rufen wollte. Ich habe gesagt: »Ich gebe gleich mein großes Abschiedskonzert.«

Randy kniete mit besorgtem Gesichtsausdruck dicht neben mir, während es in Strömen regnete, die Autos um uns herumkurvten und hupten und irgendein netter junger Mann meine zerlegte Vespa an den Straßenrand geräumt hat. Eigentlich wollte Randy mich nicht aufstehen lassen. Er war ganz besorgt, dass ich einen Schädelbasisbruch habe. Aber nachdem ich ihm zehn Mal gesagt hatte, dass wirklich alles bestens ist, hat er mir auf die Beine geholfen und mich hinüber zu seinem alten Golf gebracht.

»Dein Abschiedskonzert? Du hast dich also entschieden, nach Australien zu gehen?«

Ich habe gesagt: »Jep.«

Er hat die Beifahrertür aufgemacht und gefragt: »Und was ist mit dem Zehner-Jungen?«

»Für den gebe ich das Abschiedskonzert. Aber nur, bis er mich besuchen kommt.«

Randy hat genickt, so, als würde er mich irgendwie für meine Entschlusskraft und meinen Mut bewundern. So, als würde er sich fragen, was aus seinem Leben geworden wäre, hätte er sich damals für seinen Musiktraum entschieden. Wer weiß das schon? Randy hat doch selbst gesagt: »Egal welche Entscheidung du triffst, es wird die richtige sein.« Weil er in diesem Moment aber nichts mehr gesagt hat, habe ich gefragt: »Willst du vielleicht mitkommen? Ist nicht weit von hier. Dann kannst du ihn gleich kennenlernen.«

Und hier bin ich. Im weinroten Seidenkleid mit Straßenschmutz. Mit Dreck an den Händen und verschmiertem Gesicht humpele ich an Randys Arm an Doktor Weinberg vorbei, der in seinem Anzug aussieht wie der Kapitän der Titanic. Neben ihm Frau Doktor Simmer, Lernschwester Sybille, Schwester Ulla und noch ein paar andere Schwestern und Therapeuten, die ich alle nicht mit Namen kenne. Genau wie die Patienten halten sie bunte Fähnchen in den Händen und winken mir damit zu.

Ich nicke nach rechts und links und humpele direkt auf den Flügel zu, der jetzt an der Stelle steht, wo sonst das Buffet aufgebaut ist. Dahinter hängt ein selbst gemaltes Plakat, das wohl während der Gestalttherapie entstanden ist. Darauf steht: »Danke, Franzi!« Als ich auf das kleine Podest steige, fangen alle an zu klatschen. Ich verbeuge mich mit Randys Hilfe, der sich anschließend in seinem karierten Hemd und den Cowboystiefeln vornehm zurückzieht. Er stellt sich zufällig direkt neben Tucker, der an der Schwingtür zur Küche steht.

Tucker schüttelt den Kopf und lächelt mir zu.

Ich lächele zurück und setze mich hinter den Flügel. Neben den Noten liegt das goldene Karamellbonbon. Ich flüstere ganz leise, von Glück erfüllt: »Ich liebe dich Tucker.« Auf ihn ist Verlass. Dann schließe ich die Augen. So, wie ich es immer mache, bevor ich losspiele. So, wie es mir mein Opa beigebracht hat. Ich bin dankbar, dass alle bei mir sind. Bei meinem großen Abschieds-Neubeginn-Konzert.

Ich weiß, es wartet ein schönes Leben auf mich. Mein Australien-Zehner-Traum geht in Erfüllung. Ich habe eine Zehner-Familie. Eine Zehner-Freundin. Einen Zehner-Randy-Berater, ein Zehner-Praktikum und einen Zehner-Freund.

Ich atme tief ein. Meine Füße berühren die goldenen Pedale. Ich lege meine Finger sacht auf die Tasten, und nachdem ich die ersten drei Akkorde gespielt habe, erklingen schräg hinter mir feine Kinderstimmen, die leise zu meinem Spiel singen. Ich drehe mich nicht um. Ich weiß, dass es ein paar der kleinen ADHS-Patienten sind, die sich zusammengetan haben, um unser Lied vom Meer zu singen. Und endlich höre ich auf zu denken. Wir alle versinken in der Musik, und während ich spiele und die Kinder singen, wünsche ich mir, dass wir nie wieder daraus auftauchen müssen. Die Musik ist unser Wasser. Die stürmische See des Lebens, in der wir eng umschlungen versinken, während über uns die Wellen tosend zusammenschlagen. Wir werden zu Geschöpfen des Meeres, zu Walen. Wir spielen und singen um den grünschwarzen, tosenden Ozean über uns zu beruhigen, während wir darin schwerelos schweben.

Dah. Dah. Dah.

Und wir lassen uns nicht los.

Als ich fertig gespielt habe, setzt sich Tucker leise neben mich. Ich fühle seinen Arm an meinem. Mir laufen die Tränen über die Wangen. Ist mir egal. Aus diesem Wasser, aus diesem beruhigten Meer, tauchen wir gemeinsam wieder auf, in unser Schicksal. In unser einzigartiges Leben. Wir alle werden von sanften Wellen getragen, auf unseren Luftmatratzen. Klitschnass gleiten wir zu Tausenden in der Sonne dahin. Unter uns schwappen die Wogen, sie wiegen uns in einen süßen Schlaf. Wir halten uns locker an den Händen, lauschen auf das ewige Rauschen des Meeres, sehen hinauf zu den Sternen und wissen, dass alles gut ist.

Und obwohl sich Praktikanten nicht mit Patienten anfreunden sollen, bekomme ich vor versammelter Mannschaft meinen zweiten, noch ewigeren Tucker-Kuss. Dann umarmt er mich ganz fest und murmelt in mein feuchtes Haar: »Du bist so wunderschön. Ich liebe dich.«

Danksagung

Ich danke Peter A. Levine, der mir mit seinem Buch »Sprache ohne Worte« erklärt hat, wie Traumata entstehen und geheilt werden können, auch wenn ich für Tucker letztlich eine ganz eigene Methode finden musste. Geholfen hat mir auch Bastian Schick, der Klavierlehrer meiner Tochter Mia, ohne dessen geduldige Anleitung ich Franzi nicht die Revolutionsetüde von Chopin hätte spielen lassen können.

Nie vergessen werde ich die mutigen Mädchen, mit denen ich als Jugendliche gemeinsam in einer Klinik am See vor der Aufgabe stand, das Hungern zu überwinden, um wieder frei und unbeschwert ins Leben hinaus zu gehen.

Ich gratuliere Susanne Ulrike Maria Albrecht, die mit »Wie sprichst du zu einem Engel« den Gedichtwettbewerb für den Vorgängerband »Ach wie gut, dass niemand weiß« gewonnen hat, in dem die Geschichte von Franzis Schwester Sina erzählt wird.

Wie sprichst du zu einem Engel?
Für einen Moment sind wir allein
Verirren uns in den Wolken
Überlege
Wenn du weißt, du bist einem
Engel begegnet, flüsterst du dann
Oder sprichst du laut?
Ich erinnere mich und sage:
Ich liebe dich!
Frei heraus

Alexa Hennig von Lange wurde 1973 in Hannover geboren und begann bereits mit acht Jahren zu schreiben. 1997 erschien ihr Debütroman *Relax*, mit dem sie über Nacht zu einer der erfolgreichsten Autorinnen und zur Stimme ihrer Generation wurde. Für *Ich habe einfach Glück*, ihren ersten Roman über ihre jugendliche Protagonistin Lelle, bekam sie 2002 den Deutschen Jugendliteraturpreis. Es folgten zahlreiche Romane für Erwachsene wie Kinder und Jugendliche, außerdem Erzählungen und Theaterstücke. Alexa Hennig von Lange lebt mit ihrem Mann und ihren vier Kindern bei Berlin.

Mehr über die Autorin unter:
www.alexahennigvonlange.de

Von Alexa Hennig von Lange ist bei cbt ebenfalls erschienen:
Ach wie gut, dass niemand weiß (16284)
Der Atem der Angst (16092)
Leute, ich fühle mich leicht (30709)
Leute, mein Herz glüht (30748)
Leute, die Liebe schockt (30770)
Leute, das Leben ist wild (30807)

Alexa Hennig von Lange

Ach wie gut, dass niemand weiß...

ca. 400 Seiten, ISBN 978-3-570-16284-2

Reibungslos, so soll das Leben von Sina, Tochter eines Richters, verlaufen. Da passt ein aalglatter Schwiegersohn in spe wie Jean perfekt – jedenfalls für Sinas Eltern. Doch dann verändert ein einziger Abend Sinas ganzes Leben: Als ihre Freundinnen von den Jungs einer Diebes-Gang angegriffen werden, ist es ausgerechnet einer der Täter, der Sina in letzter Minute rettet. Noah, so heißt der Junge, will Sina unbedingt wiedersehen und bricht sogar in die Villa ihrer Eltern ein, nur um mit ihr zu reden. Trotz allem, was zwischen ihnen steht, verlieben sich die beiden mit Haut und Haaren. Doch niemand darf von ihren heimlichen Treffen wissen – weder Sinas Vater noch Noahs Gang. Und so beginnt ein Spiel mit dem Feuer, in dem plötzlich nichts mehr ist, wie es scheint ...

20196

www.cbt-buecher.de